Wenn du glaubst, du könntest deine Vergangenheit einfach so hinter dir lassen, dann hast du dich geirrt! Sie ist wie ein Geschwür, entweder sie frisst dich auf oder du lernst, mit ihr zu leben.

Janette John

Was würdest **DU** tun,
wenn man **DIR** sagt, dein Kind sei nach der Geburt verstorben,
aber **IHM** sagt, du wärst nach der Geburt verstorben,
und man der **WELT** sagt, du hättest dein Kind ermordet?
Würdest **DU** [illegible]fen?

Bisher erschienen

Mit mörderischem Kalkül (Kripo Bodensee 1)
Per Deadline Mord (Kripo Bodensee 2)
Sein anderes Ich (Kripo Bodensee 3)
Kaum 24 Stunden (Kripo Bodensee 4)
Zeit voller Zorn (Kripo Bodensee 5)
Kein Mord verjährt (Kripo Bodensee 6)
Der 14. Februar (Kripo Bodensee 7)

Das Buch

Westberlin 1966. Die tragischen Ereignisse einer jungen Frau, die ihr Kind bei der Geburt unter mysteriösen Umständen verloren hat, erschüttern die Stadt. Doch die Dinge überschlagen sich und mit ihnen die Nachrichten in den Zeitungen. Während die einen von einem verhängnisvollen Unfalltod sprechen, zerreißen sich die anderen die Mäuler und schreien Mord. Doch nichts ist so, wie es scheint!

Konstanz heute. In einem luxuriösen Seniorenstift wird einer der Heiminsassen tot aufgefunden. Das Alter des Mannes sowie die äußeren Umstände sprechen für Herzversagen. Sein Tod jedoch, ausgelöst durch Schlangengift, entpuppt sich als perfider Plan.

Berlin heute. Auf offener Straße wird ein alter Mann kaltblütig überfahren, nur vom Täter fehlt jede Spur. Die junge Polizistin Nadine Andres und ihr neuer, etwas unfreiwillig ermittelnder Chef Rudolf Hufnagel geraten in einen Strudel dunkler Geheimnisse mit Wurzeln, die bis zurück in die Sechzigerjahre reichen. Bei ihren Ermittlungen decken sie düstere Familienzerwürfnisse auf: Mord und Korruption sind hier keine Tabus.

Die Autorin

Janette John, ein Kind der Endsechziger, ist in Berlin aufgewachsen, hat dort studiert und ging danach beruflich ins Ausland. Nach ihrer Rückkehr war sie für ein paar Jahre in der Werbebranche tätig und etablierte sich schließlich im Vertriebswesen. Heute lebt sie mit ihrer Familie in Süddeutschland und verschwindet von Zeit zu Zeit in den Großstadttrubel ihrer Kindheit.

JANETTE JOHN

MIT MÖRDERISCHEM KALKÜL

THRILLER

1. Auflage, November 2015
auch als E-Book erhältlich

Cover: © Adobe Stock
© daboost, © katie_martynova, © Andrzej Gryczkowski
Grittany Design: www.grittany-design.de
Lektorat und Korrektorat: Asta Hemmerlein
Korrektorat: www.sks-heinen.de

Homepage

www.janettejohn.de

Impressum

JANETTE JOHN
c/o BJ-Autorenservice.de
Gildehauser Weg 140a
48529 Nordhorn

Alle Personen und Handlungen im folgenden Werk sind frei erfunden. Jegliche Ähnlichkeiten mit lebenden oder verstorbenen Personen sind zufällig. Einige Schauplätze wurden aufgrund von spannungsrelevanten Aspekten verfremdet. Sehen Sie mir dies bitte als künstlerische Freiheit nach.

Druck: Create Space
ISBN-13: 978-1519207456
ISBN-10: 151920745X

Bundesrepublik Deutschland, August 1965 – Westberlin

Die Abendsonne im August des Sommers 1965 legte sich wie ein Mantel auf den Wannsee und bedeckte ihn mit dem Licht eines endenden Sommertages. Purpurfarben und golden. Doch jener Abend vermochte nicht die geringste Ahnung verspüren lassen, was sich im Laufe der nächsten Monate gar nicht weit von hier ereignen sollte: unfassbares Grauen, zu welchem Menschen in ihrer Bosheit und Intriganz imstande waren.

Kein Lüftchen war zu spüren, und das kleine Boot, welches ein junger Mann mit gleichmäßigem Rudern bewegte, schaukelte unscheinbar über den See hinweg. Seine charmante Begleitung spielte mit der Hand im Wasser, das immerzu an das Boot plätscherte. Die junge Frau genoss die letzten Sonnenstrahlen und blinzelte ihnen lächelnd entgegen. Ihr tiefes und gleichmäßiges Durchatmen durchbrach sanft die genießerische Ruhe.

»Mhm, herrlich!«, murmelte sie gedankenversunken und sog erneut den Geruch des Sommers in sich auf. Ihr bunt geblümtes Kleid schmiegte sich an die schlanken Beine.

Ihrem Begleiter entging dies nicht und ein Schmunzeln formte seinen Mund.

»Ja, meine Liebe. Für mich bräuchte dieser Sommer nie zu enden.«

Die junge Frau sah ihn an, zwinkerte und ließ sich ein paar Sekunden Zeit, bis sie antwortete: »Max, vielleicht wird dies unser wertvollster Sommer, einer, den wir ein Leben lang nie vergessen werden.«

Max blickte verwundert auf und starrte ihr mit weit geöffneten Augen in das leicht gebräunte, ebenmäßige Gesicht.

»Lisa Schatz, du sprichst in Rätseln«, sagte er mit fragendem Blick. »Wie soll ich das denn jetzt verstehen?«

Lisa sinnierte nachdenklich auf das glänzende Nass, in dem sich die untergehende Abendsonne noch immer spiegelte. Langsam hob sie den Kopf und schaute Max in seine stahlblauen Augen, die sie mit liebem Ausdruck musterten.

»Liebster, wir bekommen ein Kind«, offenbarte sie ihm. Es klang gut vorbereitet.

Max erhob sich überrascht von seiner Sitzbank, postierte sich breitbeinig in das schmale Boot und vergrub die Hände in seine Hüften.

»*Ein Kind?*«, wiederholte er streng. »Wie? Wwwas? Dddu meinst? ...«, begann er zu stottern.

Lisa nickte stumm und wusste nicht, ob er sich darüber nun freute oder nicht.

»Aber, aber, das ist ja wunderbar«, setzte Max fort und trat einen Schritt auf Lisa zu. Das Boot begann bedrohlich zu kippen. Max kam ins Schwanken, setzte sich sofort zurück auf die Bank und verhinderte so das Schlimmste. Erregt glitt er mit der rechten Hand durch sein dunkles, welliges Haar.

»Du freust dich, oder?«, fragte Lisa verunsichert nach und sah ihn erwartungsvoll an. Eine gewisse Angst umgab sie dennoch.

»Freuen??? Ich bin glücklich, das ist das Schönste, was ich je gehört habe. Ein Baby! O Lisa, ich würde dich jetzt so gerne in die Arme nehmen wollen. Lass uns schnell ans Ufer zurückrudern und dann, dann erzählen wir es noch heute Abend meinen Eltern. Die werden sich riesig freuen!«, rief

Max ohne Pause Lisa zu, ergriff gleichzeitig die Ruder und setzte das Boot in Bewegung.

»Deinen Eltern?«, hinterfragte Lisa leise, sodass Max sie nicht hören konnte. *Ich weiß nicht, vielleicht sollten wir damit noch etwas warten.*

Rasch verschwand der rote Feuerball am Horizont und brachte eine unangenehme Kühle mit sich. Ein Frösteln umgab die junge Frau.

***

Zwei Stunden später fuhr Max' silberfarbener Mercedes 300 SL Roadster vor das prächtige schmiedeeiserne Tor des Anwesens derer von Billstedt. Es lag gut versteckt im Nobelviertel des Grunewalds.

Max kurbelte seine Fensterscheibe herunter und drückte den schwarzen Messingknopf unterhalb des Namensschildes zweimal kurz und zweimal lang, wartete und hörte die tiefe Stimme eines Mannes sagen: »Herr von Billstedt?«

»Ja, Oskar, ich bin's!«

»Sehr wohl, ich mache Ihnen sofort auf.«

Leise quietschend öffnete sich das riesige schwarze Tor.

»Danke«, schmetterte Max mit einem schnellen Schulterblick nach hinten und fuhr auf den mit Kieseln befüllten Weg. Kleine Steine flogen beiseite.

Etwa nach einem halben Kilometer erreichten sie die imposante apricotfarbene Jugendstilvilla der Familie von Billstedt. Sie lag in einem gepflegten parkähnlichen Garten mit einem idyllisch angelegten Teich. Hübsch war es hier. Perfekt und makellos wie auf einer Postkarte. Aber dennoch war dieser Ort nicht der, den er vorgab zu sein. Nein, er schien vielmehr die Kulisse zu einem Kriminalstück.

Lisa nestelte unterdessen aufgeregt an ihrer kleinen weißen Lackhandtasche herum, öffnete den silbrigen Verschluss und schloss ihn auch gleich wieder. Zudem spielte sie an ihren Fingernägeln.

»Bist du nervös, Liebes?«, erkundigte sich Max warmherzig und streichelte ihr über die filigrane Hand. »Das brauchst du nicht. Wirst sehen, sie freuen sich mit uns.«

»Ich weiß nicht, Max«, murmelte Lisa unsicher und taxierte ihn mit einem sanftmütigen Augenaufschlag.

Max' Hand glitt über ihr kastanienbraunes Haar und legte eine Haarsträhne hinter ihr Ohr. »Komm, sei kein Frosch, auf geht's!«, versuchte er, ihr Mut zu machen, und stieg eilig aus dem Wagen. Dann öffnete er die Beifahrertür und bat Lisa gentlemanlike hinaus.

Im oberen Stockwerk des Hauses stand eine Frau am Fenster und blickte nach unten.

Lisa spürte, dass sie beobachtet wurde, und schaute diskret hinauf, als im gleichen Augenblick sich auch schon wieder der Vorhang schloss und nur noch die leichte Bewegung der Gardine erahnen ließ, dass jemand dahinter gestanden hatte. Ein leichter Schauer durchzog Lisa. Mit einer gehörigen Portion Unbehagen trat sie mit Max vor die riesige Eichentür, die sofort wie von Geisterhand von innen geöffnet wurde.

Ein älterer Mann im dunklen Anzug und Fliege stand in der Tür. Er trug weiße Handschuhe, hatte schneeweißes Haar und eine Hornbrille.

»Guten Abend die Herrschaften«, verkündete er mit einem wohlwollenden Lächeln und blickte achtsam zu Lisa. »Junges Fräulein, darf ich Ihnen die Strickjacke abnehmen? Bei uns ist es schön warm«, meinte er beinahe väterlich. Er mochte Lisa von ganzem Herzen, weil sie anders war als die Frauen, mit denen sein junger Hausherr normalerweise verkehrte. Ihre Natürlichkeit und das herzliche Auftreten, mit dem sie den Hausangestellten begegnete, hatten es ihm angetan.

Lisa übergab Oskar dankend ihre Jacke.

Oskar drehte den beiden den Rücken zu und ging voran.

Das junge Paar folgte ihm durch einen imposanten Gang voller in Gold gerahmter Gemälde von Vorfahren. Die Familie hatte ihr immenses Vermögen Otto von Billstedt zu verdanken, dem Urgroßvater von Max, einem Adligen mit Gespür für Neues und die Moderne. Auf seinen Namen wurden diverse Patente angemeldet, aus denen sich im Laufe der Jahrzehnte eine Unmenge von Industriezweigen gebildet hatte. Später folgten die Automobilindustrie sowie ein kleiner Teil an Rüstungsindustrie nach. Wohl auch ein Grund, warum die Familie während des Zweiten Weltkrieges von den Nazis verschont geblieben war. Der Familie eilte ein gewisser Ruf voraus. Doch sie verstanden es gut, ihr düsteres Geheimnis akribisch vor der Außenwelt abzuschirmen.

Am Ende des Flures befand sich eine riesige Facettentür, die Oskar leise öffnete.

Im anschließenden Salon saßen zwei ältere Herrschaften, eine Frau mit schwarz-weißem Pepitarock und passender Bluse sowie ein Mann mit klein kariertem Jackett und dunkelbrauner Cordhose. Genussvoll nippten sie an ihren Kaffeetassen und unterhielten sich angeregt.

Als die Frau ihre Gäste wahrnahm, stellte sie die Tasse zurück auf den Tisch, setzte sich aufrecht auf das moosgrüne Sofa und sah mit stechendem Blick geradewegs in Lisas Augen, so als wollte sie ihr sagen, dass sie hier bereits unerwünscht war.

Lisa durchfuhr der gleiche Schauer wie schon zuvor beim Eintritt ins Haus. Am liebsten wäre sie umgedreht und wieder gegangen. Um nicht unhöflich zu erscheinen, wartete sie stattdessen geduldig ab, bis die ältere Dame, Anne-Marie von Billstedt, aufstand und auf sie zutrat.

»Guten Abend«, sagte sie rasch mit versteinerter Miene und reichte Lisa ihre schmale Hand. Ihr Handdruck war fest, beinahe zu fest für die junge Frau.

»Guten Abend, Frau von Billstedt«, antwortete Lisa leise und presste ein Lächeln hervor, um die eisige Stimmung zu lindern.

Dann ging Frau von Billstedt auf ihren Sohn zu und umarmte ihn lang und fest, während sie strafend zu Lisa blickte und sie von oben bis unten inspizierte.

Lisa lächelte verlegen und ging hinüber zum Vater von Max, der aufgrund einer Kriegsverletzung nur noch mit einem Stock gehen konnte. Beim Aufstehen hatte er Schmerzen und bevorzugte das Sitzen. Sein Bein war steif.

Die junge Frau reichte ihm die Hand und strahlte den älteren Herrn mit einem breiten Lächeln an.

»Na, das freut mich aber, dass Sie wieder mal zu uns gefunden haben. Ich hoffe, es ist nichts Ernstes. Normalerweise beehrt uns Max nur noch sehr selten«, sprach er mit einem schelmischen Augenaufschlag mit Blick zu Max, der sofort verkünden ließ, dass seine Worte nicht ernst gemeint waren.

»Paps!«, antwortete Max strafend, ging zu seinem Vater und umarmte auch diesen. Man spürte sofort, wie sehr sich die beiden mochten. Ihre Ähnlichkeit war verblüffend. Beide hatten dasselbe dicke, wellige Haar. Max rabenschwarz, sein Vater silbergrau. Das Grübchen am Kinn ließ keinen Zweifel offen: Hier handelte es sich um Vater und Sohn.

»Oskar, Tee für die jungen Herrschaften«, sprach Herr von Billstedt und sah zu Lisa. »Oder doch lieber Kaffee?«

»Nein, nein, Tee klingt fabelhaft«, entgegnete Lisa rasch und legte eine Haarsträhne hinters Ohr. Sie war etwas verlegen.

»Gut, dann Tee.«

»Bitte nehmt doch Platz«, bat Frau von Billstedt mit einer eindeutigen Handbewegung die jungen Leute, sich zu setzen. Dann setzte sie sich neben ihren Mann und wartete, bis Lisa und Max auf dem gegenüberliegenden Sofa Platz genommen hatten.

Die alte Standuhr im Salon schlug sieben Mal.

Lisa setzte sich dicht neben Max, stellte ihre Beine schräg nach rechts, zog ihr Kleid sorgfältig bis über die Knie und legte ihre Hände darauf. Sie zitterte ein wenig und hoffte, dass dies niemand bemerken würde. Weit gefehlt. Max' Mutter, neben ihrem Mann sitzend, hatte sie keine Sekunde aus den Augen gelassen und starrte auf sie wie auf ein abschussreifes Reh.

»Also, was gibt's?«, fragte sie bestimmend und musterte ihre Beute.

Max sah zu Lisa und Lisa zu Max. Zeitgleich richteten sie den Blick auf die beiden älteren Herrschaften.

»Wir bekommen ein Baby«, sprudelte es aus Max heraus, zugleich ergriff er Lisas Hand.

Für Sekunden herrschte eine qualvolle Stille, und man spürte förmlich, wie die Gedanken durch die Köpfe schossen. Jedoch waren sie an jenem Abend von unterschiedlicher Natur. Die einen freuten sich, aber die anderen …

»So, ein Kind!«, äußerte sich Frau von Billstedt streng und sah Lisa mit eisiger Miene an. »Wieso haben Sie nicht aufgepasst? Sie wissen doch, dass Max noch studiert und dass ein Medizinstudium kein Zuckerschlecken ist.«

Lisa schluckte. Mit dieser Antwort hatte sie weiß Gott nicht gerechnet. Ihre Zunge lag wie versteinert im Mund.

»Mutter!!! Die Natur geht ihre eigenen Wege«, ergriff Max das Wort. »Lisa verdient doch Geld als Krankenschwester und, na ja, ich …« Er klang bedrückt.

»Und du? Glaubst du etwa, dass wir dir jetzt auch noch ein Kind finanzieren, mein Sohn?«, entgegnete seine Mutter erbost und blickte ihn strafend an.

»Nein, das schaffen wir schon alleine. Aber ich dachte, Ihr könntet mir etwas aus Großvaters Fond ausbezahlen, den hatte er doch für mich angelegt.«

Frau von Billstedt schwieg und starrte für Sekunden auf den mit Fasanenmotiven gerahmten bordeauxfarbenen Brokatteppich. Dann blickte sie hoch. Ihr Gesicht wirkte etwas entspannter und ein merkwürdiges Lächeln legte sich über ihre Lippen.

»Und heiraten?«

»Heiraten? Klar werden wir auch heiraten«, antwortete Max verhalten und drückte Lisas Hand fester.

»Wann kommt das Baby?« Mit eiskaltem Blick starrte Max' Mutter auf Lisas Bauch.

»Ich denke, Ende Februar, Anfang März«, murmelte Lisa leise und streichelte über ihren noch nicht sichtbaren Babybauch.

Frau von Billstedt nickte stumm, starrte hinauf zur Decke und dann wieder auf das junge Paar.

»Gut, bleibt noch etwas Zeit für die Vorbereitungen. Ich kümmere mich um alles.«

Die junge Frau schluckte erneut. So hatte sie sich das schönste Fest in ihrem Leben nicht vorgestellt und wollte es unter keinen Umständen von ihrer zukünftigen Schwiegermutter ausrichten lassen. Aber sie schwieg und würgte stattdessen den dicken imaginären Kloß, den sie in ihrer Kehle verspürte, ruckartig hinunter.

Auch Max verschlug es die Sprache, wobei er es hätte besser wissen müssen. Wie so oft war es seine Mutter, die

die Fäden in seinem Leben und dem der anderen knüpfte, löste und auch zerschnitt.

Max' Vater erspürte die unerträgliche Situation und vermochte sie zu lindern.

»Na, das ist ja wunderbar, meine liebe Anne-Marie. Tu das, die jungen Leute werden dir sicher sehr dankbar sein«, sprach er ironisch, sah zu Lisa und schenkte ihr einen *Das-bekommen-wir-schon-hin*-Blick.

Lisa presste ihre Lippen aufeinander und summte ein »Mhm«. Ihre Augen verwässerten sich. Ihre anfängliche Freude schmolz wie ein Eiswürfel.

Als das junge Paar das Haus verlassen hatte, verabschiedete sich Anne-Marie von Billstedt wegen angeblicher Migräne von ihrem Mann und stieg hastig die mondäne Treppe hinauf, die von der Lobby der Villa in die oberen Stockwerke führte. Dann verschwand sie in ihrem Schlafzimmer und setzte sich an ihren Sekretär. Sie entnahm ihm einen Füllfederhalter und schrieb etwas auf einen Zettel, faltete ihn feinsäuberlich Kante auf Kante und verbarg das kleine Papier in einer Schublade. Den Schlüssel legte sie unter eine Vase, deren Boden mit schwarzem Vlies bedeckt war und der sich wie eine Buchseite auf- und zuklappen ließ.

Eine Stunde später ging sie nachdenklich zu Bett.

1. Jahresbeginn 1966 – Westberlin

Die Monate vergingen. Es wurde Winter und der Bauch von Lisa wuchs. Ansonsten erfreute sie sich bester Gesundheit und dem kleinen Schatz unter ihrem Herzen ging es prächtig.

Der Geburtstermin rückte näher sowie die Entscheidung, in welchem Krankenhaus Lisa ihr Kind zur Welt bringen sollte. Wie sich inzwischen herauskristallisiert hatte, lag das nicht in ihrem Ermessen, sondern in dem ihrer zukünftigen Schwiegermutter. Längst hatte diese beschlossen, dass Lisa ihr Baby in der renommierten Dr.-Endress-Privatklinik zur Welt bringen sollte. Das junge Paar ordnete sich ihrem Willen unter, denn zu groß war die Freude auf den Nachwuchs, um einen Familienstreit vom Zaun zu brechen.

Als bei Lisa schließlich am Morgen des 28. Februars 1966, einem Montag, die Wehen einsetzten, fuhr Max sie in die Klinik. Schneegestöber erschwerte die Sicht. Nur mühsam bekam der Fahrer einen besseren Blick.

In der Klinik erwartete ein geräumiges Einzelzimmer die werdende Mutter.

Als Lisa eintrat, sah sie sich erstaunt um und war beeindruckt von dem mit Blümchentapete gestalteten Raum. *Bei uns im Krankenhaus Neukölln gibt es diesen Luxus nicht*, dachte sie bei sich. Hier war es ausgesprochen hell. Beim Blick nach draußen erstreckte sich ein hübscher Park mit kleinen Bänken, die vom Schnee leicht eingezuckert waren.

»Ist schön hier«, sagte sie und ging hinüber zu Max, der im Begriff war, ihre Reisetasche auszupacken.

Plötzlich wurde Lisa von einer neuen Wehe erfasst.

Sie krümmte sich und hielt ihre Hand auf den Bauch.

»Gleichmäßig durchatmen, Schatz! Gleichmäßig, hörst du!«

»Mhm – puhhhh – tut das weh«, schnaufte sie und pustete so gut sie konnte die Luft aus ihrem Mund. Ihr Gesicht war vor Anstrengung errötet.

»Gut machst du das, weiter so!«, ermunterte Max seine schwangere Freundin, umarmte sie und küsste ihre Stirn. Ein leichter Fliederduft kam ihm dabei entgegen.

Ein hochgewachsener schlanker Mann etwa um die vierzig mit kurz geschnittenem rotblondem Haar und Brille trat ins Zimmer. Sein Gesicht war kreidebleich. Arrogant verschränkte er seine Hände über der Brust und sah Lisa an. Erst dann streckte er ihr seine rechte Hand entgegen und sagte: »Buchmann, Doktor Buchmann. Willkommen in unserer Klinik. Ich hoffe, Sie fühlen sich hier wohl.« Seine Stimme klang genauso, wie er wirkte: überheblich und herablassend.

Lisa entzifferte unterdessen sein Namensschild: *Dr. Buchmann Arzt für Frauenheilkunde.*

»Guten Tag! Lisa Oleski«, antwortete sie schwer atmend.

Max dagegen begrüßte der Arzt mit einem freundlichen und zuvorkommenden »Herzlich willkommen!«

Auch eine Hebamme, etwas älter als Lisa, mit blondem Pferdeschwanz sowie fraulicher Figur, kam hinzu und redete beruhigend auf die junge Frau ein: »Tief durchatmen, janz tief! Und schön ruhig bleiben! Dit bekommen wir schon hin. Solange die Fruchtblase noch nicht geplatzt ist, haben wir noch ein bisschen Zeit.«

Lisa bemühte sich um Geduld, immerhin war sie Krankenschwester und darin geübt. Nur beim eigenen Kind schien diese Regel nicht zu gelten.

»Kommen Sie, junge Frau, ziehen Sie sich mal dit Nachthemd über. Ist besser so, falls es losjet«, sagte die Hebamme, auf deren Namensschild *Hebamme Ingrid* stand, und reichte Lisa ein weiß gemustertes Nachthemd.

Junge Frau, die ist doch nicht viel älter als ich. Lisa musste schmunzeln und verschwand wenig später in ihrem Badezimmer. Dort zog sie sich unter Schmerzen um und kehrte eine Viertelstunde später, den Bauch streichelnd, zurück.

»Jut und nun ab ins Bett!« Die Hebamme lächelte ihr beruhigend zu und grinste.

Unter Schnaufen legte sich Lisa auf das geräumige Bett, während Max an ihrer Seite blieb und den Schweiß mit seinem Stofftaschentuch behutsam von ihrer Stirn tupfte.

Dann, kaum eine Stunde später, ging alles ganz schnell.

Die Fruchtblase war geplatzt und das Fruchtwasser schoss wie ein warmer Schwall aus Lisas Unterleib.

Die Hebamme läutete sofort nach dem Arzt, der kurz darauf ins Zimmer eilte.

»Die Fruchtblase ist geplatzt und die Wehen kommen jetzt regelmäßig«, unterbreitete Schwester Ingrid ihre Diagnose.

»Das sehe ich auch«, brummte Doktor Buchmann herrisch. »Es ist so weit. Bitte gehen Sie jetzt aus dem Zimmer!«, forderte er Max auf und drückte ihn ungehalten in Richtung Ausgangstür.

Max sah Lisa überrascht an und bewegte sich rückwärts, wie vom Arzt verlangt, Richtung Tür.

»Ich liebe dich, Lisa. Ich warte vor deinem Zimmer, bis unser Baby da ist.« Danach verschwand er mit Widerwillen im Korridor der Entbindungsstation.

Max stellte die Reaktion des Arztes nicht infrage, fand sie jedoch befremdlich, da er über kurz oder lang das Zimmer sowieso verlassen hätte.

Er nahm auf einem der gepolsterten Stühle im Gang Platz.

Nervös kaute Max an seinen Fingernägeln, blickte hinauf zur Uhr an der Wand und wartete voller Ungeduld auf das Schreien seines Kindes. Mit seinem rechten Fuß trat er immerzu auf und ab. Nach einer Weile stand Max auf und lief ein paar Schritte zum Zimmer, presste sein Ohr gegen die Tür und lauschte.

Nichts.

Im Zimmer war es still.

Leise drückte er die Klinke nach unten und wollte die Tür öffnen.

Wieder nichts. Sie blieb verschlossen.

Max wurde unruhig und wiederholte hastig sein Handeln.

Unerwartet öffnete sich die Tür und Dr. Buchmann streckte den Kopf heraus.

»Sie müssen sich schon noch etwas gedulden, Frau Oleski steht kurz vor ihrer Niederkunft!«, sagte der Arzt in drohendem Ton.

»Aber … ich höre nichts …«

»Junger Mann«, wies der Weißkittel den besorgten jungen Mann zurecht, »wir sind hier nicht in irgendeinem Krankenhaus! Unsere Wände sind dick. Das ist der Preis, wenn Sie in einer Privatklinik untergebracht sind. Also, gedulden Sie sich, sie hat es bald geschafft!«

Kurz darauf verschwand er im Raum, wo Lisa lag.

Mit fragendem Blick blieb Max zurück und starrte auf das Weiß der Tür. Er hatte keine andere Wahl, als sich zu gedulden und weiter davor auszuharren. Jedoch lange hielt er die Warterei nicht mehr aus. Um sich abzulenken, schritt er auf und ab. Unbehagen machte sich in seiner Brust breit und durchströmte bald darauf den ganzen Körper. Ihm wurde heiß und kalt.

»Zum Teufel noch mal! Was geht da vor?«, sagte er mit belegter Stimme und ging erneut über den Flur.

»Jetzt geht's gleich los! Der Muttermund hat sich schon jeöffnet«, sagte Hebamme Ingrid, während sie ihre Hand auf Lisas Bauch hielt und den Muttermund weiterhin kontrollierte. »Fast acht Zentimeter, gleich ist es so weit, gleich!«

Lisa wimmerte vor Schmerzen, leise schrie sie etwas auf, presste die Lippen aufeinander.

»Atmen, atmen nicht vergessen!«, ermunterte sie die Hebamme mit ruhiger, einfühlsamer Stimme.

Der Arzt äugte argwöhnisch auf Lisa und dann auf seine Armbanduhr.

»Wir geben Ihnen etwas zur Beruhigung, um die Schmerzen des kindlichen Kopfes beim Durchtritt zu verringern«, erklärte Doktor Buchmann Lisa und blickte fordernd zur Hebamme.

»Aber Doktor, ich sehe dafür keinen Grund! Frau Oleski kann ihr Kind auch ohne Narkose zur Welt bringen«, widersprach ihm die Hebamme selbstbewusst, aber freundlich.

Doktor Buchmann starrte sie erbost an und wiederholte mit bestimmendem Ton seine Anweisung: »Machen Sie, was ich sage, ansonsten hat das Konsequenzen!«

»Ist ja schon gut, wie viel soll ick ihr geben?«

»Ich denke, vier Milligramm sollten fürs Erste genügen. Intravenös in die Vena mediana cubiti«, antwortete er herausfordernd. Dazu grinste er triumphierend.

»*Vena mediana ...?*«, wiederholte die Hebamme verlegen.

»Mittlere Ellenbeugenvene!«, gab Buchmann provokativ zurück und rollte genervt mit den Augen.

Ingrid wäre am liebsten im Boden versunken und nickte beschämt. Doktor Buchmann hatte ins Schwarze getroffen, er wusste, womit er sie dazu bringen konnte, das zu tun, was er wollte. Sticheleien standen bei ihm auf der Tagesordnung. Niemand mochte ihn. Er war ein Emporkömmling und denunzierte das Personal, wann immer er konnte. Aber seine größte Ambition galt dem Chefarztposten, der ihm bislang verwehrt geblieben war.

Die Hebamme zog die Spritze auf und klopfte sacht an ihr. Ein Tropfen glitt langsam an der Metallnadel entlang. Nachdem sie Lisas Vene gefunden und abgebunden hatte, injizierte sie langsam das Barbiturat. Das leichte Narkotikum wirkte sofort und Lisa begann sich zu entspannen.

»Sehen Sie, Frau Oleski, jetzt haben Sie es bald geschafft«, rang sich Doktor Buchmann ein paar nette Worte ab. »Und jetzt noch einmal richtig pressen, ich kann das Köpfchen schon sehen.«

Unterdessen hielt die Hebamme Lisas Hand und streichelte sie.

Kurz darauf gebar Lisa einen Sohn, der mit grellem Stimmchen brüllte und in ihr Unterbewusstsein drang. Sie fühlte ihn, obwohl sie vom Medikament noch benebelt war.

Nachdem Doktor Buchmann die Nabelschnur durchschnitten hatte, legte er das Kind in die Arme der Hebamme und bat sie, es zu versorgen.

»Aber wieso bekommt sie das Kind nicht auf den Bauch gelegt, machen wir doch sonst och?«, fragte Ingrid irritiert nach und sah dem Arzt wieder fest in die Augen. Er hielt ihrem Blick stand und antwortete: »Weil sie noch nicht bei Bewusstsein ist. Sie muss erst wach werden. Am Ende lässt die Frau es womöglich fallen. Sie sieht es noch früh genug! Noch irgendwelche Fragen?« Er klang einschüchternd.

»Nö!«, murmelte Ingrid und wickelte das Kind in ein warmes Tuch.

Jedoch kaum dass sie das Zimmer verlassen hatte, kam Lisa schon wieder zu Bewusstsein und öffnete die Augen. Im Halbschatten sah sie die Umrisse von Doktor Buchmann, dessen Arme angewinkelt nach oben ragten. In den Händen hielt er eine Spritze.

»Mmmein Kkkind – wwwo ist mein Kkkind?«, röchelte Lisa verschlafen und suchte mit den Händen danach.

Der Arzt sah überrascht auf die junge Frau und hatte nicht so schnell mit ihrem Erwachen gerechnet.

»Ihr Kind?«, fragte er nach. »Es tut mir so leid, Frau Oleski – aber Ihr Kind – Ihr Kind ist tot! Es kam bereits tot zur Welt.« Seine Stimme klang übertrieben traurig.

Lisa bäumte sich auf und wollte schreien. Doch ihre Zunge klebte fest in ihrem Mund und war schwer wie Blei.

»Mmmein Kkkkind, gebt mir mein Kkkkind!«, lallte sie. Ihre Stimme klang schwach. Tränen schossen ihr aus den Augen. »Mmmax? Wo ist Max?«

In diesem Moment trat Doktor Buchmann vor Lisa und hielt seine rechte Hand hinter dem Rücken versteckt, während er mit der linken ihren Arm packte und ihr rasch eine neue und viel zu hoch dosierte Injektion verpasste.

Lisa sackte in Sekundenschnelle zusammen, unterdessen Doktor Buchmann die Spritze in die Tasche seines Arztkittels rutschen ließ.

Im selben Augenblick öffnete sich die Tür zum Nebenzimmer, dort, wo die Neugeborenen lagen, und die Hebamme trat ein. Gleichzeitig sprang ein Fenster auf und ein leichter Luftzug durchströmte den Raum.

»Fenster zu!«, schrie der Arzt erbost und durchbohrte Ingrid förmlich mit seinem Blick.

Die Angesprochene schloss sofort das Fenster und wunderte sich, wie es überhaupt aufspringen konnte, da sie es gerade erst zugemacht hatte. Danach schritt sie zu Lisa ans Bett und ließ Doktor Buchmann dabei nicht aus den Augen. Sie spürte, dass hier etwas nicht mit rechten Dingen zuging.

»Wieso ist sie noch nicht wach? Sie müsste es längst sein«, fragte die junge Frau skeptisch nach und fühlte vorsichtig Lisas Puls.

»Ick spür ihn kaum noch! Er ist zu schwach! Sie stirbt!«

»Quatsch! Sie wird sicher gleich wach werden. Lassen Sie mich mal!« Er schob Ingrid beiseite und fühlte den Puls. »Kein Grund zur Aufregung! Er ist völlig normal. Sie braucht jetzt Ruhe. Wir sollten die Patientin schlafen lassen«, dabei deutete er auf die Tür zum Nachbarzimmer und wartete, bis Ingrid, nicht ganz freiwillig, hineingegangen war.

Er folgte ihr und schloss die Tür.

Doch kaum, dass sie das Zimmer betreten hatten, schrie er sie an: »Ihre Arbeit war dilettantisch, die einer Anfängerin! Holen Sie sich Ihre Papiere und verlassen Sie *sofort* das Krankenhaus! Sie sind eine Gefahr für Mutter und Kind. Die junge Frau wäre uns fast gestorben. Ihre Injektion war viel zu hoch. Ich konnte sie gerade noch reanimieren.«

Die Hebamme sah ihn fragend an und wusste nicht, worauf er hinauswollte. *Reanimieren?* Gut, die Geburt war nicht gerade wie am Schnürchen verlaufen, denn welche ist das schon? Aber Mutter und Kind waren in ihren Augen wohlauf. Auch die Injektion, die sie Lisa gegeben hatte, entsprach genau den Vorschriften. Ingrid verstand die Welt nicht mehr. *Hab ick das jetzt nur geträumt oder spinnt der?*

»Ich warte. Holen Sie Ihre Sachen und dann raus hier!«

Unerwartet kamen zwei muskelbepackte Männer in dunklen Anzügen ins Zimmer gestürmt. Sie waren angsteinflößend und blickten grimmig aus einem Meter Entfernung auf die junge Frau.

Ingrid erschrak über ihre Gestalten und verließ stolpernd den Raum. Sogleich eilte sie ins Schwesternzimmer, mit der Ungewissheit im Nacken, wer die zwei wohl waren und was sie von ihr wollten.

Die Männer folgten ihr auf Schritt und Tritt nach.

Die Hebamme öffnete ihren Spind und spürte noch immer die Schatten der beiden im Rücken. Hastig holte sie ihre persönlichen Sachen aus den Regalen und verstaute alles in ihrer Handtasche. Ein paar Kleidungsstücke quollen dabei hervor. In ihrem ganzen Leben hatte Ingrid noch nie eine solche Furcht verspürt und sie zitterte am ganzen Körper. Doch gerade als sie ihren Schrank wieder schließen wollte, erblickte sie vor ihrem Gesicht eine Männerhand. Sie stank nach Tabak und hielt einen weiß-gelblichen Briefumschlag vor ihre Augen.

Ingrid stutzte. *Wat will der von mir?*

»Nimm!«, forderte der Fremde böse.

Zitternd griff sie nach dem Umschlag und steckte ihn in die Manteltasche. Die Kerle blieben dicht hinter der jungen Frau und die Todesangst saß ihr beharrlich im Nacken.

Kaum diesem nachgekommen, packten die beiden Gorillas sie und stopften ihr einen Knebel in den Mund. Ein Sack fiel über ihren Kopf und einer von den beiden warf sie über seine Schulter. Alles ging blitzschnell.

Ein paar Minuten später fand sich Ingrid im Lieferanteneingang des Krankenhauses wieder. Sie wartete eine Weile. Fühlte in die Stille. Erst dann ergriff sie mit zittrigen Händen den Leinensack und zog ihn langsam über den Kopf. Sie atmete tief durch, genoss die Kühle an ihrer Nasenspitze und war heilfroh, dass ihr nichts weiter passiert war. Vorsichtig setzte sie sich auf den kalten Pflastersteinfußboden, winkelte ihre Beine an und umschloss sie fest mit den Armen. Sie war alleine. Mutterseelenalleine.

Was waren das nur für Männer? Aber wieso das Janze? Wieso nur? Ingrid zermarterte sich das Hirn.

Sie öffnete ihre Handtasche und quetschte die überhängenden Kleidungsstücke hinein. Erschöpft brach sie in Tränen aus und suchte nach einem Taschentuch. Erst in der Tasche, dann im Mantel. Doch stattdessen zog sie den zusammengeknüllten Briefumschlag aus der Manteltasche. Verwundert wendete sie ihn. Er enthielt weder einen Absender noch irgendeinen Hinweis. Mit unruhigen Händen öffnete sie ihn und zog ein weißes DIN-A4-Blatt heraus. Sie erschrak und ließ das Papier aus den Händen gleiten. Von Weitem las sie das Wort *Zeugnis* und eine Zeile tiefer *für Frau Ingrid Jennicke. Zeugnis, wieso bekomme ich ein Zeugnis? Wieso?*

Die Hebamme hob das Schriftstück auf, überflog es und schnell wurde klar, dass irgendetwas mit der Geburt nicht rechtens war. Schweren Herzens beschloss Ingrid, erneut ins Krankenhaus zu gehen, um nach Lisa zu schauen. *Hoffentlich lebt sie noch!*

***

Doktor Buchmann trat vor Max und bat den jungen Mann in sein Büro.

»Wie ist es gelaufen, Herr Doktor? Haben wir einen Jungen oder ein Mädchen?«, fragte er voller Euphorie. Sein Blick verströmte die Freude eines jungen Vaters, glänzend und klar.

»Nehmen Sie doch bitte Platz«, forderte er Max auf, schritt um seinen Schreibtisch herum und setzte sich in seinen hochlehnigen, braun gepolsterten Arztsessel.

»Es ist ein gesunder und strammer Bursche. Alles dran, was an so einem Prachtkerl sein muss. Kein Grund zur Sorge! ABER!«

»*ABER*?«, wiederholte Max und schaute besorgt.

»Nun …«, druckste der Arzt und räusperte sich, »… das junge Fräulein hat es bedauerlicherweise nicht überlebt. Sie hat sich wirklich tapfer geschlagen, aber bei der Geburt gab es Komplikationen, und wir mussten uns entscheiden: entweder das Kind oder die Mutter.«

»*Entscheiden?*«, schrie Max und stand wutentbrannt auf. »Wie kann man sich bei so etwas entscheiden müssen? *WIE, ich verstehe Sie nicht!*«

»Setzen Sie sich doch bitte wieder«, gab sich Buchmann fürsorglich, »und lassen Sie uns sachlich über alles reden! Wie ich erfahren habe, studieren Sie selbst Medizin und wissen genau, dass nicht immer alles nach Plan verläuft. Ich habe mein Bestes gegeben, bitte glauben Sie mir. Aber ich konnte nichts mehr für Frau Oleski tun. Vielleicht tröstet es Sie, dass die junge Mutter ihren Sohn noch gesehen hat, bevor sie entschlief.« Nervös zitterte seine linke Hand auf dem Oberschenkel.

Der junge Vater senkte seinen Kopf und starrte auf den grauen Linoleumfußboden. Er wirkte kalt und bizarr, wie alles, was er gerade wahrgenommen hatte. Mit weinerlicher Stimme sagte er: »Ich will meine Frau sehen.«

»Herr von Billstedt, das ist nicht so einfach«, sprach der Weißkittel belehrend. »Wie mir zugetragen wurde, waren Sie mit der Verstorbenen nicht verheiratet. Wir haben hier strenge Regeln zum Schutze unserer Patienten. Wie Sie sich sicher denken können, werden hier sehr viele bekannte Persönlichkeiten behandelt und ihre Privatsphäre ist uns heilig. Aus diesem Grund lassen wir Bekannte nur mit ausdrücklicher Erlaubnis der Verwandtschaft zu den Patienten. In der Anmeldung hat Frau Oleski eine Tante als alleinige Verwandte erwähnt. Diese heißt es jetzt, ausfindig zu machen. Erst wenn sie ihre Zustimmung erteilt hat, können Sie Ihre Freundin noch einmal sehen. Es tut mir sehr leid, Ihnen das so sagen zu müssen«, artikulierte Doktor Buchmann mit süßlicher Stimme.

Max war wie gelähmt und vernahm die letzten Worte des Arztes nur noch wie aus der Ferne. Dumpf und blechern. Seine Gedanken kreisten um Lisa. All das war so unwirklich, wie in einem schlechten Traum, aus dem es jetzt zu erwachen galt. Ein Albtraum, wie man ihn niemandem wünschen würde.

Wie hypnotisiert antwortete er: »Stimmt! Ihre Eltern kamen bei einem Autounfall ums Leben. Aber von einer Tante wusste ich nichts.«

Doktor Buchmann erhob sich vom Stuhl, ging hinüber zu Max und lehnte sich gegen den Schreibtisch.

»Ihr Sohn braucht Sie jetzt. Kommen Sie, schauen Sie sich den Kleinen an!«, sagte er und berührte Max' rechte Schulter.

***

Leise lief Ingrid über das Treppenhaus in das zweite Geschoss, zur Entbindungsstation. Mit ständigem Vor- und Rückwärtsblick huschte sie über den Gang. Dann ein Blick zur Uhr. *15.00 Uhr. Prima. Visite. Alle sind auf ihren Zimmern.* Sie starrte den Gang entlang und zuckte zusammen. *Mist, die Kerle sind ja immer noch da. Wie komme ick an denen jetzt vorbei? Blöd.*

Sie stellte sich in den Türrahmen eines Patientenzimmers, keine zehn Meter entfernt, holte tief Luft und zog ihren dicklichen Bauch ein. Immerzu lunzte sie hervor und zitterte dabei wie Espenlaub. *Was machst du hier bloß?* Und, sie hatte Glück. Einer der Männer drehte sich mit dem Rücken zu ihr und gaffte einer vorbeihetzenden Krankenschwester nach.

Ingrid fasste sich ein Herz, lief auf Zehenspitzen vor zu Lisas Tür und drückte rücklings die Türklinke hinab. Leise huschte sie in ihr Zimmer, schloss die Tür wieder hinter sich und lehnte sich schweißgebadet dagegen. *Gott, das ist nix für mich. Ick bin doch keine Kriminelle.*

Achtsam lief sie durchs Zimmer.

Das Kinderbettchen war leer.

Verwundert ging sie weiter zum Nachbarzimmer, legte ihr Ohr gegen die Tür und lauschte ein paar Sekunden. Stille. Nichts war zu hören. Das Zimmer schien leer.

Sie öffnete die Tür und ging hinein.

Voller Entsetzen starrte sie aufs Bett, in dem Lisa wie tot dalag. *O Gott, sie ist tot!* Ingrid drückte ihren Zeigefinger auf Lisas Puls und vernahm ein schwaches Pochen. *Gott, sie lebt!*

»Wat haben *die* nur mit Ihnen gemacht?«, flüsterte Ingrid der jungen Frau zu und streichelte deren Wange. »Sie haben einen kleenen Jungen. Ihm geht's jut. Machen Sie sich keine Sorgen. Ick hole die Polizei und dann wird's wieder. So schnell bekommen *die* uns nicht kleen. Da müssen schon Bäume kommen und keene Äste.«

Unerwartet hörte die Hebamme Schritte im Flur, die sich langsam dem Zimmer näherten.

»Schiete, ick muss los! Die Idioten haben mich entlassen. Ick komme zurück, versprochen! Tschüss, Kleene, machen Sie's jut.«

Ingrid verließ das Krankenzimmer auf dem gleichen Weg, wie sie es betreten hatte, und war froh, dass Lisa noch am Leben war. Alles andere würde Sache der Polizei werden.

Unbeschadet erreichte sie an diesem verhängnisvollen Spätnachmittag ihre Wohnung und gönnte sich erst einmal eine große Tasse Kaffee.

***

Als Max seinen Sohn endlich in den Armen halten konnte, rollten dicke Tränen über seine Wangen. Er war glücklich, dass der Kleine die Geburt schadlos überstanden hatte, und gleichermaßen zutiefst betrübt, dass Lisa ihr Leben lassen musste.

Nachdem er eine halbe Stunde den Kleinen einfach nur im Arm gehalten und darüber die Zeit vergessen hatte, klopfte jemand diskret auf seine Schulter.

»Ich habe es gerade gehört«, sprach eine ältere, ihm bekannte Frauenstimme.

»Mutter???«

»Ja, mein Sohn«, sagte sie. »Ich bat Doktor Buchmann, mich zu informieren, sobald das Kind da ist. Und du kannst dir gar nicht vorstellen, wie es deinem Vater und mir geht. Schrecklich das Ganze. Aber man hört immer wieder von solch schlimmen Sachen«, sagte sie und versuchte, dabei tröstlich zu wirken. »Gibst du mir mal den Kleinen?«

Max übergab den Jungen seiner Mutter.

»Ganz der Papa«, sagte sie leise. »Wie soll er denn heißen? Max der Zweite?« Sie wiegte den Kleinen auf und ab.

»Keine Ahnung«, murmelte Max. »Lisa wollte ihn Michael nennen.«

»Michael? So einen Namen trägt doch jeder Zweite. Max sollte er heißen, immerhin ist er von adligem Geblüt.«

Max sah seine Mutter böse an. »Ist das jetzt so wichtig für dich?«, schrie er sie an. »*Lisa ist tot! Hörst DU! SIE ist tot!*«

Frau von Billstedt schluckte und wollte sich rechtfertigen, besann sich aber und sagte stattdessen: »Stimmt, du hast recht. Ich gehe jetzt zu deinem Vater. Er wartet draußen. Sollen wir dich vielleicht nach Hause fahren?«

Max nickte stumm und nahm ihr seinen Sohn wieder ab.

Leise schloss Anne-Marie von Billstedt hinter sich die Tür.

Der junge Vater sah besonnen in das winzige Gesicht seines Sohnes.

»Mein Kleiner, jetzt sind wir ganz alleine. Ich werde dir deine Mama nie ersetzen können, aber ich werde es versuchen«, dabei lösten sich erneut Tränen.

Der Junge sah ihn aus kleinen Kulleraugen an und es sah beinahe so aus, als würde er seinen Vater verstehen.

Im Anschluss übergab Max seinen Sohn einer Kinderkrankenschwester und verließ mit betrübtem Blick das Zimmer. Ganz wohl war ihm dabei nicht.

2. Im März 1966

Nachdem Ingrid in ihrer Wohnung vor Erschöpfung mit dem Kopf auf dem Küchentisch eingeschlafen war, schreckte sie ein paar Stunden später orientierungslos hoch.

»Wat, schon achte?«, stellte sie voller Entsetzen fest und bändigte ihren struppigen Zopf.

Sie stand auf und ging ins Bad. Als sie den Flur entlangschlurfte, entdeckte sie unterhalb ihrer Wohnungstür eine kleine weiße Ecke, die sie für einen Papierschnipsel hielt. Sie bückte sich und zerrte daran. Doch statt eines Zettels zog sie einen Brief hervor.

»Nicht schon wieder! Langsam geht mir dit auf die Nerven«, sprach sie zu sich. Ihr Magen war in Aufruhr und sie verspürte dumpfe Furcht. Sie lehnte sich gegen die Tür und öffnete nervös den Brief. Mit Angstschweiß auf der Stirn las sie.

Berlin, 28.02.1966

Sehr geehrte Frau Jennicke,

wir bedauern zutiefst, dass Sie unser Krankenhaus verlassen mussten. Gutes Personal ist schwer zu finden. Daher haben wir mit dem Verwaltungsrat unseres Vorstandes gesprochen und können Ihnen eine freudige Nachricht unterbreiten.

Im Uniklinikum Freiburg ist die Stelle einer Hebamme vakant. Allerdings ist diese umgehend zu besetzen. Man erwartet Sie dort bereits in der nächsten Woche. Sämtliche Informationen gehen Ihnen in den kommenden Tagen per Post zu.

Sollten Sie sich gegen dieses Angebot entscheiden, wären wir allerdings gezwungen, den unsäglichen Vorfall in unserer Klinik publik zu machen.

Hochachtungsvoll

Der Vorstand der Dr.-Endress-Klinik

Prof. Dr. Dr. Ambrosius

Aha! Diese Halunken wollen mich also aus dem Verkehr ziehen, dachte sie für sich und ging an diesem Abend völlig aufgelöst zu Bett, ohne die ganze Nacht über Schlaf zu finden. Am nächsten Morgen stand ihr Entschluss fest. Sie musste zur Polizei.

***

Das Polizeirevier befand sich ganz in der Nähe von Ingrid Jennickes Wohnung.

»Also, junge Frau«, sprach der Polizist, »und das soll ich Ihnen jetzt alles glauben? Sie beschuldigen hier einen der besten und renommiertesten Ärzte Berlins«, und zog ein Papier durch seine Schreibmaschine. »Das sind große Anschuldigungen, Fräulein! Wir erleben oft, dass gerade so junge Dinger wie Sie sich an den Ärzten rächen wollen, nur weil diese ihre Liebe nicht erwidern.«

»Was ist denn dit für'n Blödsinn!«, antwortete Ingrid verärgert. »Ick hatte noch nie was mit meinem Chef«, und strafte den Mann in Uniform mit einem verächtlichen Blick.

Dem war nicht genug. Bevor sich Ingrid zum Gehen anschickte, sagte der Polizist, dessen Namen sie nicht einmal kannte: »Ich mache Ihnen einen Vorschlag. Ich nehme Ihre Aussage noch nicht zu Protokoll. Sie schlafen noch mal drüber und kommen dann wieder aufs Revier! Nicht, dass es Ihnen am Ende leidtut.«

Kommentarlos und voller Wut verließ Ingrid das Revier. Es kam, wie es kommen musste: Sie achtete nicht darauf, wo sie hintrat, fiel auf rauen Asphalt und ruinierte ihre Nylons.

Ein Mann mit Hut und dunklem Mantel, dessen Kragen am Hals aufgestellt war, kam zu Hilfe und reichte ihr die Hand.

»Vielen Dank, ick bin immer so ungeschickt«, sagte Ingrid mit hochrotem Kopf und lächelte verlegen. Gleichfalls besah sie ihr aufgeschürftes Knie.

Schweigend sah der Mann sie an.

»Dann passen Sie mal schön auf, dass Sie nicht vor ein Auto fallen«, antwortete er mit bedrohlichem Tonfall und verschwand plötzlich wieder in der Menschenmenge, die sich an diesem Morgen durch Berlins Straßen wälzte.

Als Ingrid seine Worte vernahm, geriet sie in Panik, stand auf und drehte sich einmal im Kreis. Der Mann war wie vom Erdboden verschluckt.

Dit war kein Zufall. Der wollte mich warnen. Ick halte das nicht mehr aus. Muss raus aus Berlin. Sonst dreh ick noch durch.

So schnell sie konnte, lief sie nach Hause und verließ in den nächsten Tagen nicht mehr ihre Wohnung.

***

Das Telefon in Max' Wohnung klingelte eine Weile, bis er endlich den Hörer von der Gabel nahm.

»Ja, bitte!«, sprach er in die Hörmuschel.

»Max von Billstedt?«

»Mit wem spreche ich denn?«, erkundigte sich Max gereizt, denn die Presse verfolgte ihn bereits seit Tagen. Der Fall hatte sich in Berlin wie ein Lauffeuer verbreitet und die Klatschkolumnen waren voller haarsträubender Geschichten. Die einen berichteten von einem unsäglichen Unglück, während die anderen sogar über Mord spekulierten. Doch für Max war nichts mehr, wie es war. Seine zukünftige Frau war tot und sein Kind lag noch immer im Krankenhaus. Wie gerne hätte er sein ganzes Hab und Gut verschenkt, nur um die Geschehnisse der letzten Tage rückgängig zu machen. Und zum ersten Mal in seinem Leben begriff er, dass Geld nicht glücklich machte.

»Doktor Buchmann am Apparat.«

»Guten Tag!«, antwortete Max knapp.

»Herr von Billstedt«, sagte der Weißkittel, »Sie können Ihre Freundin noch einmal sehen. Frau Oleskis Tante hat ihre Zustimmung erteilt. Kommen Sie doch bitte morgen um zehn in die Leichenhalle.«

Max verschlug es die Sprache. *Leichenhalle* hörte sich nach *Ende* an, denn irgendwie hoffte er noch immer auf ein Wunder. Vielleicht war es einfach nur ein schlechter Scherz, makaber zwar, aber das Ergebnis wäre dennoch ein anderes.

»Sind Sie noch dran?«

»Jaaaa«, gab Max irritiert zurück.

»Gut. Ich möchte Ihnen noch einmal mein herzliches Beileid bekunden. Es tut mir so leid.«

Dann legten die Männer auf.

Der eine setzte sich direkt neben dem Telefon in seinen Nierensessel und sinnierte zum eichenen Sideboard seiner Großmutter, auf dem im Halbkreis Familienfotos standen. Auf einem der Fotos waren Lisa und Max zu sehen. Die beiden saßen auf einem Fahrrad und lachten.

Der andere stand am Fenster und war gerade im Begriff, sich eine Zigarette anzuzünden. Er nahm einen tiefen Zug und pustete in kleinen Ringen den kalten Rauch gegen die Fensterscheibe seines Büros. Sein Blick war frostig.

***

Am darauffolgenden Tag stellte Max seinen Mercedes auf dem Parkplatz der Klinik ab, während Doktor Buchmann ihn aus sicherer Entfernung mit finsterer Miene beobachtete. Dann ging er auf Max zu und streckte ihm die Hand entgegen.

»Guten Tag, Herr von Billstedt«, begrüßte er Max und lächelte gekünstelt.

»Guten Tag.«

»Bitte kommen Sie, ich bringe Sie zu der Verstorbenen.«

»Danke.«

Doktor Buchmann ging voran. Max folgte ihm bis zum Fahrstuhl.

Der Arzt drückte auf das silberne Quadrat mit der Aufschrift *2. UG.* Max erinnerte sich, als wäre es gestern gewesen, wie er erst kürzlich noch auf *3. OG* gedrückt hatte, um mit Lisa in die Geburtsabteilung zu fahren.

Doch jetzt ging es abwärts.

Doktor Buchmann starrte auf die Tür. Max auf die Zahlen der Etagen. Das plötzliche Rucken signalisierte ihm, dass hier die Reise zu Ende war.

Die Fahrstuhltür schob sich leise auf.

Die Herren stiegen aus.

Sie liefen durch einen langen, dunklen und kalten Gang, der nur spärlich beleuchtet war. Am Ende des Flures erreichten sie eine Metalltür mit der Aufschrift *Kühlraum*.

Max stoppte. Alles in ihm wehrte sich und er sträubte sich, auch nur einen Fuß in den nachfolgenden Raum zu setzen. Max wollte nicht, zauderte, entschied aber schließlich, seiner Geliebten ein letztes *Lebewohl!* mit auf ihre Reise zu geben. Er war es ihr schuldig.

Langsam schob Doktor Buchmann die schwere Tür auf und ließ Max passieren.

Im Raum war es stockfinster. Das Licht ging an. Hell,

viel zu hell und viel zu grell. Hellblaue, quadratische Kacheln schmückten die Wände. Steril. Kalt. Unwirklich.

Max zuckte zusammen. Obwohl er bereits mehrfach einen Kühlraum für Leichen betreten hatte, war dieser Anblick für ihn unerträglich. Laut schreien, danach war ihm zumute. Hier würde ihn sowieso niemand hören. Seine Wut, seine Angst, seine Gefühle. All das war in ihm und wollte heraus.

An den Hallenwänden, rechts und links von Max aus gesehen, standen Metallliegen. Sie waren nackt und leer. Nur auf zwei von ihnen war ein weißes Laken, unter dem jeweils ein großer Zeh mit Zettel daran hervorschaute, ebenso wie eine Hand.

Max durchfuhr ein kalter Schauer. Er wollte es immer noch nicht wahrhaben, bis Doktor Buchmann ihn antippte.

»Sie liegt hier«, sagte der Arzt und berührte das rechte Gestell mit der heraushängenden Hand, ergriff sie und schob sie wieder zurück unter das Laken. Dann schritt er zum Kopfende und sah Max mit bohrendem Blick an.

»Sind Sie bereit?«

Max nickte und ließ die Hand des Arztes nicht aus den Augen.

Dieser nahm das Tuch zwischen zwei Finger und legte das Gesicht der Toten frei. Es war kreidebleich. Und ja, die junge Frau darunter war tot. Zweifelsohne.

Max hob die Hand und wollte Lisa noch einmal berühren.

»Nein, tun Sie sich das nicht an! Ihr Körper ist bereits kalt. Am Ende bleibt Ihnen das in ständiger Erinnerung«, wirkte der Arzt auf Max ein.

Mit Erfolg. Max haderte zunächst, zog dann aber seine Hand zurück.

»Die Leiche«, sagte Doktor Buchmann, »wurde bereits von Frau Oleskis Tante freigegeben. Alle Details der

Beerdigung finden Sie in diesem Brief.« Mit diesen Worten überreichte er Max einen gelb marmorierten Umschlag und bedeckte wieder Lisas Gesicht.

Die Männer drehten sich um, kehrten der Leiche den Rücken zu und verließen wortlos die Halle.

Unmerklich bewegte sich das Laken, unter dem Lisa lag.

Max blickte noch einmal kurz zurück, glaubte, eine dezente Bewegung gesehen zu haben, schüttelte jedoch den Kopf: *Ach, jetzt sehe ich auch schon Gespenster,* und ging.

***

Die Beerdigung sollte im engsten Familienkreis auf dem Friedhof Grunewald stattfinden. Mit Max, seinen Eltern sowie der unbekannten Tante von Lisa.

Nachdem der Pfarrer eine herzergreifende Predigt in der Friedhofskapelle gehalten hatte, trugen vier schwarz gekleidete Männer den schneeweißen Sarg mit weißen sowie einer einzigen roten Rose zur offenen Grabstelle, wo sie ihn in die Tiefe hinabließen.

Als Erstes warf Lisas Tante, eine schon etwas ältere Dame mit grauem Haar und Hut, eine Schaufel Erde auf den Sarg und ging beiseite.

Sie fiel laut bröckelnd hinab, ein paar Steine schienen darunter zu sein.

Max beobachtete die alte Dame sehr genau. *Wieso hat mir Lisa bloß nie etwas von ihr erzählt?* Dann trat auch er einen Schritt vors Grab, nahm der Frau die kleine Schippe ab und tauchte sie in die Erde.

»Lebe wohl, mein Leben«, flüsterte er und schien der toten Geliebten diese Worte mit der nachfolgenden Erde zu schicken.

Max übergab die Schaufel seiner Mutter.

Rasch folgte auch ihre Gabe, während ihr Mann eine kurze Weile am geöffneten Grab stand und mit trauriger Miene hinabstarrte. Seine Augen waren von Tränen getränkt.

Nach der Zeremonie reichte Max Lisas Tante die Hand und versuchte sie unter ihrem übergroßen Hut, dessen Krempe bis tief über das Gesicht gezogen war, auszumachen, doch es gelang ihm nicht. Flüchtig blickte er auf ihre Hand und wurde stutzig. Unter den Fingernägeln klebte bräunlicher Dreck. *Vielleicht hat sie vorher im Garten gearbeitet?*

Und noch etwas kam ihm seltsam vor: Einen Leichenschmaus gab es nicht. Wie es hieß, war die ältere Dame gesundheitlich angeschlagen und wollte so schnell wie möglich wieder nach Hause. Das Taxi wartete bereits auf sie.

Nachdem der Wagen mit der mysteriösen Tante darin Staub aufwirbelnd um die Ecke gefahren war, sah Max ihm noch ein paar Minuten betrübt nach. Er wusste so gar nichts von Lisas Verwandten. Weder, woher sie kam, noch, wo sie wohnte, und auch ihr Name wurde niemals erwähnt. Lediglich *Tante* wurde sie genannt.

Am nächsten Tag konnte Max seinen Sohn aus dem Krankenhaus nach Hause holen, weil die vermeintliche Tante es so wünschte. Um sich auf sein Studium konzentrieren zu können, hatte ihm seine Mutter ein Kindermädchen an die Seite gestellt.

***

Die Wochen gingen ins Land. Es wurde Frühling, Sommer, Herbst und Winter, und ein weiteres Jahr verging. Inzwischen war es 1968 geworden und Max hatte seine letzten Facharztprüfungen mit Bravour absolviert. Ihm zu Ehren veranstalteten seine Eltern ein großes Gartenfest.

Die Geschehnisse der vergangenen Jahre verblassten allmählich. Doch für Max gab es keinen Tag, an dem er nicht an Lisa dachte, allein schon wegen seines kleinen Sohnes Michael, der Lisa zusehends wie aus dem Gesicht geschnitten war.

Der Garten der Billstedt-Villa war voller Girlanden und ein riesiges Büfett schmückte seine Mitte. Erlesene Speisen, kleine Häppchen, Getränke aller Art und hübsche Törtchen krönten den langen Tisch. Die Gastgeberin Frau von Billstedt hatte es an nichts fehlen lassen, und auch die Gästeliste war ein Who-is-who der Berliner High Society.

»Max, komm doch bitte zu uns herüber!«, rief Anne-Marie von Billstedt ihrem Sohn zu und winkte ihn beim Vorbeilaufen herbei.

Neben ihr stand eine groß gewachsene Blondine mit langen Beinen und einem grau-weiß karierten, eng anliegenden Etuikleid und spitzen Schuhen. Alles war Ton in Ton auf das Feinste abgestimmt. Kleid, Schuhe und Tasche – alles grau-weiß kariert.

»Ich möchte dir gerne jemanden vorstellen«, lächelte Frau von Billstedt ihrem Sohn entgegen.

Max gesellte sich zu seiner Mutter und der jungen Dame, die fast so groß war wie er.

»Darf ich vorstellen? Erika Westhagen«, sagte Max' Mutter und blickte dabei zunächst auf die attraktive junge Frau und dann auf ihren Sohn.

Max reichte der Fremden die Hand und sagte: »Freut mich, Sie kennenzulernen. Westhagen?«

»Du weißt schon, der Westhagen-Konzern«, übernahm seine Mutter die Beantwortung der Frage gleich selbst.

Der Westhagen-Konzern gehörte zu jener Zeit zu den größten Aktiengesellschaften Deutschlands, mit Stammsitz in Berlin und München, und war in mehr als einhundertundfünfzig Ländern weltweit vertreten. Das Konglomerat an Firmen reichte von der Autozulieferindustrie bis hin zur Metall verarbeitenden Industrie sowie Medizintechnik. Das Vermögen der Familie Westhagen deckte sich in etwa mit dem der Familie von Billstedt. Der Familienclan gehörte zu den reichsten Deutschlands.

»Aha!«, sagte Max überrascht.

Die junge Frau wirkte äußerst anziehend auf Max. Sie war dezent geschminkt und verströmte den Chic einer Großstädterin. Und: Sie hatte etwas von Lisa. Vielleicht war es aber auch nur der Fliederduft, der seine Nase kitzelte, denn eigentlich verband die beiden Frauen äußerlich rein gar nichts.

Max und Erika plauderten den ganzen Abend über Gott und die Welt und verabredeten sich schließlich auf ein Tennismatch am darauffolgenden Tag.

Anne-Marie von Billstedt beobachtete die beiden mit wohlgesinntem Blick, denn Erika Westhagen war genau die Frau, die sie für ihren Sohn auserkoren hatte. Erneut spann sie ihre Fäden. Dieses Treffen war nicht zufällig, wie sie Max glauben ließ, sondern wohldurchdacht.

Max und Erika wurden schließlich ein Paar. Es war die Zeit der linksgerichteten Studenten- und Bürgerrechtsbewegungen, als Ende der Sechzigerjahre das beschauliche Leben der beiden nicht immer ruhig verlief. Es war das Jahr der Aufstände und Proteste. Attentate auf Martin Luther King, Robert Kennedy und Rudi Dutschke erschütterten die Menschen.

Zwei Jahre nach der ersten Begegnung im Garten der von Billstedts heiratete das Paar und bekam ein erstes gemeinsames Kind: Katharina.

3. Sommer 1970

Eine Hand öffnete das kleine quadratische Fenster der Kliniktür und ein dicklich wirkendes Frauengesicht presste sich zwischen die Metallstäbe. Wahrlich, einen Schönheitswettbewerb konnte dieses Gesicht nicht mehr gewinnen.

Unmerklich, aber dennoch klar wahrnehmbar kroch der Geruch von frischer Farbe durch die schmalen Ritzen der kaum drei Zentimeter voneinander entfernten Stangen.

Draußen wurde gestrichen.

»Guten Morgen, Frau Schwarz. Wie geht es uns heute?«, rief das Gesicht und zeigte gleichzeitig seine schiefen Zähne.

Im Inneren des gefängnisgleichen Raumes saß eine vollschlanke, braun gelockte Frau auf ihrem Bett. Sie hatte sich etwas nach vorne gebeugt und blätterte konzentriert in einem Buch. Ihre Erscheinung wirkte durch Jeans und übergroßem T-Shirt leicht ungepflegt. Das Alter der Frau ließ sich schwer schätzen. Sie schien älter, als sie tatsächlich war.

Schwarz? Wieso nennen die mich hier immer Schwarz? Als sie das Schließen ihrer Tür vernahm, blickte sie langsam auf, sah zur Uhr und legte das Buch auf den kleinen Holztisch neben sich. Wartend starrte sie auf die Tür.

Eine Frau in weißer Arbeitskleidung betrat den Raum und brachte ihr ein Glas Wasser sowie eine kleine Tablettenschachtel.

»Frühstück«, sagte die Schwester etwas zu laut und übergab der Frau das Glas. Danach öffnete sie die winzige Schachtel und reichte ihr diese ebenfalls.

Wortlos nahm die Frau ihre tägliche Tablettenration heraus, steckte sie in den Mund und goss das Wasser hinterher.

»Schön schlucken, gell?«, forderte die Pflegekraft mit Nachdruck, »… und Mund auf!«

Die Patientin nickte stumm, schluckte wie befohlen und öffnete den Mund.

Die Schwester bückte sich zu ihr herab, sah in die Mundhöhle und redete, als wäre die Frau vor ihr noch ein Kind: »Gut gemacht! Braves Mädchen!«

Ohne Regung nahm die Frau auf dem Bett wieder ihr Buch zur Hand und blätterte erneut darin herum.

»Armes Mädchen«, herrschte die Schwester sie an. »Aber sein eigenes Kind umbringen ist wirklich das Letzte. Sei froh, dass du unter Depressionen leidest und die Ärzte dich in die Psychiatrie gesteckt haben.« Böse und kopfschüttelnd sah sie sie an, bevor sie wieder hinter der schweren Tür verschwand, hinter der sie hervorgekommen war.

Mit einem dezenten Quietschen fiel die Tür ins Schloss und wurde von außen verriegelt.

Als die Schwester das Zimmer verlassen hatte, unterbrach die Frau ihr Lesen, öffnete den Mund und übergab die Tablette ihrer Hand. Unbeobachtet legte sie wenige Minuten später die Tablette in eine kleine Plastikschachtel und zerdrückte sie, bis sie nur noch Staub war, und streute diesen in ihren Kleiderschrank. Hier gab es diverse Hohlräume und Ritzen, die bestens geeignet waren für ihr Geheimnis.

Danach setzte sie sich wieder auf ihr Bett und las von Neuem.

Nach einer Weile bog sie den Umschlag ihres Buches etwas auf und zog ein Stück Papier zwischen Deckel und letzter Seite heraus. Mit zittrigen Händen faltete sie das Papier auf und las es sich im Flüsterton vor:

»März 1966

Berliner Morgenpost

Tod im Krankenhaus – junge Frau verliert den Verstand und stirbt

Nach dem plötzlichen Kindstod ihres Sohnes gerät Frau Karla P. (Name von der Redaktion geändert) in Panik und stirbt kurz nach ihrem Kind an Herzversagen. Ganz Berlin ist schockiert. Was für ein tragisches Schicksal. Beten wir für die junge Frau und deren Sohn.

Karsten Wollschmidt, Redaktion Lokales«

Mit Tränen in den Augen faltete die Frau den Artikel zusammen und versteckte ihn wieder im Buchdeckel. *Sie schreiben von plötzlichem Kindstod. Meinen sie mich damit? Und hier, in der Psychiatrie, heißt es, ich wäre eine Mörderin? Was ist bloß richtig? Das ergibt keinen Sinn! Oder habe ich es doch getan ...? Wenn ich das nur wüsste! Ich werde noch wahnsinnig.*

Und noch ein Artikel säumte an diesem verhängnisvollen Tag die *Berliner Morgenpost*, allerdings in großen Lettern und auf der ersten Seite mit viertelseitigem Farbfoto, das einen jungen Mann in Siegerpose zeigte. Doch davon wusste die Arme nichts.

Im März 1966

Berliner Morgenpost

Dr. Harald Buchmann – jüngster Professor der Freien Universität Berlin

In einer feierlichen Laudatio wurde heute Dr. Harald Buchmann, gefeierter Arzt und Koryphäe auf dem Gebiet der Geburtshilfe, mit nur 35 Jahren die Professur an der Freien

Universität Berlin vom Präsidenten der Universität Prof. Dr. Dr. h. c. Peter Manker erteilt.

Dr. Buchmann wird neben seiner Lehrtätigkeit an der Universität auch in den Vorstand der Dr.-Endress-Klinik berufen und löst somit den sich in den Ruhestand verabschiedenden Prof. Dr. Dr. Ambrosius ab.

Wir wünschen Prof. Dr. Buchmann viel Erfolg.

Karsten Wollschmidt. Redaktion Lokales

Eine Stunde später vernahm die Frau, die man Schwarz nannte, das Geräusch eines Schlüssels. Langsam drehte er sich in der Tür.

Erneut erschien die Krankenschwester von gerade eben. Diesmal brachte sie ein Tablett mit Kaffee und Brot und stellte es wortlos auf den kleinen Holztisch neben das Bett. Die Tür ließ sie einen Spalt weit offen, denn sie nahm an, dass die Patientin ruhiggestellt war.

Frau Schwarz warf einen raschen Blick in den Gang hinaus und entdeckte einen jungen Mann in Malermontur. Er schien aufgeregt und rannte unmittelbar vor ihrer Tür auf und ab.

»Mann, wann kommt bloß der Dritte? Der sollte doch schon längst hier sein!«, schimpfte er und hielt sich die Hände an den Kopf. »Zwei Männer, dit ist einfach zu wenig.«

»Frau Schwarz??? Hallo?? Hiiier! Ihr Frühstück!«, holte die Stimme der Schwester sie aus den Tiefen ihres Unterbewusstseins zurück ins Hier und Heute.

Dritter Mann, dritter Mann. Ich muss hier raus. Das ist meine Chance. Aber wie?

»Nicht vergessen, Frau Schwarz, heute steht für Sie wieder eine Gymnastikstunde auf dem Plan. Um elf.«

Klar, wie konnte ich die nur vergessen? Heute ist ja Dienstag. Langweilige Stunde. Ständig Bein hoch und Bein runter. Mann, wie das nervt!

»Danke«, sagte *Frau Schwarz* leise und nahm die kleine weiße Plastiktasse vom Tablett, die so wunderbar nach Kaffee duftete. Ein Geruch, den sie über alles liebte, mehr als dass ihr das Getränk schmeckte.

»Na, Sie können ja reden. Hört man bei Ihnen selten«, unkte die Frau in Schwesternuniform und schien tatsächlich etwas zu lächeln.

Pünktlich um zehn vor elf stand Frau Schwarz im dunkelblauen Trainingsanzug und Turnschuhen vor ihrer Tür und wartete auf das Schließen.

Pünktlich um acht vor elf öffnete sich die Tür und eine kleine zierliche Frau in Gymnastikanzug und weißen Turnschläppchen nahm Frau Schwarz in Empfang.

Frau Schwarz folgte ihr über den Flur, bückte sich aber unerwartet nach einem Meter und tat, als wäre ihr Schnürsenkel aufgegangen. Unterdessen sondierte sie den Flur, blickte nach links und dann nach rechts.

Überall standen Farbeimer. Keine zwei Meter entfernt saß ein Mann breitbeinig auf einer Leiter und zog mit einem Pinsel zartgelbe Farbe über eine Wand. Ein weiterer Maler hatte sich auf dem Boden niedergelassen und rührte Farbe an. Im Hintergrund stand ein kleines hellblaues Radio, aus dem leise Musik der Beatles ertönte. *Let It Be* nannte sie der Radiomoderator.

»Wo bleibt nur der Erwin?«, schimpfte einer der Männer mit brummiger Stimme. »Der Alte sollte endlich in Rente gehen, anstatt ständig seinen Rausch auszuschlafen und zu spät zu kommen.«

Der andere auf der Leiter schwieg und strich unterdessen seine Farbe weiter über die Wand. Er schien noch unbeholfen und wiederholte ständig seinen Farbstrich.

»Da ist mir so ein Lehrjunge wie du lieber. Du machst, was man dir sagt, und jut is«, maulte der Maler.

Genau um fünf vor zwölf endete die Sportstunde und die zehn Patientinnen erhielten ein Glas Wasser gegen ihren Durst. Unbemerkt schlich Frau Schwarz in den Geräteraum der Turnhalle und versteckte sich hinter einem Stapel Matten, während ihre Mitpatientinnen die Halle nacheinander verließen.

Die Tür fiel nach der Letzten ins Schloss.

Frau Schwarz blieb eine Weile hinter den Matten hocken, hörte in den Raum und lief dann hastig durch die leere Sporthalle. Sie legte ihr Ohr gegen die Hallentür und lauschte. Die Luft schien rein.

Vorsichtig drückte sie den Griff nach unten und huschte auf leisen Sohlen hinaus. Kaum zwei Meter weiter befand sich, wie auf jeder Etage, eine kleine Wäschekammer. In dieser verschwand sie.

Hier in den Regalen lagen, feinsäuberlich sortiert, Schwesternkittel und Hosen. Sie schnappte sich jeweils ein Teil, zog es über und besah sich im Spiegel. Kurzerhand ergriff sie eine Schere und schnitt ihr langes Haar bis auf einen Zentimeter ab. Dann nahm sie aus der Waschmittelbox eine Handvoll Waschpulver und bestrich ihr Haar. Es verlieh ihm einen leichten Grauschimmer und ließ es älter wirken. Mithilfe eines Pflasterstreifens, den sie im Verbandskasten gefunden hatte, klebte sie ein Stück ihres abgeschnittenen Haares über die Oberlippe und bestrich auch das mit Waschmittel. Der ätzende Geruch kitzelte in ihrer Nase und gerade noch rechtzeitig konnte sie ein Niesen unterdrücken. Zu guter Letzt wickelte sie sich einen Schwesternkittel um den Bauch, mit dem sie dicker aussah. Die Maskerade eines älteren und Bier trinkenden Malers war perfekt.

Jetzt musste sie raus. Egal, wie! *Nur fort!*

Seit mehr als vier Jahren hielt man die Patientin gegen ihren Willen in der Hans-Läufer-Nervenklinik gefangen, und die Chance auf eine Entlassung wurde ihr stets mit großem Geschick verwehrt. Als *Kindsmörderin* diagnostizierte man bei ihr *jährlich* eine nicht heilbare Psychose. Angeblich litt sie unter Wahrnehmungsstörungen, und ihre ständige Fragerei nach dem Verbleib ihres Kindes war für die Ärzte ein gefundenes Fressen, sie weiterhin in der Klinik zu behalten. Doch warum, wusste sie nicht. Nur, dass sie jemand mit großem Kalkül nach der Geburt ihres Sohnes aus dem Verkehr gezogen hatte. Wer konnte sie derart hassen? Sie musste es wissen und auf all das eine Antwort finden. Das war sie sich und ihrem Kind schuldig. Vielleicht hatte jemand viel Geld für den Kleinen bezahlt, um ihn als den eigenen Nachwuchs auszugeben, oder aber: Es war einem Kunstfehler bei der Geburt zum Opfer gefallen und kein Arzt wollte diesen offiziell eingestehen oder vielleicht … Aber daran wollte Frau Schwarz erst gar nicht denken. Sie brauchte Licht in der Finsternis und suchte einen Ausweg aus dem Gespinst von Unwahrheiten.

Mit hochrotem Kopf sah Frau Schwarz durch den Türspalt und gesellte sich kurz darauf zu den Malern. Niemand erkannte sie, stattdessen fragte der Ältere der beiden: »Na, ausgepennt? Wurde aber auch Zeit. Hast du die Farbe?«

Frau Schwarz räusperte sich mit tiefem Ton: *»Farbe?«,* wiederholte sie in männlicher Stimmlage.

»Ick krieg die Krise. Nicht???«, schimpfte der Maler auffallend laut. »Pass bloß uff, noch so'n Ding und ick schmeiß dir raus! Kannst dann gucken, wie du deine Jören satt kriegst.«

»'tschuldigung, Meister«, brummte Frau Schwarz und rümpfte vor lauter Farbgestank die Nase.

»Hier«, sagte der Maler und übergab ihr einen kleinen Zettel, »nimmst am besten mein Fahrrad und holst die

Kübel, bevor ick mich noch vergesse! Nimm den Ausweis mit, ohne den kommst du aus der Klapse nicht raus!«, und setzte leise nach: »Irrenhaus, hier sitzen lauter Idioten. Wenn du verstehst, wat ick meine.«

»Wo find ich denn das Fahrrad?«, fragte Frau Schwarz zurückhaltend.

»Mann, du Trottel, natürlich vorm Haus! Wenn du so weitermachst, landest du och noch hier. Und nun verschwind! Wir brauchen die Farbe.«

Frau Schwarz nahm den Zettel an sich, blickte dem Maler kurz in seine taubenblauen Augen, drehte sich um und ging.

Der Maler sah ihr noch eine Weile nach, schüttelte grübelnd den Kopf und wandte sich dann wieder seiner Arbeit zu.

Ohne sich auch nur einmal umzublicken, lief sie schnurstracks zum Ausgang.

Der Pförtner musterte die Unbekannte etwas genauer, sah auf das Passierpapier und dann wieder auf sie. »Mhm, wenn ich Sie so anschaue, könnte ich Sie fast für eine Patientin halten«, sprach er und sah streng über den Rand seiner Brille. »Mhm, mhm.«

»Meister, ick bin Maler«, erklärte ihm Frau Schwarz mit Nachdruck, »und soll Farbe holen. Und wenn ick nicht schnell zurückkehre, bekomme nicht ick Ärger, sondern Sie!«, obwohl sie am ganzen Körper wie Espenlaub zitterte und in jedem Moment damit rechnen musste, dass jemand sie von hinten schnappte und überführte. Ihr Puls raste. Ihr Herz pochte. Und der Schweiß rann ihr über die Wangen.

»Ist ja schon gut. Gehen Sie!«

Dem Zerbersten nahe, aber dennoch langsam, schritt Frau Schwarz die zehn Meter bis zur Glastür, drückte sie auf und lief verhalten hinaus, während der Pförtner, ahnend oder auch nicht, ihr nachblickte.

Doch kaum dass sie hinter der Ecke verschwunden war, lehnte sich Frau Schwarz mit der Hand vor dem Mund gegen das rötlich braune Mauerwerk und übergab sich augenblicklich. Ihr war schlecht und sie fühlte sich hundeelend. Jedoch schlappmachen ging nicht. Noch war sie gefangen.

Das dreirädrige schwarze Malerfahrrad war nicht zu übersehen. Vorne trug es einen Metallbehälter mit der Aufschrift *Malermeister Küppers & Sohn.*

Merkwürdiges Rad. Egal, Hauptsache, fort. Sie setzte sich aufs Rad und fuhr vorsichtig an. Erst als sie den backsteinfarbenen Haupteingang passiert hatte, beschleunigte sie und raste davon.

In der Klinik hatte man Frau Schwarz für den Rest des Tages nicht vermisst. Erst gegen Abend, als das Nachtessen anstand, entdeckte man das leere Bett mit der Zudecke, deren Verformung die Schwestern versehentlich den ganzen Nachmittag für eine Schlafende gehalten hatten.

Hektik machte sich an jenem Abend in der Nervenklinik breit. Doch die junge Frau war wie vom Erdboden verschluckt. Tagelang suchte man vergeblich nach ihr. Sie blieb verschollen. Selbst eine Suchanzeige in der Zeitung führte zu keinem Ergebnis. Über kurz oder lang verblasste der Vorfall, und die junge Frau geriet in Vergessenheit, während die Anstaltsleitung zum Gespött der Berliner Karikaturisten wurde. Ganz Berlin höhnte über den Vorfall und nannte die Frau nur noch *Die Gräfin von Monte Christo*. Die Berliner hegten Sympathie für die junge Frau, und man spekulierte sogar, dass jemand sie versteckt hatte.

Das Gerücht entsprach der Wahrheit.

Frau Schwarz, die sich inzwischen Alis Riga nannte, kam tatsächlich für kurze Zeit bei einer Freundin unter. Sie wohnte ein paar Tage bei ihr, bis sie sich wieder beruhigt hatte. Inzwischen kehrten auch die Erinnerungen sowie ihr richtiger Name zurück. *Lisa Oleski*. Ja, sie war es und hatte das Martyrium in der Klinik überstanden. Lisa war weder tot noch hatte sie eine Psychose. Sie wusste das. Aber würde man ihr glauben?

***

Ein paar Monate später, am 28. Februar 1971, stand eine zierliche junge Dame mit blondem Bubikopf und körperbetontem Mantel vor dem Anwesen der Familie von Billstedt.

Im Hause herrschte hektisches Treiben und Kindergeschrei drang bis auf die Straße. Überall im Garten hingen bunte Luftballons und trotz der eisigen Kälte spielten ein paar der Kinder ausgelassen Fußball. Sie kreischten und tobten. Ohne sie zu kennen, fühlte man ihre Freude und den Spaß am Spiel.

Die junge Frau blickte mit Wehmut auf das Anwesen und schien etwas zu suchen. Plötzlich, wie aus heiterem Himmel, rollte ein Ball genau vor ihre Füße. Überrascht blickte sie auf das schwarz-weiß gefleckte Teil und zögerte. *Zurückschießen oder hochnehmen? Zurückschießen!* Doch gerade als sie im Begriff war, den Ball zurückzukicken, stand ein kleiner Junge mit Norwegerjacke und passender Bommelmütze vor ihr und sah sie mit großen erwartungsvollen Augen an.

»Ist das deiner?«, fragte die junge Frau den Burschen.

Der Kleine starrte sie schweigsam an und nickte.

»Ihr feiert wohl heute Geburtstag?«

»Ja, Tante! Bringst du mir auch ein Geschenk?«

»Ein Geschenk? Mhm, ja, mein Kleiner. Dann bist *du* also das Geburtstagskind? Sag, wie alt bist du geworden?«, erkundigte sich die Frau nachdenklich.

Der Kleine hob seine Händchen und zeigte an jedem

zwei Finger.

»Vier, du bist erst vier? Aber …?«

»Ja, vier!«, gab er kess zurück.

In diesem Moment rief von Weitem eine helle Frauenstimme: »Michaaaael, komm, es gibt Kakao und Kuchen!«

»Und mein Geschenk!«, forderte der Junge vorwurfsvoll.

Die junge Frau öffnete hektisch ihre Ledertasche, zog ein kleines Schächtelchen mit blauer Schleife heraus und reichte es dem Geburtstagskind durch das schmiedeeiserne Tor. Im gleichen Moment schritt eine langhaarige Blondine mit hochhackigen Schuhen dem Jungen entgegen. Sie trug einen rot karierten Rock und dazu einen schwarzen Wollpullover. Ihre Arme hielt sie fröstelnd vor der Brust verschränkt.

»O weh, meine Mama«, flüsterte Michael.

Die junge Frau mit dem Bubikopf sah noch einmal zu dem Jungen und entfernte sich raschen Schrittes vom Haus. *Er ist vier? Seine Mutter? Ähm, mein Kleiner wäre jetzt fünf.* Panik und Unruhe machte sich in ihr breit. *Weg! Nur weg!* An mehr dachte sie nicht.

»Michael, hast du nicht gerade mit jemandem gesprochen?«

»Da war eine ganz liebe Tante, Mami.«

»*Eine Tante?*«, wiederholte Erika von Billstedt streng. »Michi, du darfst niemals mit Fremden reden, hörst du!«

Der Kleine blickte hinauf ins Gesicht seiner Mutter und verzog den Mund zur Schnute.

»Nein, Mama, mach ich nicht, versprochen.« Aus Angst hielt er das kleine Schächtelchen hinter dem Rücken versteckt.

Erika ergriff die Hand ihres Sohnes und zerrte ihn ins Haus.

Auf dem Weg dorthin ließ der Kleine das Geschenk in seine Hosentasche rutschen. Erst als er am Abend ins Bett ging, öffnete er die blaue Schleife des Schächtelchens und linste hinein.

»Oi«, sagte er verwundert und zog einen kleinen silberfarbenen Mercedes heraus. »Der ist aber schön, Tante.« In Gedanken stand sie vor ihm.

Nachdem er das kleine Auto in der oberen Schublade seines Nachtschränkchens verstaut hatte, kuschelte er sich mit seinem Plüschteddy unter seine bunte Kinderdecke und schlief wenig später ein.

Ein letzter Blick durch die geöffnete Kinderzimmertür signalisierte Max von Billstedt, dass sein Sohn eingeschlafen war.

Beruhigt verließ er die obere Etage.

***

Ein paar Jahre darauf öffnete Alis Rigas Berliner Freundin ihren Briefkasten und entdeckte eine bunte Postkarte mit der Freiheitsstatue darauf.

Liebe Sabine,

nun bin ich endlich frei. In New York habe ich ein neues Leben begonnen, bin verheiratet und glücklich.

Ich hoffe, es geht Dir gut! In meinem Herzen bist Du stets bei mir. Danke für alles, was Du für mich getan hast. Doch ein Schmerz bleibt ...

Schreibe mir bitte unter der Adresse, die Du bereits kennst.

In Liebe
Deine Freundin

Etliche Jahre danach folgten weitere Postkarten, zunächst aus Mexiko, dann aus Chile und später aus Australien.

Vierzig Jahre danach

4. Deutschland, Sonntag, 12. Oktober – Konstanz

Ein lautes und seltsames Stöhnen drang bis nach draußen auf den Gang.

Zunächst zog es nur ein paar neugierige Heimbewohner der Seniorenresidenz *Wolkenlos* vor das Apartment Nummer fünf, doch allmählich wurden es mehr. Unruhe machte sich breit. Was hatten diese Geräusche nur zu bedeuten? In Windeseile sprach sich das Ereignis im Haus herum.

Alles tuschelte, und man machte sich Gedanken, was wohl gerade hinter der Tür von Nummer fünf geschah.

Schließlich erschien die Altenpflegerin Irina.

»Na, meine Lieben, was gibt es denn so Aufregendes bei Herrn von Billstedt?«, fragte Irina Valeria mit leicht russischem Akzent in die Seniorenrunde und lächelte verschmitzt. Das Gold ihres kleinen Eckzahnes blitzte ein wenig zwischen ihren knallrot geschminkten Lippen hervor. Die Heimbewohner mochten sie. Stets war sie freundlich, zuvorkommend und hatte immer eine kleine Lebensweisheit parat.

Das Haus *Wolkenlos* gehörte zu den besten Seniorenresidenzen Deutschlands und war dementsprechend teuer. Luxus pur und ein Stelldichein aller wohlsituierten Senioren der Republik. Das ehemalige Schloss des Grafen von Golzow war eine Spende der Familie an die Stadt Konstanz, um den gehobenen Ansprüchen wohlhabender Rentner auf der Suche nach einem adäquaten Altersruhesitz gerecht zu werden. Aber nicht jeder gut betuchte Senior durfte hier leben. Letztendlich entschied ein strenges Auswahlverfahren über die Aufnahme in die Residenz. Zum einen waren die

Geldmittel entscheidend und zum anderen die persönliche Eignung. Gleichzeitig schien es gerade so, als achtete man auf eine gesunde Mischung aus Arroganz und Nächstenliebe, wohl auch, um die Langeweile der Heimbewohner in Grenzen zu halten.

Erneut drang ein viel zu lautes Stöhnen bis auf den Flur.

»Er wird doch nicht etwa …?«, grübelte Irina leise. »Und das in seinem Alter. Meine Herrschaften, ich werde mal nach dem Rechten sehen. Dürfte ich Sie bitten, jetzt in Ihre Zimmer zu gehen? Das wäre sehr nett.«

Die älteren Herrschaften gingen zögerlich von dannen.

Irina klopfte sanft an die Tür und wartete geduldig auf ein Zeichen. Doch es kam nicht. Sie klopfte ein weiteres Mal und drückte vorsichtig die Klinke nach unten. Leise schob sie die Tür auf.

Mitten im Zimmer stand ein alter dunkelbrauner Ohrensessel und zeigte mit dem Rücken zur Tür. Über der Armlehne hing eine Hand und zwischen den Fingern klemmte ein Brief.

Als Irina zum Fernseher sah, war sie keineswegs überrascht. Ein Erotikfilm zeigte ein junges Pärchen, das gerade im Begriff war, miteinander zu schlafen. Die Altenpflegerin war bereits einiges gewohnt und so schnell brachte sie nichts aus der Ruhe.

Irina ergriff die Fernbedienung, stellte den Film aus und sah auf den alten Herrn im Sessel. Seine Augen hatte er geschlossen und er schien fest zu schlafen. Wecken aber wollte sie ihn nicht. Stattdessen deckte sie Herrn von Billstedt behutsam mit seiner braun karierten Wolldecke zu und nahm das leere Weinglas vom Tisch.

»Schlafen Sie gut«, flüsterte Irina. »Ich sehe nachher noch mal nach Ihnen.«

Leise, so wie sie gekommen war, verließ sie das Apartment.

»Na, man könnte ja fast meinen, der hat ’ne Frau auf’m Zimmer«, sagte Frau Schulz, die ungeduldig vor der Tür patrouillierte.

Maria Schulz stammte gebürtig aus Berlin und nur der Zufall hatte sie in dieses mondäne Seniorenheim verschlagen. Eigentlich entsprach sie nicht der hiesigen Klientel. Nur einem glücklichen Umstand hatte sie es zu verdanken, hier zu leben. Ein paar Tage vor Rentenbeginn hatte sie ein beträchtliches Sümmchen in der Lotterie gewonnen, genau an dem Tag, an dem auch ihr Rentenbescheid im Briefkasten gelegen hatte. Fünfzig Jahre Arbeit als Druckerin bei der *Berliner Morgenpost* waren darauf nur noch so viel wert wie der gesetzliche Mindestlohn. Eines war Frau Schulz sofort bewusst: Das Wort *einschränken* würde von nun an zu ihrem Tagesmotto werden. Doch dann kam alles anders.

»Pst! Nicht so laut. Er schläft«, ermahnte Irina die Rentnerin und sah streng zu ihr hinab.

»Und die Geräusche? Hab ick recht? Nun sagen Sie’s schon!«

Irina schwieg.

»Also, hab ick recht!«

Irina schüttelte sanft mit dem Kopf und eine kleine rot gesträhnte Haarlocke glitt auf ihre Stirn.

»Ick hab’s gewusst. Menno, der alte Zausel, und dit in seinem Alter!« Frau Schulz drehte sich auf dem Absatz um und lief kopfschüttelnd davon. Ihr rundliches Hinterteil wackelte in ihrer viel zu engen schwarzen Stretchhose hin und her.

Irina Valeria sah ihr belustigt nach. Sie mochte die alte Schulz. Sie war wie sie und nahm kein Blatt vor den Mund, wenn sie etwas zu sagen hatte. Jedoch einem Großteil der Heimbewohner war die Seniorin eher ein Dorn im Auge, und man munkelte, sie hätte den Platz in der Residenz nur erschlichen. Aber das stimmte nicht. Sie hatte sich aufgrund einer Imagebroschüre, die sie während eines Frisörbesuchs in einer Hochglanzillustrierten für Luxusherbergen gefunden hatte, beworben und wurde genommen. Böse Stimmen nannten sie hier nur *Fräulein Icke*.

Irina ging kurz in die Teeküche und stellte das leere Weinglas zum dreckigen Geschirr. Ein kurzer Blick zur Uhr verriet ihr, dass es Zeit war, sich in den Speisesaal zu begeben. Inzwischen war es 18.30 Uhr und die Senioren pflegten um diese Zeit ihr Abendessen einzunehmen. Wie üblich bestand es aus drei Gängen, das dem Feinschmecker-Publikum per doppelseitiger A5-Klappkarte mit Goldbändchen darum empfohlen wurde.

Mit einem sanften Gong wurde der große helle Speisesaal geöffnet. Im Hintergrund ertönte das dezente Klavierspiel von Paul, einem jungen Musikstudenten, der sich im Hause etwas dazuverdiente. Sein schwarzer Bechstein-Flügel stand ganz hinten in der Ecke. Mit seinem Zahnpastalächeln und dem hübschen jugendlichen Gesicht gewann er die Gunst der älteren Damen. Manch eine steckte ihm sogar einen Geldschein ins Jackett, damit er nur für sie spielte. Doch das Hauspersonal liebte solche Gesten nicht.

Von der Speisesaaldecke ragte ein riesiger weißer Kristalllüster herab und spendete ausreichend warmes Licht. Über den Saal verteilt, standen Vierer- und Sechsertische mit hübscher Dekoration, die einladend verziert waren.

Zum Abendessen erschien man vornehm gekleidet und die Damen und Herren liefen zielstrebig zu ihren Tischen. Die Herren zogen galanterweise den Damen die Stühle zurecht und halfen ihnen, ihre Plätze einzunehmen.

Das seltsame Stöhnen von Herrn von Billstedt wurde zum Tischgespräch des Abends. Voreilig interpretierte man alles Mögliche in das viel zu laute Geräusch hinein.

Die Damen von Tisch sieben hielten sich aus Sorge die Hände vor den Mund. Es war ihnen wohl peinlich, wenn sie jemand belauschte.

Ein paar Tische hinter ihnen redete man ebenfalls über den seltsamen Vorfall, unterbrach jedoch das Sprechen, weil eine der Servicekräfte die Bestellung aufnehmen wollte. Dann tuschelte man weiter.

Als jedoch Max von Billstedt auch eine Stunde nach Beginn des Abendessens nicht erschienen war, wurde man unruhig. Normalerweise gehörte er zu den Ersten eines jeden Abends und liebte die gute Küche des Seniorenstifts. Eigens dafür hatte man einen renommierten Küchenchef engagiert, der sogar einen Michelin-Stern sein Eigen nannte.

»Max hat noch nie ein Abendessen verpasst, seit er hier lebt«, bemerkte Lady Montgomery vornehm und zuckte dabei leicht mit der Nase. Das tat sie häufig, wenn sie in blumigen Worten ihre Sätze formulierte und auf diese Weise ihre Herkunft zur Schau stellen wollte. Sie gehörte dem englischen Hochadel an und war mit einem deutschen Grafen verheiratet gewesen, der ein Jahr zuvor gestorben war. Seitdem verschlechterte sich ihre Gesundheit und sie zeigte Symptome von Altersdemenz. Sie vergaß immer mehr und bewegte sich nur noch sehr langsam. Doch ihrer vornehmen Art tat dies keinen Abbruch. Auch ihr Kleidungsstil war stets *very british* und ließ die TV-Werbung eines Pfefferminzschokolädchens vor jedem geistigen Auge erscheinen.

»Vielleicht ist doch was mit ihm, Lady Montgomery«, überlegte die Heimleiterin Frau Kraft und runzelte die Stirn. »Ich werde nach ihm sehen.«

Nachdenklich sah die Heimleiterin durch ihr farblich auf das Haar abgestimmte schwarze Brillengestell in die fragenden Blicke der Seniorengemeinschaft und hoffte inständig, dass nichts Schlimmes passiert war. Obwohl man im Hause alles für die gehobenen Ansprüche tat, konnte man das Altern nicht aufhalten, und der Tod war trotzdem allgegenwärtig.

Während alle das Zitronensorbet genossen, ging Frau Kraft die riesige Treppe hinauf. Den Fahrstuhl wollte sie nicht benutzen. Stattdessen bewegte sie sich fast schleichend über den Flur bis zum Apartment Nummer fünf.

Sie klopfte leicht gegen die weiße Holztür. Einmal und noch einmal. Nichts. Sie klopfte erneut. Wieder nichts.

Ein Frösteln durchströmte ihren Körper. Schließlich fasste sie sich ein Herz, legte behutsam die rechte Hand über die kalte Türklinke und drückte sie hinunter.

Leise betrat Frau Kraft den Raum.

Ihr erster Blick fiel auf den Ohrensessel, wo noch immer die Hand von Max von Billstedt über der Armlehne hing. *Genauso hat es mir Irina geschildert.* In diesem Moment wusste die Heimleiterin, dass irgendetwas nicht stimmte.

Ängstlich lief sie um den Sessel herum.

Herr von Billstedt schien noch immer seelenruhig darin zu schlafen.

Frau Kraft berührte seinen Oberarm und wackelte dezent daran.

Plötzlich rutschte dieser von der Lehne herab.

Sie erschrak mit einem lauten »Huch!« und trat einen Schritt zurück. Obwohl sie bereits des Öfteren einen toten Mitbewohner gesehen hatte, war ihr dieser Anblick jedes Mal unheimlich.

Unmerklich glitt das Stück Papier aus der Hand des Alten und rutschte unter den Sessel.

Im selben Moment schlich Charlotte Kaufmann, eine der Seniorinnen, durch die angelehnte Tür ins Zimmer.

»Ist *der* tot?«, flüsterte sie mit erstarrtem Blick zum Sitzenden.

Die Heimleiterin erschrak. Sie hatte die alte Dame nicht gehört.

»Herrje, müssen Sie so hereinschleichen? Da bekommt man ja einen Herzinfarkt.«

»Oh, verzeihen Sie mir. Das lag nicht in meiner Absicht«, entgegnete Frau Kaufmann und zwang sich zu einem versöhnlichen Lächeln. Gleichfalls trat sie neugierig an den Alten heran, musterte ihn argwöhnisch und öffnete schließlich seine Augen.

»Was tun Sie da? Sie können ihn doch nicht anfassen!«, schimpfte Frau Kraft empört.

»Man sagt, die Augen seien der Spiegel der Seele. Also schauen wir mal in seine Seele, vielleicht verrät sie uns, wie er gestorben ist.«

»Aber! Sie können doch nicht …«, ereiferte sich Frau Kraft. »Woher wollen Sie wissen, dass er tot ist? Er sieht ganz friedlich aus, vielleicht schläft er nur.« Ihre Stimme klang protestierend.

»Nein, dieser Mann ist tot, eindeutig tot! Sehen Sie sich seine Augen an! Sie blicken starr und ich kann auch keine Pupillen- oder Lidreflexe mehr sehen.«

»Woher wissen Sie das?«

»Ach, junge Frau, das lernt man so im Laufe seines Lebens«, tat Frau Kaufmann ihr Wissen mit der flachen Hand ab. Jedoch steckte mehr hinter ihren Fachkenntnissen über den Tod. Als Witwe eines bekannten Kriminalbeamten der Mordkommission hatte sie heimlich alle von ihm mit nach Hause gebrachten Akten gesichtet. Und nicht selten kamen die entscheidenden Hinweise von ihr. Der Kinder wegen hatte sie damals ihr Chemiestudium an den Nagel gehängt. Aber ihre Neugier war geblieben und sie hatte eine regelrechte Spürnase für ungeklärte Mordfälle. Und das fremde Morden wurde zu ihrem Hobby. Nur, darüber wusste im Haus Wolkenlos niemand etwas. Lediglich ihre ungezügelte Neugier war allen bekannt und brachte ihr den Kosenamen *Madame Trüffel* ein.

Junge Frau? Ich bin fast fünfzig! »Sollten wir dann nicht lieber einen Arzt verständigen?«, fragte Frau Kraft versöhnlich.

»Ja, das sehe ich auch so.«

»Gut, dann rufe ich Doktor Sauer an.«

Doktor Sauer gehörte zu dem kleinen Ärzteteam, das sich regelmäßig um die Gesundheit der Älteren kümmerte. Normalerweise hatte er zweimal in der Woche Sprechstunde. Wie auch heute.

Kaum dass sie ihren Satz beendet hatte, griff sie auch schon nach dem Telefonhörer des Verstorbenen.

»Aber doch nicht von diesem Apparat!«, rief Frau Kaufmann entsetzt. »Das ist ein Tatort! Vielleicht befinden sich dort sachdienliche Fingerabdrücke.«

Die Heimleiterin starrte schockiert auf die ältere Dame und musste schlucken.

»Ein Tatort??? Wie bitte? Ein Tatort?«, hinterfragte sie mit Stirnrunzeln.

»Nun, erst ein Arzt kann die genaue Todesursache feststellen, und bis dahin kann Herr von Billstedt eines natürlichen oder aber auch eines unnatürlichen Todes gestorben sein. Wir wissen es nicht.«

Frau Kraft kam ins Grübeln. *Ist das ihr Ernst? Wir sind in einem Altenheim und der Tod gehört hier nun einmal zum Alltag.*

»Sie haben wohl zu viele Krimis gesehen!«, bemerkte schließlich die Heimleiterin scherzhaft.

»Nein, das gerade nicht«, erwiderte Frau Kaufmann, »aber ich war über vierzig Jahre mit einem Kommissar verheiratet, und glauben Sie mir, junge Frau, Menschen sind zu allem fähig. Jeder kann zum Mörder werden. Es geht alleine nur um die Frage des Motivs.«

»Sie machen mir Angst, Frau Kaufmann«, sagte Frau Kraft, »… ein Mörder, hier in unserem Haus? Was für eine Vorstellung«, und hielt sich dabei fortwährend die Hände vor den Mund, sodass sie leicht nuschelte. »Also gut, ich gehe runter zu Doktor Sauer und hole ihn. Passen Sie bitte inzwischen auf, dass keiner das Apartment betritt! Wir wollen die anderen Senioren doch nicht beunruhigen.«

Mit einem besorgten Blick verließ die Heimleiterin das Zimmer. *Wenn sich das herumspricht. O weh! Der Ruf unseres Hauses steht auf dem Spiel.*

»Keine Sorge, Sie können sich auf mich verlassen!«, rief Frau Kaufmann ihr nach und scannte bereits mit den Augen den Tatort. Sie musste schnell handeln, durfte nichts anfassen und sollte am besten dennoch alles in ihrem Gedächtnis unterbringen. Noch hatte die alte Dame für ihr Alter einen scharfen Verstand und hielt diesen mit kleinen Gedichten, die sie täglich lernte, am Leben. Außerdem las sie regelmäßig die hiesige Tageszeitung sowie die *Welt am Sonntag*.

Ihr erster Blick fiel zum Fernseher. Dem Geräusch nach, hatte der Verstorbene vermutlich einen Film geschaut. Die Seniorin stellte den Fernseher an. *Ein Pornofilm! Mhm.* Gleichzeitig suchte sie die Verpackung des Videos, um zu wissen, wie der Film hieß. Jedoch vergeblich. Sie stellte den Fernseher wieder aus.

Ihr zweiter Blick taxierte den Tisch, auf dem eine Flasche Rotwein stand. Halb leer und der Korken steckte für ihr Gefühl nicht richtig in der Flasche. *Als Weinkenner hätte ich den Korken fester in die Flasche gedrückt.*

»Aha, einen Barolo Cantine di Morione, Jahrgang sechsundsechzig. Gutes Tröpfchen, trocken. Die Flasche kostet sicher weit über einhundert Euro … nun ja, der Gute konnte sich das wohl leisten«, sagte sie leise und sah auf die Flasche, die auf dem Couchtisch stand. »Moment mal, und wo, bitte, ist das Weinglas?« Ihre Augen suchten den Raum ab. Nichts. Gar nichts. »Keine Videohülle und kein Weinglas. Komisch, hier muss jemand vor uns gewesen sein«, stellte sie verwundert fest.

Im selben Moment ging die Tür auf und Frau Kraft kam mit Herrn Doktor Sauer ins Zimmer geeilt.

Herr Sauer war ein gemütlicher älterer Herr mit schütterem Haar. Er wirkte immer etwas fahrig und leicht abwesend. Dennoch war er nett und hatte stets ein paar einfühlsame Worte für die Senioren parat. Er machte keine Unterschiede zwischen Arm oder Reich, neben seiner Tätigkeit als Hausarzt arbeitete er ehrenamtlich für das städtische Hospiz.

»Na, dann schauen wir mal«, sagte er besonnen, zog seine langen dunkelblauen Pulloverärmel ein wenig nach oben, sodass sein weißes Hemd hervorblitzte, und beugte sich hinab zum Toten. »Starrer Blick, mhm … Pupillen leicht getrübt – keine Pulstätigkeit – vermutlich Herzversagen.«

»Sie sind aber schnell mit Ihrer Diagnose, Herr Doktor«, mischte sich Frau Kaufmann in seine Tätigkeit ein.

Doktor Sauer blickte auf und verzog den Mund. *Nicht schon wieder! Kann sie nicht einmal ihren Mund halten?*

»Finden Sie? Nun, in letzter Zeit war er des Öfteren bei mir und klagte über Schmerzen in der Brust«, antwortete er genervt, da er bereits das ständige Infragestellen von Frau Kaufmann kannte. Immerzu hatte sie das letzte Wort und gab sich selten mit seinen Antworten zufrieden. Die beiden mochten sich nicht, dennoch respektierten sie einander auf eine gewisse Art.

»Ach so«, knurrte die alte Kaufmann kleinlaut. *Er könnte ihn wenigstens etwas gründlicher untersuchen. Herzversagen, na, einfacher geht's wohl nicht. Totenschein ausgestellt und fertig ist die Sache!* »Und obduziert?«

Doktor Sauer blickte die Seniorin zornig an und wäre ihr am liebsten an die Gurgel gesprungen.

»Nein«, kam es barsch von ihm, »ich sehe keine Veranlassung für eine Obduktion, Frau Kaufmann! Dürfte ich Sie dann jetzt bitten, das Zimmer zu verlassen! Ich möchte Herrn von Billstedt noch ausführlicher untersuchen. Sie werden alles rechtzeitig erfahren … und wie immer … *als Erste*!« Seine Worte klangen ausgesprochen zynisch.

Frau Kaufmann beäugte ihn böse.

»Ich verbitte mir diesen Ton, Herr Doktor!«, echauffierte sie sich.

Zornig verließ sie den Wohnbereich und riss die Tür laut hinter sich ins Schloss, während der Doktor und Frau Kraft sich missbilligend in die Augen sahen.

»Ich stelle dann den Totenschein aus.« Mit diesen Worten verabschiedete sich Doktor Sauer samt Arzttasche eine Viertelstunde später von Frau Kraft.

5. Zwei Stunden später

Noch am selben Abend machte im Haus Wolkenlos der plötzliche Tod von Apartment fünf die Runde.

»Merkwürdig, Herr von Billstedt soll Herzschmerzen gehabt haben«, tuschelten die drei älteren Damen aus dem Obergeschoss auf ihrem Weg zur *Schwarzwälder Weinstube*, in der sie ihr tägliches Viertele einzunehmen pflegten.

»Kein Wunder, bei dem Lebenswandel«, bemerkte die eine giftig und die andere sagte mit tiefer Stimme: »Er soll ja so einen Schweinkram vor seinem Tod gesehen haben.« Und die dritte fügte schrill hinzu: »Neinnn, der sollte sich was schämen, so ein feiner Herr, wie der doch war. Das gehört sich nicht. Wenn das mein Emil, Gott hab ihn selig, gemacht hätte, den hätte ich aber gelyncht.« Dabei nahm sie ihren Gehstock und hob ihn bedrohlich in die Höhe, gleichzeitig fuhr sie mit den Fingern über den Anhänger ihrer Kette, ein kleines goldenes Kreuz.

***

Ein langes und lautes Klingeln störte das hektische Treiben auf den Fluren. Wie in einem Taubenschlag liefen die älteren Herrschaften an diesem Abend umher.

Frau Gelo, eine der introvertiertesten Seniorinnen, die erst kürzlich in die Residenz eingezogen war, lief gerade am Eingangsportal vorbei. Aufgeregt öffnete sie die Tür.

»Sie wünschen, bitte?«, fragte Frau Gelo die beiden Herren sowie deren Kollegin, während sie auf sie zulief.

»Wir möchten zur Heimleiterin, Frau Kraft«, antwortete der Ältere.

»In welcher Angelegenheit denn bitte?«, stocherte sie weiter. »Etwa wegen Herrn von Billstedt? Sind Sie etwa von der Polizei?«

Und schon tauchte ein Polizeiausweis vor ihren faltigen Augen auf.

Die alte Dame rückte ihre Brille zurecht und zog die Hand mit dem Ausweis etwas näher an sich heran.

»Mordkommission??? *Siieee* sind von der Mordkommission, aber …?«, fragte sie und zog ihren Satz in die Länge.

»Wären Sie so gütig und würden uns hereinlassen?«, entgegnete der Polizeibeamte unfreundlich. Sein beigefarbener Trenchcoat war geöffnet und die hellgraue Strickjacke spannte über seinem ausladenden Bauch.

»Erster Stock. Immer geradeaus. Nummer einhundertsechs. Ihr Name steht an der Tür«, maulte die Rentnerin dem Mann entgegen. *Ungehobelter Glatzkopf, zu meiner Zeit hatte man noch Respekt. Und eine Rasur täte dem auch mal ganz gut.* Sie sah den dreien noch grimmig nach und bog dann um die Ecke in Richtung ihres Apartments.

Es klopfte an der Tür.

»Ja, bitte!«, rief eine Frauenstimme laut hinaus. Frau Kraft erhob sich von ihrem Bürostuhl und lief dem Klopfen entgegen.

Ahnend öffnete sie.

»Guten Abend, meine Herren, ich habe Sie bereits erwartet.«

»Sie hatten uns angerufen und erwähnten einen merkwürdigen Todesfall in Ihrem Haus«, bemerkte die Polizeibeamtin, die deutlich jünger war als ihre beiden Kollegen. Gleichzeitig sah der Dicke sie missbilligend an und übernahm das Gespräch mit einem unmerklich beherrschenden Ton: »Frau Andres, ich stelle hier die

Fragen! Sie sollen lediglich aufpassen und etwas lernen.« Dabei verschanzte er die Hände in seinen ausgebeulten Cordhosentaschen.

Nadine Andres trat einen Schritt hinter ihren Vorgesetzten und entschuldigte sich leise bei ihm.

»Mein Name ist Kaltbrunn«, brummte er mit gehaltvoller Stimme Frau Kraft an. »Ich bin Leiter der Mordkommission. Also, worum geht's?«

Frau Kraft fand ihn unsympathisch und begann, herumzudrucksen. »Nun … eine unserer Heimbewohnerinnen, Frau Kaufmann, kam es seltsam vor, als wir vorhin Herrn von Billstedt leblos in seinem Ohrensessel vorgefunden haben. Sie müssen wissen, für mich war er tot, nichts Unnormales eigentlich. Aber Frau Kaufmann …«

Mitten im Satz fuhr Kaltbrunn ihr dazwischen: »Kaufmann! Kaufmann?« *Doch nicht etwa DIE alte Kaufmann. Das hat mir noch gefehlt. Neugieriges Weib. Und die ist HIER? Hatten die denn so viel Kohle, um sich solch einen Schuppen wie den hier leisten zu können? Na, und erst der Sohn, Rudi Ratlos, ein Langweiler ohne Ende. Der sitzt doch den lieben langen Tag nur seinen Arsch platt und wartet auf seine Rente – Verkehrspolizist müsste man sein.* »Gut, reden wir nicht lange um den heißen Brei herum! Wo ist der Tote?«, knurrte er weiter.

»Ich bringe Sie zu ihm.«

»Hoffe nur, dass keiner etwas angefasst hat.«

»Nein, Herr Polizeimeister.«

Kaltbrunn sah sie strafend an. »Leiter der Mordkommission!«, verbesserte er sie.

Die drei Polizisten liefen Frau Kraft über die große, atemberaubend schöne, mit Intarsien im Geländer verzierte Holztreppe nach. Die Stufen knarrten ein wenig. An den Wänden hingen alte Gemälde, Hirschgeweihe sowie ein paar weiße Götzenstatuen.

»Wow, sieht ja aus wie im Museum«, flüsterte die Polizistin ihrem netten Kollegen zu. »Und meine Oma wohnt in so einem schäbigen Altersheim mit kleinen Zimmern und mieser Behandlung. Reich müsste man sein.«

Frau Kraft drehte sich nach hinten um und warf ihr einen strengen Blick zu. »Nun, Sie haben recht. Aber Geld ist auch nicht alles, glauben Sie mir«, reagierte die Heimleiterin prompt und schritt dabei Stufe um Stufe weiter die Treppe hoch.

Sie passierten Seniorinnen und Senioren, die in Grüppchen zusammenstanden und miteinander tuschelten. »Der Billstedt soll gestorben sein. Die sagen, es wäre Mord«, flüsterten sie.

»Meine Herrschaften, bitte gehen Sie jetzt in Ihre Apartments. Wir halten Sie auf dem Laufenden«, sagte die Heimleiterin bestimmend, jedoch nett.

Noch immer lag der Tote in seinem Ohrensessel, und es sah aus, als würde er schlafen. Kaltbrunn sah den Mann an, ohne ihn zu berühren. Sein Blick schweifte durch den Raum. Schnell und suchend.

»Wie kommen Sie denn hier auf Mord?«, fragte er grob. »Auf den ersten Blick kann ich nichts Ungewöhnliches entdecken. Wenn ich so alt wäre wie der, würde ich mir auch eine Flasche Wein und einen Porno reinziehen, und dann wäre die Welt für mich in Ordnung.« Er sah zu seiner Kollegin. »Frau Andres, packen Sie mal die Weinflasche und was hier noch so rumsteht in eine Plastiktüte!«

Nadine schäumte vor Wut, ließ sich aber nichts anmerken und entgegnete mürrisch: »Das machen doch die Kollegen von der Spurensicherung!«

»Das mag schon sein«, fuhr Kaltbrunn sie an, »aber sieht das hier nach einem Mord aus? Für mich nicht! Ich mach den Job schon tausend Jahre, und glauben Sie mir, *der* ist an seiner Gier für Weiber zugrunde gegangen und nicht, weil er ermordet wurde. Also ran an die Arbeit, Sie haben doch alles dabei!« *So ein blöder Fall hat mir noch gefehlt. Adliger Fatzke, der hat doch einen schönen Tod gehabt. Bei uns gab es schon lange keinen Mord mehr, also warum dann jetzt?*

Kaltbrunn stellte den Fernseher an, da man ihn zuvor über den Erotikfilm informiert hatte.

Angewidert von seinem Ton, zog Nadine Andres Gummihandschuhe aus dem mitgebrachten Koffer über und verstaute die Beweismittel sorgsam in Plastiktüten, während sich ihr Chef neugierig gegen einen antiken, mit Intarsien verzierten Tisch lehnte und ein paar Passagen des Filmes ansah.

»Ich sammle nur Beweise«, tat er sein Handeln ab und glotzte wie ausgehungert weiter.

Die junge Frau sah ihn böse an und bückte sich nach unten. Plötzlich entdeckte sie einen kleinen Papierbogen und zog diesen mit einer Pinzette unterm Sessel hervor.

»Chef, schauen Sie mal! Sieht aus wie ein Abschiedsbrief.« Nadine Andres hielt das Beweisstück hoch.

»Ein Abschiedsbrief? Also, dann lesen Sie mal vor!«

Im Herbst des Jahres 2014

Sehr geehrter Vater,

jetzt, nach so vielen Jahren, musste ich erfahren, dass mein Leben eine Lüge war. Wieso hast du mir nie etwas von meiner ...

Der Brief war zerrissen und der entscheidende Rest der Nachricht fehlte.

»Was ist denn das für eine geschwollene Scheiße?«, rief

Kaltbrunn zornig. »Auch mitnehmen! Bestimmt hat sich der Alte über den Mist hier geärgert – hätte ich auch – und dann hat's *wusch* gemacht und ihm die Lebensgeister ausgelöscht.«

Nach gut anderthalb Stunden hatten die Polizeibeamten den Tatort gesichert und den Abtransport des Toten organisiert.

»Was passiert denn jetzt mit dem Armen?«, erkundigte sich Frau Kraft. »Wir müssen doch die Hinterbliebenen anrufen.«

»Tun Sie, was Sie nicht lassen können«, sagte Kaltbrunn. »Vorläufig kommt er in das Institut für Rechtsmedizin nach Freiburg. Dort wird er noch mal genauer untersucht, eventuell obduziert.«

Die Rentnerin, Frau Kaufmann, hatte in ihrer Neugier ein Ohr an die nur angelehnte Apartmenttür gelehnt und alles genau mitgehört. Jedoch niemand bemerkte sie.

Als die Tür sich plötzlich auftat, verschwand sie kurzerhand in der nächstgelegenen Ecke und atmete tief durch. *Hach, Charlotte, warum tust du dir das nur an? In deinem Alter! Puh – puh! Freiburg? Gerichtsmedizinisches Institut? Mhm – vielleicht arbeitet Hasel noch dort? Ich muss nach Freiburg – Auto oder Bahn? Nein, Bahn, mit dem Auto ist es mir zu weit.*

Kaltbrunn blickte genervt auf seine Armbanduhr.

»Mist, das Fußballspiel hat längst begonnen«, brabbelte er vor sich hin. »Also, hopp, hopp, ich muss los. Packt eure Sachen und auf geht's. Heute können wir eh nichts mehr machen. Der Tote ist eingetütet und das war's.«

Nadine Andres sah ihn entrüstet an und zog missbilligend die Stirn nach oben.

»Mein Gott!«, erwiderte ihr Chef. »Das sagt man bei uns so, wenn einer in den Sarg kommt. Jetzt schauen Sie nicht gleich so streng. Ihr aus dem Norden habt überhaupt keinen Humor.« Ein viel zu lautes und gehässiges Gelächter entsprang seinem Gesicht.

Kaltbrunn hastete die Treppe hinab, die anderen ihm nach. Als er jedoch das letzte Treppenpodest erreicht hatte, stolperte er über eine lose gewordene Holzplanke und fiel den nachfolgenden Treppenabschnitt Stufe um Stufe hinab. Unten blieb er leblos liegen.

»O mein Gott, Herr Kaltbrunn!«, schrie Frau Kraft voller Entsetzen und dachte, er wäre tot. Gleichfalls eilte sie ihm zu Hilfe und hielt sich am Treppengeländer fest, denn sie wusste, dass ein paar Stufen marode waren. Erst für die nächste Woche hatte man den Tischler bestellt. »Herr Kommissar, leben Sie noch?«

»Blöde Frage, klar. Aber ich kann meine Arme und Beine nicht mehr bewegen. *Verdammte Scheiße!* Das Spiel!«

Mit lautem Tatütata und Rundumleuchte fuhr der Krankenwagen an diesem späten Abend ins Klinikum Konstanz, während der Leichenwagen sich in Richtung Freiburg in Bewegung setzte.

Am nächsten Morgen gab es in der Seniorenresidenz zum Frühstück nur ein einziges Thema.

»Spät geworden, gestern«, bemerkte Frau Schulz provokant über den Frühstückstisch hinweg und schielte zu Frau Kaufmann, die ihr vis-à-vis saß und an ihrer Kaffeetasse nippte.

Diese wiederum sah mit kleinen schmalen Augen über den Tassenrand, genau in die runzligen Augen ihrer Tischgenossin. Langsam stellte sie die Tasse auf den Unterteller, nahm einen Kaffeelöffel und rührte ihren Kaffee um.

Die beiden musterten sich, als wollten sie sich duellieren.

»Könnte ich bitte noch ein bisschen warme Milch haben?«, rief Charlotte Kaufmann der Servicekraft mit einem aufgesetzt freundlichen Lächeln entgegen. In der Hand hielt sie bereits das Milchkännchen erwartungsvoll nach oben.

Sofort ging man für sie in die Küche.

»Immer ein Extrawürstchen, hä«, unkte Frau Schulz weiter.

»Tätätä«, wehrte Charlotte Kaufmann ab. »Und *Sie* haben immer eine dumme Bemerkung auf Lager.«

In diesem Moment mischte sich die Altenpflegerin Irina in ihr Gespräch ein.

»Na, meine Damen, Sie werden sich doch nicht schon wieder in die Wolle bekommen?«, bemerkte sie ablenkend. »Erzählen Sie mal, was haben Sie denn heute Schönes vor? Das Wetter soll ja noch mal so richtig gut werden.«

Frau Kaufmann mochte eine solche Besänftigung überhaupt nicht. Obwohl sie Maria Schulz nicht sonderlich leiden konnte, bemühte sie sich stets um Fassung. Was ihr an diesem Morgen jedoch schwerfiel. Und seit Kurzem teilte sie sogar mit *Fräulein Icke* ihren Speisetisch.

»Weiß nicht. Mal kieken, wie dit Wetter tatsächlich wird. Vielleicht mach ick einen Spaziergang am See. Der Bodensee ist jenauso klasse wie der Wannsee. Früher war ick dort viel mit meiner Keule zum Baden.«

Irina sah sie fragend an. »Keule?«

»Na, mein kleener Bruder.«

»Ach so, Ihr *Brat*… Entschuldigung, ich meinte, Ihren *Bruder*. Wie dumm, ich verwechsle noch immer Russisch mit Deutsch«, meinte sie und wandte sich dann Charlotte Kaufmann zu. »… und Sie, Frau Kaufmann?«

»Nun«, begann die Angesprochene vornehm und machte es spannend, »ich werde mal wieder in meine alte Studentenstadt fahren, nach Freiburg.«

»Freiburg?«, sprach Maria Schulz dazwischen. »Da war ick noch nie. Soll jenauso super sein wie Konstanz.«

Irina sah erst auf Frau Kaufmann und dann auf Frau Schulz. Zwirbelte, in Gedanken versunken, an ihrem blonden Haar mit den roten Strähnen darin und äußerte schließlich: »Na, warum fahren Sie beide denn nicht zusammen nach Freiburg? Zu zweit macht doch alles viel mehr Spaß.«

Das war eindeutig zu viel für Charlotte. *Mit DER nach Freiburg!* »Nein, das geht nicht«, schimpfte sie mit wütendem Blick. »Ich fahre prinzipiell immer alleine nach Freiburg.

»Aber Frau Kaufmann«, entgegnete Irina sanft. »Sie haben wohl vergessen, dass wir eine neue Heimordnung haben, und auch Sie haben Ihre Zustimmung dazu erteilt. Bedenken Sie doch bitte, wenn Ihnen etwas passiert!« Laut neuer Fassung der Heimordnung wurden den älteren Herrschaften längere Ausflüge nur noch zu zweit empfohlen. Dies diente der eigenen Sicherheit.

Charlotte Kaufmann kehrte in sich und schien nachzudenken. Im selben Moment stellte man ihr ein Kännchen mit warmer Milch auf den Tisch.

Während Frau Kaufmann die Milch fast tröpfchenweise in ihren Kaffee leerte, spitzte sie die Lippen, gab dann voller Entschlossenheit ein »Na gut!« zum Besten und fügte an: »In einer Stunde ist Abmarsch! Ich warte nicht, der Zug fährt kurz vor halb zehn.« *Die wird sich wundern.*

Maria Schulz sprang auf, nickte ihr kurz zu und verschwand sofort aus dem Speisesaal in Richtung ihres Apartments. Wenig später war sie umgezogen und stand pünktlich vor dem Eingangsportal.

Nach gut zwei Stunden Zugfahrt und einer quälenden Ruhe zwischen den beiden alten Herrschaften kam man pünktlich am Freiburger Hauptbahnhof an.

»Nehmen wir die Straßenbahn oder laufen wir in die Stadt? Laut meinem Stadtführer ist die Innenstadt nicht weit«, schlug Frau Schulz ihrer Begleiterin vor.

»Wir nehmen ein Taxi!«, bestimmte Frau Kaufmann.

»*Taxi?* Rausgeschmissenes Geld!«

Die beiden verließen den Bahnhof.

Frau Kaufmann ging schnurstracks zum Taxistand und bestieg das erste Taxi der Reihe.

Maria Schulz lief ihr beleidigt hinterher.

»Na, meine Damen, wo soll's denn hingehen?«, fragte der junge Taxifahrer mit süßlich klingendem Akzent. Vermutlich war er Inder.

»Albertstraße neun!«

Das Taxi setzte sich in Bewegung.

Maria sah neugierig aus dem Fenster, jedoch mit der Zeit wurde aus ihrem freudigen Gesicht ein ernstes.

»Dit is aber nicht mehr die Innenstadt! Sieht irgendwie nach einer Klinik oder Uni aus?«

»Ganz recht, Frau Schulz«, bestätigte Frau Kaufmann ironisch.

Das Taxi hielt an und Charlotte übergab dem Taxifahrer sein Geld.

»Sind Sie sicher, dass Sie hierher wollten?«, fragte er und zeigte mit dem Kopf hinüber zum Gebäude.

Charlotte nickte entschlossen.

»Ja, genau hierher!«

Der Taxifahrer stieg aus und entließ eine Dame nach der anderen aus seinem Fahrzeug, verabschiedete sich und fuhr davon.

Unsicher folgte Frau Schulz Frau Kaufmann. Als sie jedoch die Worte *Institut für Rechtsmedizin* auf einem eher unscheinbar blauen Schild entzifferte, blieb sie sofort stehen, presste ihre Handtasche vor den Bauch und rief Frau

Kaufmann energisch hinterher: »Hier kriegen mich keine zehn Pferde rein! Wat soll ick denn bei den Toten? Bin zwar alt, aber noch jut beieinander.«

»Hab ich mir doch gedacht, dass Sie feige sind«, stichelte Charlotte und sah sie herausfordernd an.

Frau Schulz bekam vor Wut einen roten Kopf, überlegte kurz und schoss, als hätte jemand *Auf die Plätze fertig los!* gerufen an Frau Kaufmann vorbei. Vor dem Eingang in dieses unscheinbare hellgelbe Backsteingebäude wartete Frau Schulz dann herausfordernd auf die andere Seniorin.

Charlotte folgte ihr.

»Na bitte, geht doch«, schmunzelte Frau Kaufmann Frau Schulz zu.

»Was machen wir denn hier?«, fragte die stolze Lottogewinnerin leise und schien ängstlich.

Charlotte Kaufmann sagte nichts und sah stattdessen auf die Hinweisschilder. Nachdem sie gefunden hatte, wonach sie suchte, lief sie geradewegs zur Pforte und meldete sich bei Professor Georg Hasel an.

»Erstes Geschoss, Sektionssaal. Sie werden bereits erwartet. Ach, und mein herzliches Beileid!«

»*Herzliches Beileid?* Ist jemand verstorben?«, erkundigte sich Maria Schulz überrascht. »Das wusste ich ja nicht. Deshalb wollten Sie nach Freiburg. Und ich …«

Charlotte Kaufmann schwieg sich aus und lief ohne ein Wort in das erste Geschoss.

Nachdem Professor Hasel Charlotte mit einem vertrauten Küsschen rechts und Küsschen links begrüßt hatte, folgte sein »Du bringst mich damit in Teufels Küche, Charly! Ich verstoße gegen die Vorschriften. Das kann mich meine Professur kosten.« Maria Schulz schenkte er zur Begrüßung nur ein kurzes Kopfnicken.

»Zeig ihn mir«, bat Frau Kaufmann ungewöhnlich

liebevoll.

Professor Hasel nickte unwillig.

»Gut, wir müssen uns aber beeilen, die rechtsmedizinische Leichenschau findet in knapp einer Stunde statt. Mein Kollege Rechtsmediziner verspätet sich gewöhnlich um sein akademisches Viertel.«

Eine übergroße kiwifarbene Stahltür mit einem ovalen Bullauge öffnete sich leise von rechts nach links.

Hasel ging voran.

Die Frauen folgten ihm mit mulmigem Gefühl.

»Puh, das stinkt irgendwie süßlich, wie eine Mischung aus Maggi und Ammoniak, echt beißend«, rümpfte Maria die Nase und hielt sie mit Daumen und Zeigefinger zu, während Charlotte ihre Handtasche auf einen Stuhl legte.

Auf einem der zwei Sektionstische, die kalt wirkten, lag der Tote Max von Billstedt. Inzwischen war seine Gesichtsfarbe ein wenig verblasst.

Also, wegen dem wollte sie her. Kreidebleich. Igitt, ick habe noch nie einen Toten gesehen und wollt es auch nie. Und jetzt das!, dachte Frau Schulz.

Frau Kaufmann betrachtete den Toten sehr genau, ging einmal um die Leiche herum und schien zu wissen, was sie tat. Sie setzte ihre Brille auf.

»Georg, ist dir was Ungewöhnliches aufgefallen?«, fragte sie Hasel und sah ihn dabei über die Brillengläser hinweg an.

»Keine Gewalteinwirkung von außen. Vermutlich Herzinfarkt«, gab er einsilbig zurück.

Frau Kaufmann war ganz und gar nicht seiner Meinung und zeigte dies mit einem wiederkehrenden Kopfwippen.

»Nein, nein und nochmals nein! Dieser Fall riecht förmlich nach Mord.«

Die Seniorin griff sich ein paar hautfarbene Gummihandschuhe und stülpte sie über. Mit sicherem

Gespür tastete sie den Kopf- und Nackenbereich des Toten ab und blickte über seine Brust.

»Keine Male oder Abschürfungen?«, sagte sie. »Er sah gerade einen – wie sagt man doch gleich – Pornofilm, trank dazu ein Gläschen Wein und las einen Brief, vermutlich von seinem Sohn. Und wieso habe ich die Videohülle nicht gefunden? Wenn ihr mich fragt, hat hier jemand gründlich nachgeholfen. Moment mal, Georg, ich habe dir etwas mitgebracht.« Sie ging hinüber zu ihrer vollgestopften Handtasche und zog einen Gegenstand, der in ein blau kariertes Geschirrtuch gewickelt war, heraus. »Hier, untersuch das bitte für mich, Georg.« Sie nahm das Geschirrtuch ab und reichte Hasel das leere Weinglas.

Hasel nahm es an sich und betrachtete es genauer.

»Offensichtlich wurde hieraus erst kürzlich Rotwein getrunken.«

»Ja, das ist das letzte Glas Wein von Billstedt. Ich habe es gerade noch rechtzeitig der Küche entwenden können, bevor man es in die Spülmaschine stellen wollte. Sieh es dir mal genauer an!«

Hasel hielt das Glas leicht drehend gegen das Licht.

»Sieh genauer hin! Hat es nicht einen leicht milchigen Film?«

»Charly, was du wieder siehst«, lächelte er ihr vertraut zu.

Na, die beiden hatten wohl mal wat miteinander, dachte Frau Schulz und verfolgte argwöhnisch ihr Gespräch.

»Ich kann dir das Glas nicht untersuchen, das fällt in das Ressort der Forensischen Toxikologie. Aber ich frage mal meinen Kollegen, der schuldet mir noch einen Gefallen.«

»Danke! Jetzt hast du einen Anhaltspunkt, wonach du suchen musst«, erklärte Charlotte Kaufmann ahnend, wandte sich erneut dem Toten zu und suchte ihn akribisch ab.

Hasel sah sich hektisch um. »Charly, komm zum Ende.

Beeil dich!«

Frau Kaufmann ließ sich jedoch nicht aus der Ruhe bringen. Sie suchte weiter. Als Erstes sah sie sich die Hände des Toten an, nahm die Zwischenräume der Finger in Augenschein, dann die Armbeugen und schließlich den Hals, besonders die Falten.

»Wonach sucht sie?«, fragte Frau Schulz den Professor näselnd und hatte sich langsam an die eiskalte Atmosphäre gewöhnt.

»Einstichstellen, nehme ich an.«

Frau Kaufmann hantierte weiter, bis sie plötzlich ein lautes »Hier ist was!« herausposaunte.

Der Professor nahm eine Lupe und besah sich die nähnadelgroße Einstichstelle unmittelbar hinter dem linken Außenohr, Höhe der Ohrwulst, genauer. Sie lag gut versteckt in der Ohrfalte.

»Ja, stimmt! Merkwürdig. Vielleicht von einer Kanüle oder Nadel«, überlegte er laut. »Genaueres ergibt die Autopsie.«

Mit einem Mal drangen von draußen Geräusche in das Innere der Halle. Irgendjemand hantierte dort mit metallischen Gegenständen.

Hasel wurde hellhörig. »Ihr müsst gehen!«

Als die Frauen das Institut verlassen hatten, erreichte Frau Kaufmann eine SMS.

Charly, schön, dich mal wiedergesehen zu haben. Ich melde mich, sobald ich Näheres weiß. LG Georg

»Bin ich froh, wenn ich den seltsamen Geruch wieder loskriege. Das roch ja schlimmer als in meinem Mülleimer«, schimpfte Maria Schulz naserümpfend.

»Ja, den bekommt man so schnell nicht wieder los, der setzt sich fest wie eine Klette.«

»Echt? Übrigens, mein herzliches Beileid«, frotzelte

Maria bei der Rückfahrt zum Freiburger Hauptbahnhof und sah belustigt auf Charlotte, die ihr wiederum eine *Was-kann-ich-dafür*-Gesichtsbotschaft zurücksandte.

Die Rückreise nach Konstanz verlief entspannter, zwar wechselte man im Zug auch dieses Mal kein Wort, aber irgendwie schienen sich die Damen ein wenig nähergekommen zu sein.

Erschöpft sowie übermüdet kehrten sie in dieser Nacht in ihre Apartments zurück.

6. Dienstag, 14. Oktober

Gegen acht betrat Rudolf Hufnagel, Abteilungsleiter im Bereich Verkehrswesen, sein Büro im Polizeirevier Konstanz. Wie immer setzte er sich als Erstes an den Schreibtisch, fuhr den Computer hoch und zog währenddessen seine Schuhe aus.

An diesem Morgen ging es beschaulich zu. Kaum ein Anruf ertönte bis zehn und so blieb ihm genügend Zeit für einen Kaffee und die Morgenzeitung. Seine Mitarbeiter kannten das Prozedere und ließen ihn für diese Stunden in Ruhe.

Unerwartet ging die Bürotür auf und Frau Kleinschmidt, die Büroperle der Verkehrsbehörde, trat ein.

Hufnagels Blick blieb zunächst auf ihren schwarzen Pumps kleben, wanderte dann langsam hoch zum eng anliegenden Rock und noch weiter bis zum üppigen Busen, der sich aus der ebenso engen Bluse herausformte. Jedes Mal schämte er sich für seinen klebenden lüsternen Blick und schwor, sie nicht immer auf ihren Körper zu reduzieren. Aber ein verstohlener Blick war noch kein Verbrechen.

Im Büro roch es süßlich nach Parfüm.

Die könnte sich auch mal einen anderen Duft zulegen. Das treibt einem alle Lebensgeister aus.

»Herr Hufnagel, Sie sollen bitte zum Alten kommen. Oh, ich meinte Herrn Amans«, verbesserte sie sich und lächelte verschmitzt.

»Sind Sie sicher, dass Sie mich meinen?«

Hufnagel kam ins Grübeln. Das letzte Mal, als er zum Alten musste, lag bereits einige Zeit zurück. Man ließ Hufnagel in Ruhe und wusste, dass er seinen letzten Jahren bis zur Rente ohne Aufregung entgegensah. Er war gesundheitlich etwas angeschlagen, und die Position, die er begleitete, gehörte im Revier zu den unspektakulärsten überhaupt. Besser gesagt, zu den langweiligsten. Ein Tag glich dem anderen. Und ein Monat unterschied sich vom nächsten nur durch seinen Namen.

»Dann geh ich eben«, schnaubte er lustlos und schlüpfte zurück in seine Schuhe. »Wissen Sie, was er will?«

Frau Kleinschmidt schüttelte vehement den blond gelockten Kopf.

»Nein. Aber auch wenn ich es wüsste, dürfte ich es Ihnen nicht sagen«, kam es achselzuckend zurück.

»Geht mir das auf die Nerven«, knurrte Hufnagel, »seit der Alte auch noch Datenschutzbeauftragter ist und sich in alles und jedes reinhängt. Hat er mir doch tatsächlich meine Geburtstagsliste von der Pinnwand gerissen. Und gesagt hat er nichts. Frechheit!«

Leicht angesäuert verließ er das Büro und ging langsamen Schrittes zwei Etagen höher. Zitternd klopfte er gegen die Tür des Alten.

»Ja, bitte!«, rief eine laute ältere Männerstimme von innen.

Hufnagel betrat den Raum, in dem bereits eine junge Frau sowie, ihr gegenüber, Herr Amans saßen und sich unterhielten.

»Kommse, kommse ruhig rein! Wir beißen nicht.«

Die junge Frau lächelte verlegen und steckte eine hellblonde Haarsträhne hinter ihr Ohr.

Hufnagel mochte solche Überraschungen nicht. Eigentlich mochte er gar keine Überraschungen. Vielmehr liebte er seine Gewohnheiten und alles Neue war ihm ein Graus.

»Nehmse Platz!«, sagte der Alte. »Das ist Frau Andres, unsere neue Kollegin. Derzeit ist sie in der Mordkommission.«

Aha! Daher weht der Wind. Und jetzt soll sie bei uns reinschnuppern. Ach, dann bin ich ja beruhigt. Entspannter als vorher setzte sich Hufnagel auf den Stuhl und atmete tief durch, sodass es die anderen hören konnten.

»Geht's Ihnen nicht gut, Herr Hufnagel?«, fragte der Alte nachdenklich.

»Doch, doch, alles im grünen Bereich.«

»Gut, es erwartet Sie nämlich eine neue Aufgabe.«

Hufnagels Blick entgleiste. *Neue Aufgabe? Womöglich noch Überstunden. Das können sie vergessen. Nicht mit mir!*

Der Alte setzte sich aufrecht, so als wollte er eine Rede halten, nahm sich einen Bleistift und drehte ihn mehrmals zwischen den Fingern hin und her.

»Nun, Sie haben sicher vom Unfall gehört, ich meine den vom Kaltbrunn.«

»Ja, ja, schlimme Sache, dauert bestimmt eine Ewigkeit, bis der wieder fit ist.«

»Sie sagen es, Sie sagen es! Und wir haben damit gleich zwei Probleme ins Haus bekommen. Zum einen schickt uns das Landespolizeipräsidium keinen Ersatz und zum anderen haben wir einen Mord aufzuklären.«

»Na, das ist ja wie ein Überraschungsei, man weiß nie, was man bekommt«, bemerkte Hufnagel ironisch.

Der Alte sah ihn entgeistert an.

»Also«, druckste er herum, »Sie und Frau Andres werden gemeinsam den Fall übernehmen.«

Hufnagel sah ihn mit großen Augen an. Seine Entrüstung stand ihm förmlich ins Gesicht geschrieben.

»Sie machen wohl Witze. Ich bin bei der Verkehrspolizei und nicht bei der Mordkommission! Das wäre genauso, als würde eine Krankenschwester operieren. Ne, ne! Nicht mit mir!« Um seinen Worten Ausdruck zu verleihen, verschränkte er wie in Zeitlupe die Arme vor seiner Brust.

»Das ist mir bekannt, glauben Sie mir«, meinte der Alte, »aber ich sehe keine andere Lösung. Sie sind der Einzige hier, der sich etwas mit der Materie auskennt«, und legte Hufnagel eine rötliche Mappe vor die Nase. »Das ist die Akte. Machen Sie sich mit ihr vertraut. Wenn Sie Glück haben, ist der Verstorbene tatsächlich an Herzschwäche dahingeschieden. Wäre ich wohl auch, wenn …« Hämisch lächelnd ließ er sich in seinen Chefsessel zurückfallen.

Ich??? Nur weil mein Vater mal bei der Mordkommission war? Oder weil ich durch diesen dämlichen Test gerasselt bin? Das macht mich noch lange nicht zu einem Kriminalpolizisten!

Hufnagel schäumte vor Wut und verließ gemeinsam mit seiner neuen Kollegin das Büro.

Wenig später verschanzte er sich hinter seinem Schreibtisch und begann die Akte zu studieren. Nach zwei Stunden Recherche war für ihn der Fall klar. *Herzversagen, klare Kiste. Klappe zu, Affe tot!*

Ein leises und zaghaftes Klopfen riss ihn jäh aus dem Strom der Erkenntnis. Mit einer Umzugskiste unter den Arm geklemmt, betrat Nadine das Büro.

»Na, bringen Sie mir noch mehr Indizien?«, fragte er beinahe erschrocken.

»Nein, das sind meine persönlichen Sachen. Und wo ist mein Schreibtisch?«, entgegnete sie überrascht.

»*Ihr Schreibtisch?*«, wiederholte Hufnagel fragend. »Ich sehe hier nur einen.«

In diesem Augenblick donnerte es gegen die Bürotür und zwei Handwerker im Blaumann betraten nach Hufnagels wütendem »Herein!« mit genanntem Möbelstück den Raum.

»Meister, wohin mit dem guten Stück?«, knurrte der dickere Handwerker.

Hufnagel war außer sich.

»Also, wohin?«, fragte nun der zweite Handwerker.

Wutentbrannt schnaubte Hufnagel: »Dann stellen Sie halt das Teil vor meinen!«

»Schon gut, schon gut«, maulte der Dicke und ließ den Schreibtisch langsam zu Boden gleiten.

»Herr Hufnagel, so habe ich mir unsere Zusammenarbeit auch nicht gerade vorgestellt«, entschuldigte sich Nadine Andres leise.

»Na ja, Kindchen, Sie können nichts dafür. Der Fall ist eh klar. Schreiben wir halt noch das Protokoll und heften es ab.«

Nadine bäumte sich auf und sah Hufnagel entrüstet an. »Das *Kindchen* können Sie sich sparen! Mein Name ist Nadine Andres!«

»O pardon!«, gab Hufnagel kleinlaut von sich. »Also, Frau Andres, dann schreiben Sie mal alles auf!«

»Mal langsam, Max von Billstedt starb nicht eines natürlichen Todes ...«, doch weiter kam sie nicht, denn das Telefon klingelte, und zwar mindestens dreimal, ehe Herr Hufnagel den Hörer abnahm.

Leicht gereizt meldete er sich mit seinem Namen. Der Anrufer schien ihm vertraut. »Ja, ja, ich komme später vorbei, versprochen«, antwortete er genervt und legte auf. »Also, wo waren wir stehen geblieben?«

Nadine Andres setzte fort: »Max von Billstedt wurde von einem Oxyuranus microlepidotus vergiftet, einem Inlandtaipan«, erzählte sie und nahm die Akte.

»Inlandtaipan? Noch nie gehört«, bemerkte Hufnagel, erhob sich vom Stuhl und stellte sich ans Fenster.

»Im Autopsiebericht steht«, las sie laut vor, »dass es eine große bis sehr große Giftnatter sei. Sie ist in Australien beheimatet. Aufgrund der großen Giftmenge und der hohen Giftigkeit ist der Biss unbehandelt meist tödlich. Er wird oft nicht bemerkt. Lokale Symptome im Bereich der Bissstelle fehlen häufig. Typische Symptome eines Bisses sind anfangs

Übelkeit und Erbrechen, danach kommt es zu fortschreitenden Lähmungen der Muskulatur, bis hin zum tödlichen Atemstillstand sowie zu Blutgerinnungsstörungen, wenn nicht rechtzeitig behandelt wird. Bei einem älteren Mann wie Herrn von Billstedt tritt circa sieben bis zehn Stunden nach dem Biss der Atemstillstand ein. Das Gift ist ein Cardiotoxin, ein Herzgift. Es wirkt irreversibel depolarisierend auf die Membran der Herzmuskelzellen und führt dadurch zu einer Lähmung, mit dem Ergebnis Herzstillstand.« Dann klappte sie den Aktendeckel zu und sagte: »Wie schrecklich. Jedoch einen Schlangenbiss konnten die Rechtsmediziner nicht finden. Vermutlich wurde das Gift mit einer Nadel injiziert.«

»Ein Gift? Mord! Na, super. Aus der Traum von Ruhe«, nuschelte Hufnagel vor sich hin und sah mit der Hand am Fenster hinunter zum Hof, der gleichzeitig als Parkplatz diente.

»Was schlagen Sie vor?«, fragte er, mit dem Rücken der jungen Frau zugewandt und nachdenklichem Blick auf die im Innenhof des Polizeireviers parkenden Autos.

»Das Übliche. Überprüfen, wer ein Motiv hatte. Im Altenheim fragen, ob jemand etwas Auffälliges bemerkte, und so weiter und so weiter.«

Hufnagel wurde hellhörig. »In welchem Heim wohnte er denn?«

»Seniorenresidenz Wolkenlos.«

»Gut, das übernehme ich. Sehen Sie sich mal bei seiner Familie um.«

»Komisch«, sagte die Kollegin, »aber genau das ist merkwürdig, bislang ist noch keiner von denen aufgetaucht. Normalerweise kommen doch die Aasgeier gleich. In der Akte steht, er wäre einer der reichsten Männer Deutschlands.«

Hufnagel drehte sich belustigt um.

»Na, Humor haben Sie wenigstens«, sagte er kopfkratzend und betonte: »*Frau* Andres.«

***

Frau Kaufmanns Handy vibrierte. Eine SMS hatte sie erreicht. Sie entsperrte das Mobiltelefon und las die Nachricht ihres Freundes Georg.

Liebe Charly, du hattest recht. Dem Mann wurde ein tödliches Gift injiziert. Auch das Glas weist Spuren desselben Giftes auf. Hier war jemand sehr gründlich am Werk. Pass bitte auf dich auf! Der Täter ist gefährlich. LG Georg.

Frau Kaufmann musste schlucken. Zwar hatte sie im Laufe der Jahre schon etliche mysteriöse Morde in den Akten ihres verstorbenen Mannes gesichtet, aber dieser hier war heimtückisch und in ihren Augen wohldurchdacht. *Giftmord. Mhm.*

Danke, lieber Georg. Kannst du mir bitte den Autopsiebericht mailen? GLG Charly

Charly, du bringst mich noch in Teufels Küche. Ja, mach ich. Aber nur noch dieses eine Mal!

Dank dir, melde mich wieder. Umarme dich. Charly

Zwei Stunden später hatte Frau Kaufmann den Bericht auf ihrem Laptop. Einen Großteil des Textes las sie quer, jedoch dann wurde sie hellhörig.

»Wie bitte?«, sprach sie leise und schüttelte sachte den Kopf. »Er trug ein implantiertes Hörgerät? Unmittelbar hinter dem linken Ohr? Kaum größer als eine Fingerkuppe?« Kopfschüttelnd las sie laut weiter: »Die Herkunft des Giftes konnte zweifelsfrei nachgewiesen werden, weil das Hörgerät wie ein Behältnis fungierte und die tödliche Substanz in sich aufnahm. Es gelangte nicht in den Körper. Herr von Billstedt wäre daran noch nicht gestorben. Aber das Glas Wein, welches er vorher getrunken hat, enthielt das gleiche Gift, sodass circa fünf Stunden später der Herzstillstand eintrat und den Tod herbeiführte.«

Es musste ihn also jemand um die Mittagszeit besucht haben. Einer oder eine aus dem Seniorenstift? Oder war womöglich das Gift bereits in der Flasche? Woher hatte er den Wein? Und wieso lief das Video noch? Es muss jemand angestellt haben. In der Regel beträgt eine Spielfilmlänge 90 Minuten. Vollkommen ihren Gedanken erlegen, überhörte sie das Klopfen an ihrer Apartmenttür.

Leise ging die Tür auf und jemand betrat den Raum. Ein Schatten fiel auf den Boden. Ein Schatten, der näher und näher kam. Sie erschrak und zuckte zusammen.

»Du meine Güte!«, rief sie entsetzt. »Du bringst mich noch mal ins Grab.« Streng sah sie ihn an. »Schon als Bub hast du mich immer erschreckt. Hast dich hinter der Küchentür versteckt und bist dann mit einem lauten Getöse hervorgesprungen.«

»Guten Tag, Mutter, freut mich, dich zu sehen. Wir waren doch verabredet. Schon vergessen?«, maulte er und sah neugierig auf das, was sie las.

Frau Kaufmann schloss schnell die Datei und flunkerte: »Nichts Wichtiges, Junge, nur meine Krankenakte.«

»Auf dem PC? Wie? Bist du etwa krank?«

»Quatsch. Zipperlein hier, Zipperlein dort. Tja, das Alter. Schön, dich zu sehen! Magst du einen Kaffee? Habe gerade welchen gebrüht.«

»Filterkaffee? Ja, gerne. Der aus diesen blöden Automaten hat kein Aroma. Und deiner ist eben der beste.«

Frau Kaufmann ging in die Küche, derweil sich ihr Sohn auf dem Sofa niederließ. Ein dezentes Geschirrklappern drang kurz darauf bis ins Wohnzimmer. Nach ein paar Minuten kehrte sie, ausgestattet mit einem blümchenverzierten Kännchen Kaffee, zwei Tassen sowie Tellern und einer Schale Schokoladenkekse, zurück.

»Selber gebacken?«

Frau Kaufmann bejahte nickend und schenkte ihrem Sohn ein mütterliches Lächeln. Sie reichte ihm auch einen Teller mit Keksen und goss ihm Kaffee in seine Tasse. Schnaufend nahm sie ihm gegenüber Platz.

»Und was gibt es Neues im Verkehr? Man liest ja immer wieder von schrecklichen Auffahrunfällen, erst neulich auf der B33 ist doch ein Motorrad mit einem VW Golf zusammengestoßen. Hach, deshalb fahre ich nicht mehr so gerne Auto.« Sie nahm einen Schluck Kaffee und schien über ihr Gesagtes nachzudenken.

»Ja ja, aber mich haben sie versetzt. Leider. Bin jetzt bei der Mordkommission.«

»*Bei der Mordkommission?* Wie geht das denn?«

Rudi erzählte ihr ausführlich die ganze Geschichte.

»Aha! Vielleicht hast du die Gene deines Vaters geerbt und ich kann dir auch etwas zur Hand gehen, mein Junge.« *Schade nur, dass er damals den Namen seiner Frau angenommen hat. Kaufmann klingt doch viel besser.*

»Wie? *Du???*«

»Ja, warum denn nicht«, konterte Charlotte Kaufmann erregt und gab ihrer Stimme eine höhere Tonlage. »Wenn ich damals nicht gewesen wäre, würde *Der Karfreitagsmörder* noch immer auf freien Füßen sein.«

»*Du? Na klar, du und Vater!* Also im Vertrauen, ich soll den Mord am alten Billstedt aufklären. Der wohnte doch hier, oder?«

»Ja, ja, der wohnt … ähm … wohnte hier. Du, ich habe mir auch schon so meine Gedanken gemacht. Kennt man denn schon die Todesursache?«

»War wohl Gift.«

»Gift?«, heuchelte sie unwissend. »Du meine Güte. Wissen seine Verwandten schon Bescheid? Hier war nämlich noch niemand.«

Rudolf Hufnagel kam ins Grübeln. *Verwandte? Ach, Mensch, die müssen wir noch benachrichtigen. Wollte sich darum nicht Frau Andres kümmern?*

Hufnagel griff zum Handy. Es klingelte und eine Frauenstimme meldete sich auf der anderen Leitung.

»Hufnagel!«

»Hallo Herr Hufnagel«, sagte Nadine.

»Konnten Sie schon die Verwandten des Toten ermitteln?«

»Ja, der Sohn und die Tochter leben in Berlin.«

»Und wer benachrichtigt die jetzt?«

»Na *Sie*, dachte ich«, kam es rasch zurück.

»Machen Sie das mal! Rufen Sie die Verwandten an.«

»Ich?«, vernahm er vom anderen Ende der Leitung. »Ich meine, wir sollten es ihnen lieber persönlich sagen und fragen, wo sie zur möglichen Tatzeit waren. Ist vielleicht besser, Chef.«

Hufnagel wurde für ein paar Sekunden ganz ruhig. *Keine zehn Pferde kriegen mich in ein Flugzeug.* »Fliegen Sie nur. Ich kümmere mich vor Ort um alles.«

»Okay, dann nehme ich gleich morgen früh die erste Maschine ab Zürich.«

»Tun Sie das«, entgegnete er beruhigt. »Rufen Sie mich an, sobald das Flugzeug gelandet ist.« Er drückte den roten Knopf mit dem Auflegesymbol und verstaute das Handy wieder in seiner Jeanshosentasche.

Gut, mein Junge, so langsam wird's doch! Frau Kaufmann schmunzelte und blickte zu ihrem Sohn. Ein paar Denkanstöße hier und da konnten ihm nicht schaden.

7. Mittwoch, 15. Oktober

Genau um 6.30 Uhr hetzte Nadine durch die Glastür des Züricher Flughafens. Sie reiste nur mit kleinem Handgepäck und wollte gegen Abend wieder zurück sein. Sofort suchte sie den Schalter zum Check-in auf und ließ ihre Buchung registrieren. Sie nahm den erstmöglichen Direktflug von Zürich nach Berlin, Zwischenlandungen hasste sie. Einmal starten und einmal landen reichte nach ihrer Meinung völlig aus. Alles andere empfand Nadine als überflüssig.

Jetzt noch einen schwarzen Muntermacher mit Croissant.

Müde ging sie zum Coffeeshop, bestellte ihre Kleinigkeiten am Tresen und suchte mit einer Zeitung unterm Arm einen Sitzplatz. An diesem Morgen hatte sie freie Auswahl. Nur ein verliebtes Pärchen und ein älterer Mann waren im Lokal. Sie setzte sich auf einen der hohen braunen Hocker und legte ihr Handy auf den kleinen quadratischen Tisch.

Dezente Musik ertönte aus dem Radio und war genau das Richtige an einem so frühen Morgen wie diesem.

Eine freundliche Dame brachte Nadines Bestellung.

»Grüezi. Bitte, Ihr Schümli-Kafi«, sagte die Kellnerin auf Schweizerdeutsch und stellte den Teller mit dem Croissant dazu.

»Danke«, antwortete Nadine und rang sich ein müdes Lächeln ab. In Anbetracht der morgendlichen Stunde fiel ihr das Freundlichsein noch schwer. Erst gegen zehn kam sie so richtig in Fahrt.

Der helle Ton ihres Handys erklang ein wenig zu laut.

Neugierig öffnete sie die schwarze Hülle ihres Mobiltelefons und las auf dem Display *Marcel*. Er hatte ihr eine WhatsApp geschickt.

He, Süße, kannst du nicht einmal ohne deinen Job auskommen? Hätte gestern gerne noch ...

He, Schatz, ging nicht, muss nach Berlin. Grrr

Na, und? Kann dein Chef nicht?

Ne, der hat Flugangst.

Toll, dann bleibt nur das liebe Polizeimädel. Na ja, und ich? Wer denkt an mich?

»Langsam geht der mir auf die Nerven. Ständig ist er nur am Nörgeln«, sagte Nadine leise, sodass sie keiner hörte.

Mach's gut, ich melde mich, sobald ich in Berlin bin.

Ja, wenn ich dann noch da bin. Schnief

»Zum Kotzen!«, schimpfte Nadine laut vor sich hin und biss wütend in ihr Croissant.

Gereizt bezahlte sie, warf missbilligend ihre Umhängetasche über die rechte Schulter und lief zügig auf hochhackigen Schuhen in Richtung Terminal C, wo der Flieger Richtung Berlin startete.

Sie genoss den eineinhalbstündigen Flug. Azurblauer Himmel – kleine Haufenwolken – Sonne – Ruhe – eine Illustrierte – kein Handypiepsen – keine Anrufe – einfach nichts. Selbst das leise Rascheln ihres Nachbarn, der in einer Zeitung blätterte, war für ihre Ohren Musik.

Die Maschine landete pünktlich in Berlin-Tegel. Nadine begab sich in Richtung Ausgang und wartete dort geduldig auf ihre Mutter, die in Berlin lebte und mit der sie sich auf einen schnellen Kaffee im Flughafenrestaurant verabredet hatte. Während sie wartete, beobachtete sie die Reisenden beim Hinaus- und Hineingehen und dachte an früher.

Und wieder Berlin. He, mein letzter Besuch ist gerade mal ein Jahr her. Als Mama sich das Bein gebrochen hat und ich für ein paar Wochen bei ihr gewohnt habe. Mhm, was wäre wohl aus mir geworden, wenn sich meine Eltern nicht hätten scheiden lassen? Wenn wir nicht von Fehmarn weggezogen wären und wenn ich nicht den Aufnahmetest an der Polizeischule geschafft hätte? Und dabei wollte ich doch immer zur Polizei, und zwar zur Kriminalpolizei. Mensch, was habe ich früher gelesen? Alles, was mir in die Finger kam und nach Verbrechen roch. Die vielen Bücher über Kunstdiebstähle oder Sherlock Holmes. Ich wollte so werden wie er oder gar wie James Bond. Eine richtige Mrs James Bond und dafür habe ich mich dann zweimal die Woche zum Karatetraining gequält. Und jetzt bin ich wieder hier, hier, wo ich Kai getroffen habe, meine erste Liebe, die ganz große. Aber der Blödmann musste ja mit der dummen Tussi vom Dezernat abschieben. Und dann kam das große Aus und ich habe mich nach Konstanz versetzen lassen. Na ja, zumindest liegt die Stadt am Wasser, so wie mein geliebtes Fehmarn auch.

Plötzlich berührte jemand Nadines Schultern. Sie erschrak und drehte sich um. Hinter der jungen Frau stand ihre Mutter und sah sie mit freudigen Augen an. Wie immer hatte sie sich herausgeputzt, trug einen dunklen Anorak und helle Stiefel.

Glücklich sprang Nadine von ihrem Stuhl hoch und landete wie auf Kissen.

»Hach, Kindchen, ist das schön, dich wiederzusehen.« Sofort presste die Mutter sie gegen ihren üppigen Busen und drückte ihrer Tochter einen dicken, schmatzenden Kuss auf die Wange. Der Kuss hinterließ einen dezent roten Mund.

Derselbe Geruch wie damals, noch immer nimmt sie 4711. Unverkennbar, meine Mutter! Kindchen, *wie ich* das *hasse! Hat sie früher schon gesagt und dann auch noch der Hufnagel. Mensch, wie soll ich da erwachsen werden?*

»Hallo Mama.«

»Wo ist dein Gepäck?«

»Hier!«

»Wie, *hier*? Eine Tasche und sonst nichts?«, entgegnete ihre Mutter und sah fragend zum Fußboden. »Ich dachte, du bleibst für ein paar Tage.«

»Nein, ich habe nicht viel Zeit. Mit ein bisschen Glück übernachte ich bei dir, mehr geht nicht.«

»Wie? Hast du etwa hier einen Fall zu lösen?«, fragte sie leise und blickte nach rechts und links, so als hätte sie etwas zu verbergen. Frau Andres sagte nie Mord- oder Kriminalfall, wenn sie von Nadines Arbeit sprach, für sie war es immer nur *ein Fall*. Vielleicht hatte sie aber auch nur Angst, dass jemand mitbekommen könnte, dass ihre Tochter bei der Kripo war. Stets war sie überaus vorsichtig, denn Berlin war ihr noch immer fremd.

Sie presste ihre kleine Umhängetasche unter den Arm des Anoraks und hakte ihre Tochter bei sich ein.

»Ja, einen Fall, einen Mord. Schlimme Sache.«

»Hach, Kindchen, und *du* sollst ihn aufklären?«, fragte ihre Mutter. »Was da alles passieren kann. Also, ich wollte ja nie, dass du zu *denen* gehst. Die Welt ist doch sooo schlecht«, sagte sie mit permanentem Kopfschütteln sowie hörbarem Lippenschnalzen.

»Ja, Mama, aber …«, weiter kam sie nicht.

Ihre Mutter unterbrach sie schon wieder und begann, das Gespräch auf sich zu lenken. Viele Kontakte hatte sie in Berlin bislang nicht und wirkte einsam.

»Also, Kindchen, was wollen wir unternehmen? Hast du Lust auf einen kleinen Snack?«, fragte sie leise und betonte dabei das Wort *Snack* auffallend deutlich.

»Mama, das heißt *Snäck* und nicht Snack. Man spricht das a wie ein ä.«

»Wirklich? Aber mein Englisch ist schon besser geworden, seitdem ich an der Volkshochschule bin, findest du nicht?«

»Jaaa ... Nun komm!«, sagte Nadine gereizt. »Ich muss

nachher noch ein paar Recherchen anstellen.«

Frau Andres sah ihre Tochter mit dem typischen Blick einer besorgten Mutter an und presste lautstark Luft ihre Kehle hinab.

Nadine schielte auf ihr Handy. Drei Nachrichten und ein Anruf verkündete ihr Display. Die Nachrichten waren von Marcel und der Anrufer ihr Chef. Da die beiden weit weg waren, beschloss Nadine, sie vorerst zu ignorieren.

Etwa eineinhalb Stunden später verabschiedete sie sich von ihrer Mutter und nahm ein Taxi in Richtung Prenzlauer Berg. Hier hatten sie und Kai damals eine kleine Zweizimmerwohnung bewohnt. Und ausgerechnet ihr erster Mordfall verschlug sie in diese Gegend.

»Ich glaube, hier ist es«, sagte Nadine leise und öffnete die Milchglastür mit der Aufschrift *Weinhaus Billstedt. Komisch, ich dachte, den Namen* Billstedt *schreibt man anders.*

Ein leises Glöckchen ertönte hell und lieblich.

Sie trat ein und sah mit einem gekonnten Rundumblick durch den kleinen Raum.

Das Ladengeschäft hatte Charme und Patina. Vor den weißen Wänden standen moderne dunkelbraune Regale, davor hölzerne Weinkisten sowie ein paar kleinere, passend zu den Regalen abgestimmte Tische. Sofort bekam sie Lust, sich hinzusetzen und einen der Weine zu probieren. Auch die dezente Klaviermusik im Hintergrund sorgte bei ihr für eine angenehme Stimmung.

Wow, der Mann hat Geschmack. Schön hier. Mhm, riecht irgendwie nach Wald, etwas moosig und ein bisschen nach gehacktem Holz.

Langsam schritt sie an den Regalen auf und ab und entdeckte eine gut sortierte Auswahl an importierten Weinen aus Frankreich, Bioweinen aus Italien sowie verschiedene

Schaumweine. Die deutschen Weine fand sie schließlich rechts.

»Sie wünschen, bitte?«, fragte eine angenehm klingende Männerstimme hinter ihr.

Nadine drehte sich um und sah hinauf in die dunklen Augen eines smarten Mannes, den sie auf etwa Mitte vierzig schätzte. Mit seinem penibel gestutzten Vollbart, dem dunkelblauen Kaschmirpullover mit V-Ausschnitt und dem farblich dazu abgestimmten Hemd wirkte er eher wie ein Model denn wie ein Weinverkäufer.

»Schön haben Sie's hier, Herr von Billstedt.«

Der Mann sah sie mit gekünsteltem Lächeln an und sagte: »Nur Billstedt, bitte!«

Wortlos zog Nadine ihren Polizeiausweis aus der Tasche und hielt ihn stumm vor seine Augen.

»Mordkommission?«

»Wieso nur Billstedt?«

»Ach, das ist eine lange Geschichte. Darüber möchte ich nicht reden.«

»Ich befürchte, Herr, ähm, Billstedt, das müssen Sie! Wann hatten Sie das letzte Mal Kontakt zu Ihrem Vater, Max von Billstedt?«, fragte sie provozierend.

»Wieso fragen Sie das?«, entgegnete er misstrauisch und sprach überlegt weiter: »Tja, ich glaube, etwa vor einem Jahr oder anderthalb, weiß nicht mehr so genau.«

»Vor einem Jahr? Nicht vielleicht letzten Sonntag?«

»Junge Frau, jetzt sagen Sie mir bitte, um was es geht!«, sprach er zornig mit bewegtem Kieferspiel.

»O pardon, ich bin manchmal so forsch. Ihr, Ihr Vater … ist tot. Ermordet.«

»Bitte *was?* ERMORDET?«, rief er entsetzt und begann zu taumeln.

»Wollen wir uns vielleicht setzen?«

»Ja gerne.« Sitzend und nach einer kurzen Pause, in der

er tief ein- und ausatmete und um Fassung rang, sprach er weiter. »*Ermordet*, sagten Sie. Ich hatte so etwas immer befürchtet. Sie wissen ja, unsere Familie ist reich, richtig reich. Deshalb nenne ich mich auch nur Billstedt, habe meinen Namen geändert.«

Die beiden saßen am hintersten Tisch des Raumes, während der junge Billstedt sich aus einer Flasche mit hochprozentigem Schnaps ein Glas befüllte.

»Ich brauche das jetzt, Sie auch?«

»Ne, lassen Sie mal! Bin im Dienst. Also, wo waren Sie letzten Sonntag?«

Er überlegte und antwortete dann. »Hier, hier in meinem Lokal. Hatte eine Weinprobe.«

»Aha! Das lässt sich sicherlich belegen. Haben Sie eine Gästeliste?«

»Ja klar! Da muss ich nachsehen.« Er stand auf und ging hinüber zu seinem Verkaufstresen.

Der nervige Klingelton von Nadines Handy störte die Ruhe.

»Ja, Mama, was gibt es denn?«

Auf der anderen Leitung hörte sie ein fragendes »Mhm?«

»*Mama?*«, hörte sie einen grunzenden Herr Hufnagel. »Ah, verstehe … Sie können nicht sprechen. Also … Frau Kraft, die Heimleiterin, war noch mal im Präsidium und hat ausgesagt, den Sohn vom alten Billstedt am Todestag gesehen zu haben. Vermutlich ist er unser Mörder.«

»Echt, Mama, das hätte ich jetzt nicht gedacht. Also, ich rufe dich nachher noch mal an, okay?«

Mit schmalen Augen sah Nadine hinüber zum Tresen.

»Sie brauchen nicht zu suchen. Die Wahrheit wäre in Ihrer Situation das Beste. Man hat Sie nämlich am Tag des Mordes im Seniorenheim gesehen.«

Michael Billstedt lehnte sich rücklings gegen den Tresen und legte seine Arme darauf. »Ich schwöre, ich war niemals dort. Glauben Sie mir!«

»Gut, wenn Sie nicht kooperieren«, drohte ihm Nadine, »lasse ich Sie verhaften, und dann können Sie Ihren Laden dichtmachen. Und wenn ich dann noch meine Periode habe, bekomme ich schlechte Laune, werde vergesslich und lasse Sie in der U-Haft schmoren.«

Michael Billstedt sah sie überrascht an, wusste nicht so recht, ob sie ihn veräppelte oder ob sie es tatsächlich ernst meinte.

»Und dieses Verhalten bei einer Kommissarin?«, rief er konsterniert.

»*Angehende* Kommissarin! Die darf sich noch so manchen Patzer erlauben.«

Er bewegte sich auf Nadine zu. »Also gut, Sie bekommen es früher oder später eh heraus. Ich war in Konstanz. Vor ein paar Wochen erhielt ich einen Brief vom Anwalt meines Vaters. Darin bat er mich, an den Bodensee zu kommen, um ein paar Unterschriften für die Patientenverfügung meines Vaters zu leisten. In meinen Augen ganz normal. Als ich dann im Hotel ankam, ging ich auf mein Zimmer und wollte erst einmal duschen. Aber als ich es gegen Mittag verlassen wollte, war die Tür verschlossen. Auch das Telefon war tot. Und ein Handy, was sie gleich fragen werden, besitze ich nicht, zumindest nicht in meiner Freizeit. Und so saß ich dort geschlagene drei Stunden fest, bis plötzlich mein Telefonapparat im Zimmer klingelte.«

»Na ja, für mich klingt das eher nach einem schlechten Krimi. Viel zu konstruiert«, bemerkte Nadine misstrauisch und kratzte sich am Kinn.

»Da haben Sie sicherlich recht«, sagte er, »aber wer hätte denn ahnen können, dass in einem Haus wie dem *Halm* Derartiges passiert? Ich steige dort schon seit Jahren ab, so wie meine Eltern und Großeltern auch. Man kennt und schätzt sich.«

»Und was passierte dann?«

»Dann …«, grübelte er, »… dann fuhr ich zu diesem Anwalt. Ich dachte mir doch nichts. Und als ich dort ankam, war ich sehr verwundert. Die Adresse existierte nicht, ich fand lediglich eine riesige Baustelle vor … Können Sie sich vorstellen, wie peinlich das für mich war? Da ich nun einmal am Bodensee weilte, wollte ich meinem Vater einen kurzen Besuch abstatten, fand aber nicht den Mut und drehte noch vor dem Eingang des Seniorenheims wieder um. Und ja, eine nette Frau fragte mich, zu wem ich denn wolle, und das war's. Das macht mich doch noch nicht zu einem Mörder, oder? Überlegen Sie mal! Egal, *wie* er auch war, er war immerhin mein Vater!«

Nadine haderte, sollte sie ihm seine Geschichte glauben oder nicht? *Klingt mir fast zu perfekt. Irgendwie aalglatt wie der Typ auch.*

»Wir prüfen das nach!«, sprach sie etwas zu streng. »Ich muss Sie bitten, Berlin in den nächsten Tagen nicht zu verlassen, für den Fall, dass wir noch Fragen haben«, und sah ihn durchbohrend an. »Wie war eigentlich das Verhältnis zu Ihrem Vater? Mochten Sie ihn?«, wollte sie außerdem wissen, hatte sich aber bereits ein Bild von ihm gemacht. *Reich, bestimmt Internatskind, mit strenger Erziehung, spricht Französisch und Englisch fließend, spielt ausgezeichnet Tennis und segelt wie ein Weltmeister.*

Michaels Gedanken wanderten in die Vergangenheit. Im Zeitraffer erinnerte er sich an seine Kindheit, an die ausgelassenen Fußballspiele mit seinem Vater und die nächtlichen Kaminabende mit dem Großvater, der den Kindern liebevoll mit verstellter Stimme aus ihrem Lieblingsmärchenbuch vorgelesen hatte. Doch irgendwann veränderte sich all das. Sein Opa hatte einen Schlaganfall erlitten, wurde bettlägerig und konnte nicht mehr reden, während das Verhältnis zu seiner Großmutter nie von großer Zuneigung geprägt gewesen war. Urplötzlich verlor dann auch Michaels Vater das Interesse an seinen Kindern. Anfangs glaubte Michael noch, es läge an ihm, bis er später, als er ein paar Jahre älter geworden war, langsam die Gründe dafür herausgefunden hatte.

»Das Verhältnis zu meinem Vater?«, er klang müde. »Tja, anfangs voller Liebe, aber später versteckte er sich nur noch hinter seiner Arbeit. Wir Kinder verbrachten den Großteil unserer Ferien in luxuriösen Camps, besuchten die teuersten Internate in Paris und London, während sich unsere Eltern daheim nur noch aus dem Weg gingen. Meine Mutter suchte Trost in einer neuen Liebe und mein Vater …«, stockte er, »… mein Vater hatte einen Hang zu Prostituierten. Tolle Familie, nicht wahr?«

»Und Ihre Schwester?«

»Meine Schwester«, sprach er traurig weiter, »die litt, glaube ich, am meisten unter dieser Situation. Als Jugendliche suchte sie Halt in Drogen und Alkohol, schaffte später aber dann den Absprung und studierte Medizin. Heute ist sie eine gefragte Herzchirurgin in der Charité.«

»Haben Sie noch Kontakt zu ihr?«

Seine Augen begannen zu glänzen. »Ja, wir sehen uns von Zeit zu Zeit. Jeder hat halt sein Privatleben. Aber ich bin stolz auf die Kleine, obwohl sie so gar nichts mit mir gemein hat. Sie wissen schon, Äußerlichkeiten, Charakter oder sonstige Auffälligkeiten.«

Auf einmal überfiel Nadine ein unüberhörbares Hungergefühl. Ihr Magen knurrte. *Wie peinlich!*

»Okay, Herr, ähm … Billstedt, danke für Ihre Zeit. Muss jetzt los«, äußerte sie knapp und begann auf ihrem Hocker hin und her zu rutschen.

Mit festem Händedruck verabschiedete sie sich und lief zur Tür, bis sie Herr Billstedt mit den Worten »Sie sagten, er wurde ermordet?« zurückrief.

»Ja, ganz richtig, vergiftet«, antwortete sie und blickte ohne eine Regung in sein Gesicht.

»*Vergiftet?*«

Nadines Handy klingelte, als sie die Prenzlauer Allee entlangschlenderte und in Erinnerungen schwelgte.

»Hallo Schatz, na, wie ist das Wetter am Bodensee?«, fragte Nadine Marcel.

»Wieso meldest du dich erst jetzt, hä? Triffst dich wohl mit deinem Ex!«

»Quatsch, Marcel. Ich habe zu tun, bin dienstlich in Berlin!«, schimpfte sie.

»Und wann kommst du zurück?«

»Weiß noch nicht, muss noch was erledigen.«

»*Erledigen?*«, hörte sie Marcel sie anschreien. »Langsam kannst du mich mal.«

Nadine platzte der Kragen. »Und du mich auch, *Idiot!*« Erbost legte sie auf und lief wütend weiter.

8. Drei Stunden später

Um sich auf den Besuch bei Katharina von Billstedt, Michaels Schwester, vorzubereiten, ging Nadine schlecht gelaunt in einen Coffeeshop. Am Fenster sitzend, mit Blick auf die Prenzlauer Allee, recherchierte sie bei einem Latte macchiato per Smartphone Wissenswertes über die Charité. Besonders interessierte sie die Herz-, Kreislauf- und Gefäßmedizin im sogenannten *CharitéCentrum 11,* zuständig für die Behandlung herz-, kreislauf- und lungenkranker Menschen. Das Centrum bot hierfür konservative, interventionelle und operative Therapieformen an.

Nachdem Nadine durch ein paar Seiten gescrollt hatte, entdeckte sie schließlich eine Liste des Ärzteteams, unter anderem tauchte dort auch ein Bild von Doktor Katharina von Billstedt auf. Sie wirkte schmächtig, fast unscheinbar, und hatte ein blässliches Gesicht. Ihre Haare trug sie streng nach hinten gekämmt zu einem Zopf.

Sieht ernst aus, die Dame! Mit der ist bestimmt nicht gut Kirschen essen.

»Zahlen!«, rief Nadine die Kellnerin zu sich und reichte ihr drei Euro. »Stimmt so.«

Inzwischen war ein leichter Wind aufgekommen und huschte mit klirrender Kälte vorüber. Nadine zog ihre Jacke enger um ihre Hüften und sah die Straße hinunter. Sie entdeckte ein herankommendes Taxi, steckte sogleich zwei Finger in den Mund und pfiff es herbei.

»Na, Kleene, wo soll's denn hingehen? Hast einen ganz schönen Pfiff uf der Lunge«, bemerkte der Taxifahrer in schwarzer Lederweste.

»Ich muss in die Charité«, antwortete Nadine beim Einsteigen.

»Biste etwa krank?«

»Ne, ne, nur einen Besuch machen.« Sie schloss die Hintertür.

»Ach, dann ist ja jut. So jung und schon krank wäre echt scheiße.«

Nadine lächelte dem Taxifahrer vom hinteren Sitz aus zu, während er die junge Frau neugierig durch den Rückspiegel beobachtete.

***

Zur gleichen Zeit im Haus Wolkenlos, Konstanz

Die Damen Kaufmann und Schulz hatten sich zu einem Spaziergang am nahe gelegenen Bodensee verabredet und wollten noch die letzten Sonnenstrahlen des langsam endenden Herbstes genießen. Ihr Weg führte sie über die alte Rheinbrücke, weiter über die Seestraße mit ihren prächtigen Jugendstilfassaden und entlang der kleinen Hafenanlage.

Der typisch modrige Geruch von nassem Laub lag in der Luft. Nebel hatte inzwischen den goldgelben Himmel verdunkelt. Minute um Minute wurde es kühler, und die alten Damen beschlossen, ihre Runde zu beenden, um pünktlich dem täglichen Kaffeekränzchen ihres Seniorenheimes beizuwohnen. Gewöhnlich wurde hier viel erzählt und man erfuhr doch so einiges.

»Sagen Sie mal, Frau Kaufmann, haben Sie schon eine Ahnung, wer den alten Billstedt ermordet haben könnte?«, fragte Frau Schulz beim nach Hause Gehen.

Die Angesprochene sah sie lächelnd von der Seite an. »Nennen Sie mich bitte Charlotte oder besser noch Charly! *Frau Kaufmann* klingt so förmlich … und außerdem stecken wir doch beide mitten in einem Mordfall.«

Frau Schulz blieb abrupt stehen und richtete ihren Blick auf ihre Begleiterin. »Wie meinen Sie das?«, entgegnete sie entsetzt und hielt ihre kleine, schäbige Ledertasche, von der sie sich nicht trennen konnte oder wollte, fest umklammert vor den Bauch, oder besser gesagt, an ihren unmodernen beigefarbenen Wollmantel. »Sie glauben doch nicht, ick hätte den Alten …? Ne, ne, ick habe noch nie wat Unrechtes jetan. *Noch nie!*«

»So habe ich das auch nicht gemeint, Verehrteste«, beruhigte sie Frau Kaufmann. »Ich wollte damit nur sagen, dass wir ein ganz gutes Gespann sind, und ich würde mich freuen, wenn wir beide meinem Sohn ein bisschen auf die Sprünge helfen könnten. Er ist nicht immer so der Hellste, lieb zwar, aber jetzt soll er auch noch den Mord aufklären und hat überhaupt keine Ahnung, wie so eine Mordkommission funktioniert.«

»Na, aber ick doch och nicht!«, schimpfte Frau Schulz laut. »Ick hab mein janzes Leben als Druckerin bei der *Morgenpost* gearbeitet. Und Mord … dit ist mir einfach ’ne Nummer zu groß.«

»Das ist doch wunderbar, dann haben Sie sicher auch noch ein paar alte Kollegen, die für uns etwas herausfinden könnten, oder?«

»*Herausfinden?* Bin ick Miss Marple? Aber wenn ick so recht überlege, ein bisschen langweilig ist dit mit der Rente schon. Geld haben ist och nicht alles. Und so alte Zausel wie wir haben doch nix zu verlieren.« Sie öffnete das olle Ding von Tasche, holte ein Stück trockenes Brot heraus und warf es einer Ente zu, die gemütlich an ihr vorbeipaddelte. Für Frau Schulz war das Meditation. Danach wusste sie, was sie tun wollte: »Also jut, mach ick!«, sprach’s und wurde neugierig. »Wat wollen Sie denn wissen? … und für jute Freunde heiße ick Mary«, fügte sie dem hinzu.

Die beiden unterhielten sich noch angeregt bis zum

Seniorenheim und beschlossen, kurzfristig bei Frau Schulz einen Abstecher zu machen, um sich dort noch einen kleinen Eierlikör vor dem Kaffeekränzchen zu gönnen. Aus einem Glas wurden schließlich drei und lautes Frauengelächter drang bis weit über die Etage. Den Kaffee und Kuchen vergaßen die zwei an diesem Nachmittag vollends.

***

Zurück in Berlin, CharitéCentrum 11

»Guten Tag, mein Name ist Nadine Andres. Ich bin mit Frau Doktor Katharina von Billstedt verabredet.« Sie sah durch das Glas des Empfangs.

Eine Frau mittleren Alters, Nadine schätzte sie so alt wie ihre Mutter, lächelte sie durch ihre auffällig orangegrüne Brille an.

»Kleinen Moment, bitte, ich frage in der Station nach«, entgegnete sie leise und griff zum Telefonhörer. »Kerstin, sag mal, ist Doktor von Billstedt jetzt in ihrem Büro? … Nicht? … OP! … Okay, verstehe … Wie lange schätzt du? … Zwei Stunden mindestens noch … Okay, ich sage ihr Bescheid. Tschüss!« Sie legte auf und wandte sich Nadine zu: »Es tut mir leid, Frau Doktor hat einen schweren Unfall reinbekommen. Sie müssten sich noch etwas gedulden. Vielleicht gehen Sie inzwischen in unsere Kantine?«

Nadine passte die Antwort nicht. Letztendlich hieß das eine Nacht in Berlin verbringen und bedeutete das sichere Aus mit Marcel. Andererseits hatte diese Beziehung sowieso keine Zukunft. Marcel lebte sein Leben, ging seiner geregelten Arbeit bei den Stadtwerken nach und hatte pünktlich um siebzehn Uhr Feierabend. Eine Arbeitszeit, von der Nadine nur träumen konnte. Überstunden waren für sie normal, und wenn sie ehrlich war, störte sie das nicht. Sie fand die Arbeit bei der Polizei aufregend und erst recht, wenn es Arbeit wie diese gab. Ihr erster Mordfall und sie steckte mittendrin. Außerdem war sie ehrgeizig. Noch immer träumte Nadine von der großen Karriere als Profilerin, nüchtern gesagt, vom polizeilichen Fallanalytiker. Doch diesen Ausdruck hasste sie. Trotzdem durfte es ein bisschen mehr sein als schnöde Ermittlungsarbeit. Jedoch für die Ausbildung wurden nur besonders geeignete Kriminalbeamte und wissenschaftliche Mitarbeiter von operativen Fallanalyse-Dienststellen ausgesucht, die in einem mehrstufigen, praxisbegleitenden Lehrgangskonzept zu polizeilichen Fallanalytikern ausgebildet wurden. Im Klartext bedeutete das Erfahrungen sammeln und sich nicht mit einer falschen Beziehung umgeben. Aber wenn sie zurückblickte, hatte sie in der Liebe sowieso nicht allzu viel Glück. Irgendetwas passte doch nie. Immer machten die Kerle mit ihr Schluss. *Diesmal gebe ich Marcel den Laufpass, diesmal wirklich.*

Als hätte ihr Freund es geahnt, ertönte auch schon das Piepen ihres Handys. Eine WhatsApp.

Na, Süße, hab's nicht so gemeint. Wann kommst du? Habe Sehnsucht nach deiner Haut. Bin ausgehungert.

Sorry, Schatz, aber ich werde wohl erst morgen kommen können. Mein Termin hat sich verschoben.

Ok, melde dich. Will dich endlich mal wieder für mich. Ein Smiley mit Augenzwinkern war angefügt.

Nadine wusste sehr wohl, was er damit meinte. Marcel gehörte zu der Kategorie Männer, die ständig Lust auf Sex hatte, egal wann und egal wo. Ihr gefiel das. Bei ihm fühlte sie sich begehrt, und nach der Enttäuschung mit Kai, der sie für eine andere sitzen gelassen hatte, kam ihr Marcel gerade recht. Nur seine ewigen Nörgeleien und Kontrollversuche gingen ihr mächtig auf die Nerven.

Über ihre Gedanken vergaß sie die Zeit, telefonierte zudem mit ihrer Mutter und einer Freundin. Erschrocken sah sie auf die Uhr.

»Was, schon so spät?« Sie schnappte sich ihre Tasche und verließ die Kantine, in der sie inzwischen fast alleine saß.

»Jetzt hat Frau Doktor Zeit«, sagte die Frau mit der auffälligen Brille, »und erwartet Sie bereits in ihrem Büro, Frau Andres. Nehmen Sie doch bitte den Fahrstuhl in die fünfte Etage, der Weg ist ausgeschildert.«

Nadine bedankte sich höflich und ging zum Lift. Wo sie sich plötzlich für die Treppe entschied. Zwei Stufen auf einmal nehmend, gelangte sie schließlich in die fünfte Etage. Fahrstühle waren ihr ein Graus. Sie hasste kleine, enge Räume.

Etwas aus der Puste und schnaufend, klopfte sie vorsichtig an die Tür mit der Aufschrift *Dr. Katharina von Billstedt*.

»Ja, bitte«, ertönte eine leise Frauenstimme von innen.

Nadine überhörte die Aufforderung und klopfte erneut.

Ein etwas lauteres »Ja, bitte!« folgte.

Sie betrat den lang gestreckten Raum, der über eine mächtige Fensterfront verfügte. Davor stand, mit dem Rücken ihr zugewandt, eine hagere Frau mit straff gebundenem Zopf. Sie trug eine weiße Hose sowie einen weißen Kittel.

»Nehmen Sie doch bitte Platz«, sagte die Ärztin, noch immer von Nadine abgewandt.

Nadine zog sich einen schwarzen Freischwinger vom Schreibtisch hervor und setzte sich. Ohne etwas zu sagen, wartete sie geduldig ab, bis sich Frau von Billstedt ihr zuwandte.

Sie erschrak. *Gott, was ist das denn?*

»Haben Sie sich erschreckt?«, fragte Katharina von Billstedt und offenbarte ihr Antlitz. Sie hatte eine viel zu spitze Nase, ein kantiges Gesicht und darüber hinaus eine überaus lange Narbe von der rechten Lippenfalte bis hinab zum Hals. »Nun, eine Schönheit bin ich wohl nicht«, nuschelte sie. Wie es schien, hinderte sie die Narbe an einer sauberen Aussprache.

Nadine rang nach Worten. Gut, dass sie nicht hübsch war, wusste sie bereits vom Foto. Aber die Narbe überraschte sie dann doch.

»Die Narbe«, begann die Ärztin, »ist das Andenken meiner Zivilcourage. Etwa vor einem halben Jahr half ich einer jungen Frau in der U-Bahn. Ein Mann hatte sie dort angepöbelt und wollte ihr unter die Bluse fassen. Ich stellte mich ihm entgegen, woraufhin er mich mit einem Messer drangsalierte und mir dieses Andenken verpasste. Aber es hätte auch schlimmer kommen können …«, nuschelte sie weiter und setzte sich an ihren Schreibtisch.

»Schrecklich! Aber ich hätte das Gleiche getan«, erklärte die junge Polizistin.

»Sie sagten, Sie seien von der Mordkommission? Sind Sie wegen meines Vaters hier?«

Nadine nickte.

»Woher …«, begann Nadine, »… wissen Sie das? Hat Ihr Bruder schon mit Ihnen gesprochen?«

»Er erzählte mir, dass unser Vater vergiftet worden sei. Könnten Sie mir das bitte etwas präzisieren? Weiß man bereits, mit welchem Gift?«

»Ja, mit Schlangengift.«

»*Mit Schlangengift!?*«, wiederholte Katharina von Billstedt in pathetischem Ton, was sie verdächtig machte. »Merkwürdig, unsere Großmutter starb etwa vor zwanzig Jahren ebenfalls durch einen Schlangenbiss.«

»Nein, Ihr Vater wurde nicht von einer Schlange gebissen, sondern das Gift wurde ihm oral verabreicht und ein weiteres Mal mit einer Nadel injiziert.«

»Gleich zweimal? Da wollte wohl jemand hundertprozentig sicher sein«, analysierte die Ärztin kühl.

Nadine wich ihrer Frage aus und fragte stattdessen: »Mochten Sie Ihren Vater?«

»Nein, er war mir schon lange fremd. Nach dem Tod unserer Großmutter sprachen wir kein Wort mehr miteinander, bis auf …«, sie hielt inne und bekam rote Flecken auf ihrem totenblassen Gesicht.

»Bis auf?« *Jetzt hab ich dich.*

»Bis auf letzte Woche. Vor einiger Zeit bekam ich einen Brief vom Anwalt meines Vaters, darin bat er mich nach Konstanz, um mit mir einige Papiere für die Patientenverfügung zu unterschreiben.«

»Und die Adresse des Anwalts war richtig?«

»Ja, wieso?«

Hätte sie doch auch per Post schicken können. »Ach, nur so. Und bei dieser Gelegenheit kamen Sie aus Ihrem Hotelzimmer nicht mehr heraus, habe ich recht?«, fragte Nadine provokant.

»Ja, ja genau. Auch das Telefon war tot«, antwortete die Ärztin und ein leichtes Zucken umspielte ihren Mund.

»Und Ihr Handy? Sie haben doch eins, oder?«

»Ja. Mein Handy? Das ist ja das Merkwürdige, die Verbindung wurde ständig gestört.«

»Komisch, Ihr Bruder hat mir genau die gleiche Geschichte erzählt.«

»Wie bitte? Michael war auch in Konstanz? Etwa zur gleichen Zeit? Davon erwähnte er nichts.«

»Ja – Ihr Bruder war im Hotel Halm, ich nehme an wie Sie! Und genau zu diesem Zeitpunkt wurde Ihr Vater ermordet.«

Katharina von Billstedt würgte sich einen imaginären Kloß die Kehle hinab und begann zu stottern: »Hhhotel Halm, ja auch das stimmt. Aber …!«

Für eine kurze Weile herrschte quälendes Schweigen im

Raum. Katharina von Billstedt erhob sich vom Stuhl und drehte sich zum Fenster.

»Hatte Ihr Vater Feinde?«, wollte Nadine wissen.

»*Feinde?*«, wiederholte die Ärztin und drehte sich wieder zu Nadine. »Feinde hat jeder, der über mehr Geld verfügt, als dass er es jemals in seinem Leben auszugeben vermag. Michael und ich, wir mochten ihn nicht, das stimmt. Aber deshalb gleich zum Mörder werden, das ist perfide, und als Medizinerin habe ich den hippokratischen Eid geleistet, darin heißt es: Ich verpflichte mich feierlich, mein Leben dem Dienste der Menschlichkeit zu weihen. Und nicht zu morden!«

Da ist was dran, überlegte Nadine. »Und das Testament? Ihr Vater hat doch eins, oder?«

»Ja, bei diesem Vermögen ist das wohl ratsam«, antwortete die Ärztin überheblich. »Nun, soviel mir bekannt ist, teilt es sich in drei Teile. Jeweils eins erhält mein Bruder sowie ich und eins geht an den Vorstand seiner Firma. Fragen Sie doch bitte den Anwalt meines Vaters, wenn Sie die Einzelheiten interessieren. Mein Vater schwieg sich Zeit seines Lebens über die Inhalte aus.«

Nadine erhob sich vom Stuhl.

»Gut, Frau von Billstedt, Sie haben mir sehr geholfen. Bitte halten Sie sich zu unserer Verfügung und verlassen Sie Berlin in nächster Zeit nicht!«

Katharina von Billstedt sah die junge Frau herausfordernd an.

»Unmöglich, ich habe in der nächsten Woche ein Colloquium in New York!« Um ihren Satz eine gewisse Präsenz zu verleihen, stemmte sie ihre Arme in die Hüften.

»Tut mir leid, darauf werden Sie wohl verzichten müssen!« Sie reichte Katharina von Billstedt die Hand und sah in deren blassgraue Augen.

»Nun, ich werde es versuchen. Sagen Sie mal, ab wann

können wir denn unseren Vater beisetzen lassen? Ich würde ihn gerne noch einmal sehen wollen.«

»Jederzeit«, antwortete sie. »Sie können ihn jederzeit sehen. Wegen der Beerdigung, mhm, das kann ich Ihnen noch nicht genau sagen. Ich weiß nicht, wann die Leiche, ähm … Ihr Vater zur Beerdigung freigegeben wird. Kommen Sie doch einfach alsbald nach Konstanz.«

Nadine verabschiedete sich von Katharina von Billstedt und verließ das Büro mit einem unguten Gefühl.

Jetzt brauchte sie etwas Zeit, um alles zu verdauen. Daher lief Nadine ein paar U-Bahn-Stationen zu Fuß, so wie sie es früher nach einem langen Tag in der Polizeischule oft getan hatte. Damals schwirrten ihre Gedanken wie wild durch den Kopf, setzten sich in einer Gehirnzelle fest und standen wieder auf, um erneut Unruhe zu veranstalten. Und mit der Zeit wurde vieles klarer, und ein Puzzleteil folgte dem anderen, bis am Ende eine gewisse Ordnung Vorrang hatte. Nur heute half ihr diese Methode nicht. Entweder waren die potenziellen Mörder zu gerissen oder sie sagten tatsächlich die Wahrheit.

Auf alle Fälle musste sie mehr über den Tod der Großmutter, Anne-Marie von Billstedt, in Erfahrung bringen. Es konnte doch kein Zufall sein, dass ausgerechnet Mutter und Sohn einer Schlange zum Opfer gefallen waren. *Aber wer hätte durch den Tod der beiden Vorteile gehabt?* Nadine fühlte etwas, doch sie konnte es nicht deuten, und »bei einer Polizistin zählt das Bauchgefühl nicht, sondern lediglich Fakten«, wie Kaltbrunn immer zu sagen pflegte.

9. Donnerstag, 16. Oktober

Allmählich begann es zu nieseln. Es war dieses unangenehme Nieseln, welches sich in der Kleidung festsetzte und sie klamm werden ließ. Ekelhaft, nass und kalt. Doch Nadine hatte es sich zu eigen gemacht, bei Wind und Wetter ihr Pensum zu laufen. Sie liebte Sport in jedweder Form und nutzte alle erdenklichen Möglichkeiten, um ihren Körper fit zu halten. Für sie gab es keine schlechte Kleidung, sondern nur eine schlechte Einstellung zum Wetter.

Sie zog ihre Jacke fester um sich und lief schnurstracks weiter.

Während Nadine sich dem unvermeidlichen Nass hingab, klingelte ihr Handy.

»Hallo Chef, gut, dass Sie anrufen. Ich werde erst morgen zurückkommen können. Hatte gerade noch mal ein Gespräch mit der Tochter des Toten.«

»Und?«, kam es kurz von Hufnagel.

»Ja … Wie?… Und? Also merkwürdig ist das schon, angeblich waren Bruder und Schwester zur gleichen Zeit in Konstanz und im selben Hotel, dem Halm, eingesperrt. Und es kommt noch dicker: Das Telefon auf beiden Zimmern funktionierte nicht.«

»Aha! Soll ich ihre Alibis mal überprüfen?«

Nadine stutzte und schnitt eine Grimasse.

»*Jaaa, klar! Was denn sonst?*«, rief sie laut in den Hörer.

»Gut, mache ich«, gab Hufnagel kleinlaut von sich. »Ich muss da erst mal reinwachsen. Sind halt keine Strafzettel, so wie früher … melde mich wieder, sobald ich mehr weiß.«

Beide legten auf.

Mit der Zeit ließ das Nieseln nach. Wind zog auf und ließ die junge Frau frieren. Jetzt ging ihre Lust gegen null, und sie entschied, zur nächsten U-Bahn-Station zu laufen und geradewegs zu ihrer Mutter zu fahren. Bei diesen Temperaturen mochte sie Berlin nicht.

Stumpfsinnig liefen ihr an diesem frühen Abend Berufstätige, die gerade zuhauf aus ihren Büros gestürmt kamen, entgegen. Männer in Anzügen, teilweise mit Trenchcoats oder flotten dunklen Mänteln, ausgestattet mit kleinen braunen oder schwarzen Aktentaschen. Das weibliche Pendant mit Blazer, eng anliegenden kurzen Röcken sowie Pumps.

Uniformiert schritten sie an Nadine vorüber.

Bestimmt sind die meisten von denen Single, gehen jetzt noch in ein Fitnessstudio oder treffen Freunde. Dann ein Essen, vielleicht noch ein One-Night-Stand und ab in die Koje. Und morgen geht die Tretmühle von Neuem los. Großstadt, wie sie leibt und lebt. Bloß, wo, bitte schön, lernen die einen Mann oder eine Frau kennen? Im Internet? Wo denn sonst!

In Gedanken versunken erreichte Nadine den Bahnhof Alexanderplatz und lief geradewegs hinab zur U-Bahn.

***

Zur gleichen Zeit im Brauhaus, Konstanz

»Was? … Stromausfall auf der gesamten Bahnhofstraße? … Alle Häuser waren für zwei Stunden lahmgelegt! … Und das ist sicher?«, rief Hufnagel überrascht ins Telefon.

Weitere fünf Minuten später.

Rudolf Hufnagel nahm einen Bierdeckel und notierte unleserlich: *M. und K. v. Billst. im Halm abgestiegen. Zimmer nicht verlassen!!! Wurden gegen Nachmittag unabhängig voneinander in der Hotellobby gesehen.*

***

Kurz darauf in der Berliner U-Bahn

»Hallo Frau Andres, ich bin's noch mal. Also, die Billstedts sagen tatsächlich die Wahrheit. Zur besagten Zeit war halb Konstanz ohne Strom. Warum, überprüfen wir noch. Wünsch Ihnen noch einen schönen Abend«, meldete sich Hufnagel und war hörbar erfreut über seinen rasch gewonnenen Kenntnisstand.

Eigentlich war Nadine darüber nicht sonderlich verwundert, zwar hoffte sie auf eine schnelle Klärung, aber ihr Gespür für Mord schlug in diesem Fall nicht an.

***

In der Berliner Wohnung von Nadines Mutter

»Prost, Mama! Ist lange her, dass wir bei einem Gläschen Wein zusammengesessen haben«, lächelte Nadine ihrer Mutter zu und lehnte sich gegen die Sofalehne. Mit angezogenen Beinen machte sie es sich auf dem Polster bequem und legte ihre Arme fest über die angewinkelten Beine.

»Ja, Kindchen, das stimmt. Als du noch klein warst, taten das dein Vater und ich des Öfteren und klönten bis tief in die Nacht. Gott, was hatten wir uns alles zu erzählen. Am schönsten waren seine langen Geschichten, wenn er mal wieder auf seinen Traumschiffreisen war und von Land zu Land schipperte.« Traurig fügte sie hinzu: »Bis er dann Kapitän wurde.«

»Du sagst das so melancholisch?«

»Ach, na ja, ist eine lange Geschichte. Ich glaube, dann begann er mich zu betrügen, und den Rest kennst du ja, mein Kind.«

Nadine presste die Lippen fest aufeinander und sah in die glänzenden Augen ihrer Mutter.

»Ja, Mama«, sprach sie, »den Rest kenne ich nur zu gut. War für mich auch keine einfache Zeit. Erst eure ewigen Streitereien, dann Papas Auszug und zum Schluss die Scheidung. Und dann noch der Umzug nach Berlin. Das volle Programm«, sie lächelte. »Aber ein Gutes hatte das Ganze. Ich konnte meinen Traum hier verwirklichen und wurde Polizistin.«

Nun lächelte Nadines Mutter und zeigte ihre leicht schiefen Zähne, die zu richten sie aufgrund des Alters nicht mehr für nötig hielt. Und wenn sie ehrlich war, störte der kleine Schönheitsfehler durch die beiden unteren Schneidezähne nicht.

»Ich weiß«, sagte die Mutter, »du wolltest immer eine Geheimagentin werden und undercover ermitteln. Hast mich damit schon als Kind genervt, ständig lagen irgendwelche Zettelchen mit geheimnisvollen Schriftzeichen in der Küche, die ich dann entziffern musste. Aber du hast deinen Traum wahr werden lassen. Und nur das zählt! Nun ja, der Norden und unsere Insel fehlen mir schon. Aber wer weiß, jetzt, wo du am Arsch der Welt wohnst, kann ich auch wieder an den Kopf der Welt ziehen. Was meinst du?«

Nadine lachte über die unverblümte Ausdrucksweise ihrer Mutter und steckte sie sogleich damit an. Wie zwei Teenager kicherten die beiden auf der Couch.

»Keine schlechte Idee, Mama. Ist doch egal, wo ich dich besuche, weit ist es allemal. Und Hamburg hat auch einen Flughafen.«

Mutter und Tochter saßen noch bis tief in die Nacht und erzählten sich lauter Anekdoten von früher.

Als Nadine dann schließlich müde zu Bett ging, konnte sie nicht einschlafen. Der Mord und die Geschichten der Mutter gingen ihr nicht aus dem Kopf. *Jede Tat in der Gegenwart zieht oft eine Handlung aus der Vergangenheit mit sich. Vielleicht sollte ich mir die Familienhistorie der*

Billstedts noch mehr zu Gemüte führen.

Irgendwann in den frühen Morgenstunden schlief Nadine endlich ein.

***

Am nächsten Tag im Polizeirevier Konstanz

»Moin, Chef!«, rief Nadine etwas übermüdet am Spätnachmittag und ließ sich auf ihren Bürostuhl fallen.

Irritiert blickte Herr Hufnagel zur Uhr.

»Geht's Ihnen nicht gut? Wir haben bereits Nachmittag! Kommen Sie jetzt direkt vom Flieger?«, bemerkte er und lächelte nachsichtig.

»Jup. *Moin* sagt man bei mir zu Hause zu jeder Tageszeit.« Suchend sah sie zur Kaffeemaschine. »Gibt's noch Kaffee? Bin mächtig down, bräuchte etwas Starkes.«

Hufnagel stand auf und ging hinüber zur Miniküche.

»Ne, ist leer. Ich hole schnell Kaffee. Landen Sie erst mal wieder.«

He, der ist gar nicht mal so verkehrt. Sicher ist der Typ auch zu Hause ganz nett und trägt seine Frau auf Händen.

In diesem Moment kam Hufnagel zurück und reichte Nadine mit einem »Hier bitte!« eine mintgrüne Kaffeetasse.

»Danke«, sagte sie knapp und griff nach der Tasse. »Darf ich Sie mal was ganz Persönliches fragen, Chef?«

»Klar, legen Sie los!«

»Haben Sie eigentlich Kinder?«

Hufnagel nickte, setzte sich Nadine gegenüber und schien etwas auf seinem Schreibtisch zu suchen.

»Hach, die Akte lag davor. Hier, das sind meine Frau und meine Tochter.« Er reichte Nadine ein silberfarben gerahmtes Bild mit einer unscheinbaren Frau und einer liebevoll lächelnden Tochter darauf. »Daniela macht gerade eine Ausbildung zur Hotelkauffrau.«

»Nett«, antwortete Nadine tonlos und war ein bisschen eifersüchtig auf die heile Welt einer intakten Familie. Sie übergab ihm wieder das Foto. »Und, noch immer glücklich?«

»Jo, noch immer glücklich. Wissen Sie, wir haben uns immer respektiert, viel gemeinsam unternommen und sind die besten Freunde.«

Jetzt reichte es Nadine, derartige Selbstbeweihräucherung war ihr dann doch zu viel. Leicht gereizt stellte sie ihre leere Tasse auf den Schreibtisch und schaltete den Computer an.

Hufnagel spürte ihr Unwohlsein und schwenkte um: »Und, was macht unser Mordfall? Sind die Mörder dingfest?«

Nadine blickte mit großen Augen an die Decke, presste kopfschüttelnd die Lippen aufeinander und antwortete mit einer gewissen Resignation in der Stimme: »Nein, ich glaube, wir tappen hier voll im Dunkeln. Ich befürchte, wir müssen noch einmal von vorne beginnen.«

Nadine ging hinüber zum Flipchart und warf den ersten beschriebenen Bogen über die obere Kante. Sie nahm sich einen roten Filzstift und kritzelte ein paar Informationen auf das nächste leere Blatt.

In der Mitte notierte sie den Namen des Ermordeten, Max von Billstedt. Oberhalb links davon die Namen seiner Kinder, Michael und Katharina von Billstedt. Oberhalb rechts die Eltern des Toten, Heinrich und Anne-Marie von Billstedt. Weiter unten rechts kritzelte sie ein paar übergroße Fragezeichen. Zum Schluss verband sie die genannten Personen mit einem Pfeil zum Ermordeten.

Wo besteht die Verbindung?

Nach kurzer Überlegung schrieb sie über die Namen Michaels und Katharinas von Billstedt *Motiv: Geld + Hass* und strich die Worte gleich wieder mit einem dicken Kreuz durch.

»Wieso tun Sie das?«, grübelte Hufnagel laut.

Nadine fixierte Hufnagel mit starrem Blick.

»Sie mochten ihren Vater zwar nicht«, sagte sie, »aber ich schließe Hass und Geld mal aus. Die Geschwister sind stinkreich und erben doch eh fast alles. Das Testament würde uns sicher Aufschluss bieten. Aber ich denke, in der Finanzliga, in der *die* spielen, liegt alles feinsäuberlich sortiert in einem Safe in irgendeiner stinkfeinen Anwaltskanzlei. Und mit Sicherheit ist es eine, die weltweit agiert. Ich gehe mal davon aus, dass die Testamentseröffnung sowieso in Kürze erfolgt. Warten wir doch einfach, bis die Hyänen übereinander herfallen – oder auch nicht.«

Rudolf Hufnagel erhob sich vom Stuhl und ging zu seiner Kollegin.

»Interessant! Vielleicht sollten wir uns mit dem Gifttod der Großmutter, Anne-Marie von Billstedt, näher befassen. *Schlangenbiss*, sagten Sie? Ist doch merkwürdig, oder?« Hufnagel kratzte sich nachdenklich am Kopf.

Die beiden starrten schweigend auf die Notizen, bis Nadine Andres meinte: »Ja, dem stimme ich zu. Also, dann vergrab ich mich mal in die Archive diverser älterer Zeitungen. Sicherlich haben die Klatschkolumnen darüber berichtet. War bestimmt ein gefundenes Fressen für die.«

Hufnagel drehte den Kopf zu Nadine.

»Gut, dann erkundige ich mich bei den Kollegen in Berlin. Womöglich war da fremde Hand mit im Spiel.«

»*Tun Sie das, Chef!*«, gähnte Nadine ihm lautstark entgegen.

»Müde? Für heute ist Feierabend. Gehen Sie nach Hause und schlafen Sie sich mal richtig aus.«

Nadine hatte keine Kraft mehr, ihm zu widersprechen. Am liebsten hätte sie sich noch heute hinter ihrem Computer vergraben und mit dem Recherchieren begonnen, aber die

Müdigkeit saß ihr längst im Nacken, und auch eine zweite Tasse Kaffee half nicht darüber hinweg.

Sie leerte ihr Wasserglas, ging zur Toilette, klemmte die Hauspost unter den Arm und verließ das Büro.

Unterwegs, treppabwärts, begegneten ihr ein paar Streifenpolizisten, deren Schicht endete und denen sie einen schönen Abend wünschte. Sie legte die Hauspost in den Postausgang und drückte die Glastür auf. *Endlich Feierabend! Wir haben Oktober und noch immer ist es einigermaßen mild, ganz anders als in Berlin.*

Müde, aber mit sich zufrieden, ging sie zu ihrem Motorroller, den sie während des Berlin-Aufenthalts in der Fuhrparkhalle des Polizeipräsidiums untergestellt hatte, und beendete damit, unaufdringlich davonbrummend, ihren Arbeitstag.

Kaum eine Viertelstunde später schloss sie die Tür zu ihrer Wohngemeinschaft auf.

»Hey, Miss Undercover, schon zurück von deinem Einsatz?«, rief ihre Mitbewohnerin Lea, sich kurz an der Zimmertür zeigend und gleich wieder verschwindend.

Nadine nahm derweil ihre Post vom Sideboard und sah kurz darüber.

Wieder ertönte die Stimme ihrer Mitbewohnerin, nur diesmal etwas lauter: »Nadine, dein Typ hat heute schon *dreimal* angerufen! Sag dem mal, dass er spinnt. Das nervt kolossal. Wenn du nicht da bist, bist du nicht da!«

So ein Mist. Ich glaube, Marcel schieß ich langsam ab.

In diesem Moment klingelte es an der Wohnungstür.

In Gedanken und eine Postkarte lesend, öffnete Nadine die Tür und sah direkt auf eine rote Rose, die sich vor ihren Augen auftat. Ihr Geruch war betörend und unverkennbar.

»Huch, was machst du denn hier?«, brummte Nadine und grübelte darüber nach, ob sie nicht viel lieber alleine gewesen wäre. Sie zögerte.

»Na, magst du mich nicht hereinbitten?«, fragte Marcel und zog Nadine fest an sich. »Hast mir gefehlt, Süße. Lust auf einen Happen Essen? Vielleicht zum Türken?«

Er sprach ihr aus der Seele, denn seiner Freundin knurrte der Magen.

»O ja! Aber dann sofort, bin echt knülle. Berlin ist zwar mega, aber auch megaanstrengend.«

Zwei Stunden später kehrten sie angeheitert und laut redend in die Wohnung zurück. Eine weitere halbe Stunde darauf lagen sie splitterfasernackt in Nadines Bett. Eigentlich wollte sie schlafen, doch Marcel drückte ihr ein paar zärtliche Küsse auf Wange und Mund und benetzte ihren Körper mit sanften Lippenbekenntnissen.

»Oh, Süße, wie habe ich mich danach gesehnt.« Er streichelte ihren kleinen runden Po und glitt mit der flachen Hand an ihren Schenkeln auf- und abwärts. Langsam und im Zeitlupentempo berührte er die Innenseiten ihrer Beine und legte seine Hand auf ihre intimste Stelle.

Nadines Atem wurde schwer und röchelnd.

Mit sanftem Streicheln verwöhnte er Nadine und erweckte ihre Lust. Kurz darauf fühlte sie Marcel in sich eindringen und rhythmisch auf ihr wiegen. Immerzu küsste er sie, zog dezent an ihren Haaren und stöhnte im Klang der Bewegung. Hitze, Erregung und Lust lagen in der Luft. Im Nu hatte er sie zurück. Begehrenswert und aufs Äußerste erregt. Nadine konnte sich dem nicht entziehen, obwohl sie so vieles an ihm störte. Doch jetzt harmonierten die zwei wie ein altvertrautes Paar.

Erschöpft schliefen sie gegen Morgengrauen eng umschlungen ein.

Nadine betrat erst gegen zehn mit einem Becher Kaffee to go ihr Büro, derweil Hufnagel genervt mit jemandem telefonierte.

»Nein, Mutter, ich kann dir nichts sagen, das sind laufende Ermittlungen!« Er blickte augenrollend hinüber zu Nadine und verzog wütend sein Gesicht. Lautlos formulierte er die Worte *Sie nervt*.

Nadine nickte ihm verständnisvoll und mit einem breiten Grinsen zu.

Wenig später legte er auf.

»Heute ist nicht mein Tag!«, stöhnte er. »Erst die Kollegen aus Berlin. Bis ich da jemanden an der Strippe hatte! Und viel gesagt haben die nicht. Und jetzt auch noch meine Mutter. Aber ich habe das Protokoll zum Tod der Anne-Marie von Billstedt endlich vorliegen. Hier schauen Sie mal!« Hufnagel erhob sich und reichte Nadine über seinen Schreibtisch hinweg eine A4-Seite.

»Aktennotiz?«, las Nadine überrascht. »Mehr gibt es nicht … als eine Aktennotiz? Die Sache liegt zwanzig Jahre zurück. Gott, wie haben die damals ermittelt? Allerdings steht hier, dass Anne-Marie von Billstedt während einer Autofahrt durch Australien durch eine Schlange, die sich in ihre Tasche verirrt hatte, getötet wurde.« Sie sah Hufnagel mit hochgezogenen Augenbrauen an. »Wie bitte!?«, sagte sie mehr zu sich selbst denn zu ihm. »Hören Sie sich das mal an, Chef: *Sie wurde von einem Inlandtaipan gebissen.*« Wieder blickte sie kurz in sein Gesicht. »Kommt Ihnen das nicht bekannt vor?«, um sich dann wieder der Akte zu widmen. »Warten Sie, es geht noch weiter. *Dieser Taipan ist trotz seiner hohen Giftigkeit nicht aggressiv oder beißwütig. Beim Zusammentreffen mit dem Menschen beißt das Tier nur dann zu, sofern es sich direkt bedroht fühlt. Die Annahme, sie sei aggressiv, beruht auf einem Missverständnis und hat der Schlange den Spitznamen* Fierce Snake *(wütende Schlange) eingebracht. Sie lebt in wenig bewohnten Gebieten Australiens und ist recht scheu, Bissunfälle sind daher relativ selten.«*

»Außergewöhnlich, finden Sie nicht? Wieder die gleiche Schlangenart und wieder ein Mitglied der Familie von Billstedt, nur dass dieser Unfall oder Mord zwanzig Jahre zurückliegt …«, bemerkte Hufnagel.

»… und wir nicht mehr beweisen können, ob es tatsächlich Mord war«, beendete Nadine seinen Satz.

»Wieso? Wir könnten sie doch exhumieren lassen«, entgegnete Hufnagel schroff, stemmte die Ellenbogen auf den Schreibtisch und schloss die Hände.

»Chef!«, erwiderte sie. »Nein, der Leichnam wurde verbrannt. Aber was darüber hinaus seltsam ist, diese Schlangenart ist ziemlich groß und kann eine Länge von circa zwei Meter erreichen. Fazit: Sie ist schwer, und da frag ich mich, wie gerät so ein Teil in eine Handtasche … von selber … wohl eher nicht … wenn Sie mich fragen, hat da jemand nachgeholfen.«

»Mann«, seufzte Hufnagel und legte sein Kinn auf die ineinanderverschränkten Hände, »die Sache wird immer verzwickter. Ich glaube, ich gebe den Fall wieder ab.«

»Ach, Chef, mal langsam«, beruhigte Nadine ihn. »Am Anfang ist das immer so, erst weiß man nicht, wo man beginnen soll, und dann kommt eins zum anderen. Wir sind doch schon weitergekommen. Für mich sieht das stark nach einer Beziehungstat aus. Lassen Sie uns die Familie von Billstedt unter die Lupe nehmen! Ich vergrab mich mal hinter meinem PC und mach mich kundig.«

»Tun Sie das«, sagte Hufnagel mit deutlich entspannteren Gesichtszügen. »Vielleicht war es aber auch nur ein unglücklicher Zufall und unser heutiger Täter oder Täterin hat dieses Ereignis einfach kopiert«, bemerkte er nachdenklich.

Um seine Gedanken zu sortieren, benötigte Hufnagel frische Luft. Unter einem Vorwand entschuldigte er sich bei seiner Kollegin und verließ das Büro. Dieser Fall schien ihm zu entgleiten, war wie Eis, das zu schmelzen begann.

Er ging zum Fahrradständer und schloss seinen Drahtesel auf, mit dem er, wie so oft, zur Arbeit gefahren war. Behäbig erklomm er den Sattel – von Sich-auf-ihn-Schwingen konnte keine Rede sein. *Ich hätte mich niemals darauf einlassen sollen. Wenn ich aufgebe, halten mich doch alle für einen Volltrottel, und ich kann mir die letzten Jährchen bis zur Rente das Gespött vom Revier anhören. Mist! Mutter muss mir helfen.*

Rudolf Hufnagel genoss die letzten Sonnenstrahlen und schmunzelte vor sich hin. Genießerisch fuhr er den ausgeschilderten Radweg bis zur Seniorenresidenz entlang und sog den Blick auf den silbrig glänzenden Bodensee in sich auf. *Hach, hier ist's doch schön!*

***

Maria Schulz und Charlotte Kaufmann hatten es sich im Park der Seniorenresidenz auf einer der vielen weißen Metallbänke bequem gemacht und unterhielten sich angeregt, als Rudolf Hufnagel sie aufgelöst unterbrach.

»Guten Tag, die Damen«, er wirkte düster, so finster, wie er dreinblickte.

»Tachchen!«, grüßte ihn Frau Schulz als Erste.

Noch bevor Frau Kaufmann reagieren konnte, sagte ihr Sohn: »Mutter, kann ich dich mal sprechen? Es ist dringend.«

Während sie antwortete, zog sich Hufnagel die Fahrradklammer vom Hosenbein und steckte sie in die Tasche seines schwarzen Anoraks, was beides nur ein paar Sekunden dauerte. Danach stand er wieder seiner Mutter gegenüber. Er wusste, dass er sich einiges anhören musste.

»Ich dachte, du hättest keine Zeit!«, echauffierte sich

Frau Kaufmann mit hoher Stimme und blickte pikiert zur Seite. Eine feuerrote Haarsträhne, die ihr der Wind auf die Stirn gelegt hatte, schob sie mit einem leichten Streichen beiseite.

Hufnagel war die Situation sehr unangenehm. »Jetzt spiel hier nicht die beleidigte Leberwurst. Ich brauche deine Hilfe! Kann ich mich setzen?«

Die Damen rückten auseinander und er setzte sich zwischen sie.

Seine Mutter sah ihn missbilligend an. »Wie bitte? *Meine* Hilfe? Etwa in *deinem* Mord?«

»Ja, in *meinem* Mord!«

Das ging Frau Kaufmann runter wie Öl. Rudolf war seinem Vater doch sehr ähnlich. Zwar durfte sie nicht offiziell über die Interna der Mordfälle Bescheid wissen, aber ihr Mann hatte immer die Akten auf dem Wohnzimmertisch liegen lassen, wohl in der leisen Hoffnung, dass ihre Neugier sie hineinsehen ließ. Und er hatte recht gehabt: Am nächsten Morgen hatte seine Frau die entscheidenden Fragen gestellt und ihn meist auf die richtige Spur gebracht.

»Nun, was gibt es denn so Wichtiges?«, fragte Frau Kaufmann neugierig.

»Können wir bitte unter vier Augen reden?«

»Ne, ne, mein Lieber, Frau Schulz bleibt hier! Entweder du redest jetzt oder …!«

Etwa eine halbe Stunde später hatte Hufnagel seiner Seele Luft verschafft und fühlte sich erleichtert. Er drückte sich gegen die Sitzlehne und rieb müde seine Augen.

***

Eine weitere Stunde darauf vergrub sich Maria Schulz in ihrem Apartment und wählte eine Berliner Telefonnummer.

»Egon, bist du's?«, rief sie erfreut in den Hörer.

»Mensch, du alte Schnecke, wo steckst du denn? Hab gehört, du lebst irgendwo am Bodensee und hast inzwischen Kohle.«

»Ja, hab im Lotto gewonnen. Sag mal, Egon, du hast doch sicher noch Kontakt zu den alten Kollegen von der *Morgenpost*, oder? Ick sollte wat über den Max von Billstedt herausfinden. Du weißt schon, der reiche Schnösel aus'm Grunewald.«

»Billstedt? Billstedt? Mhm!«, hörte sie ihren Gesprächspartner laut nachdenken. »Wenn ich mich recht entsinne, war der sogar mal Abgeordneter im Berliner Parlament. Was hast du denn mit dem zu schaffen?«

»Hilf mir einfach, Egon, in Ordnung? Wenn die Sache klar ist, erfährst du alles.«

Maria Schulz hörte, wie Egon laut ausatmete, bevor er reagierte, wie sie es sich gewünscht hatte. »Okay, ich erkundige mich mal in der Redaktion. Für dich mach ich das gerne. Melde mich wieder. Tschüssikowski!«

Gegen Abend klingelte das Telefon von Frau Schulz und ihr Freund Egon, mit dem sie jahrelang im Verlag zusammengearbeitet hatte, meldete sich mit aufgeregter Stimme. »Mary, ich glaube, die Sache stinkt zum Himmel. Es gibt im Zeitungsarchiv keinerlei Hinweise über die Billstedts, zumindest nicht vor 1990. Alles wurde gelöscht. Aber …« Seine Stimme wurde leiser und er flüsterte in den Hörer: »… aber die verrückte Karla, du erinnerst dich? Die für uns immer die Schrippen aus der Kantine geholt hat, hat jahrelang alles über die Billstedts gesammelt. Frag mich aber nicht, warum. Sie hat so eine Art Poesiealbum gebastelt, und als ich mir das angeschaut habe, bin ich immer wieder auf den Namen Karsten Wollschmidt gestoßen. Er war mal bei uns Redakteur. Und jetzt kommt's: Von einem Tag zum anderen hat er aufgehört und war wie vom Erdboden verschluckt. Irgendwann kam er dann zurück und wurde gleich Ressortleiter. Jetzt ist er im Ruhestand.«

»Schiete und nu?«

»He, ich weiß, wo er wohnt, hab schon versucht, mit ihm zu telefonieren … Fehlanzeige! Als ich den Namen Billstedt erwähnte, schrie er mich an und sagte, ich solle die Vergangenheit ruhen lassen.«

»Ach, Egon, du bist ein Schatz«, kokettierte Maria, »ick glaube, wir sehen uns bald«, und legte kurz darauf den Hörer auf den Telefonapparat. In ihrer Magengegend verspürte sie ein seltsames Unwohlsein. *Hier stimmt doch wat nicht!*

10. Samstag, 18. Oktober

Ein dezentes Klopfen ließ Frau Kaufmann von ihrem dicken Roman hochschauen. Ihr rascher Blick zur Uhr wies den kleinen silbernen Zeiger auf zehn und den großen auf zwei. *Wer will denn um diese Zeit noch etwas?*

Sie warf ihre wollene Decke von den Beinen, drückte sich mit beiden Händen auf den Armlehnen hoch und erhob sich von ihrem grün-rot geblümten Sessel. Dann schlüpfte sie in ihre Hausschuhe und ging bedächtig zur Tür.

»Ja, bitte?«, fragte sie ahnend.

»Ick bin's. Kann ick Sie kurz sprechen?«

Frau Kaufmann öffnete die Tür und ließ Frau Schulz eintreten, die sofort loslegte: »Wir machen eine Reise, ick zeige Ihnen Berlin! Hier!« Sie überreichte Frau Kaufmann eine Liste mit An- und Abfahrtszeiten der Bundesbahn, Ziel: Berlin.

Charlotte ergriff das Blatt und überflog es Zeile um Zeile. Ihre Augenbrauen hatte sie hochgezogen und sie begann darüber nachzudenken.

»Da wären wir ja über acht Stunden im Zug! Tut mir leid, Verehrteste, das ist mir einfach zu lang. Wir sollten ein Flugzeug nehmen.«

Maria sah sie vorwurfsvoll an und hatte nicht mit solch einer Antwort gerechnet. Sie hielt Frau Kaufmann für genauso feige wie sich selbst.

»Fliegen? Ick bin noch nie geflogen, in meinem janzen Leben nicht.«

»Noch nie? Na, dann wird's Zeit«, lächelte Charlotte und ging hinüber zu ihrem antiken Sideboard mit aufwendigen Intarsien. Mit einem leisen Knarren öffnete sie den Schrank und entnahm eine Flasche Williamsbrand sowie zwei kleine bauchige Gläser.

»Ein Betthupferl gefällig?«, fragte sie wissend nach.

Maria nickte schnell.

Nach einer Stunde und zwei Schnäpsen hatten die alten Damen ihre Marschroute für Berlin festgelegt. Frau Kaufmann sah in ihren Laptop und fand »diese kleinen Wunderdinger«, wie sie ihr Gerät nannte, genial und überaus hilfreich. Inzwischen las sie sogar ihre Tageszeitung online und machte auch sonst Gebrauch von dem PC. In letzter Minute ergatterte sie zwei der noch übrig gebliebenen Plätze in der Samstagmittag-Maschine via Stuttgart nach Berlin.

***

Samstag gegen 14.00 Uhr Flughafen, Berlin-Tegel

»Dit ist meine Stadt!«, rief Frau Schulz Frau Kaufmann zu. »Kommen Sie, ab zum Taxistand und dann rinn ins Jetümmel!«. Als sie sah, dass sich Frau Kaufman unwohl bei den vielen Menschen in der Flughafenlobby zu fühlen schien, beruhigte sie sie auf ihre Weise. »So ist dit hier! Menschen über Menschen.«

Charlotte Kaufmann sah sich immer noch ängstlich um, denn ganz geheuer war ihr die Sache nicht. Augenscheinlich begann so kein guter Tag für sie. »Hach, mir ist das schon jetzt viel zu viel. Bloß raus hier!«, rief sie pikiert ihrer Begleiterin zu. Einen derartigen Menschenauflauf mochte sie nicht.

Raschen Schrittes verließen die Damen die Flughafenhalle in Richtung Taxistand. Kurz darauf saßen sie im Auto und ließen sich zu Karsten Wollschmidts Wohnung fahren.

»Viktoria-Luise-Platz, meine Herrschaften. Das macht genau fünfzehn Euro. Möchten Sie eine Quittung?«, erfragte die junge, überaus attraktive Taxifahrerin in gepflegtem

Hochdeutsch und blickte währenddessen auf den Tacho.

»Nö«, antwortete Maria schnoddrig. »Können wir eh nicht mehr von der Steuer absetzen …« Doch Charlotte widersprach ihr vehement und wünschte eine Quittung. »… wir nicht, aber vielleicht mein Sohn.«

Die Damen stiegen aus und standen vor einem prächtigen Jugendstilhaus in bester Lage, nahe dem U-Bahnhof Viktoria-Luise-Platz sowie keine zehn Gehminuten vom KaDeWe entfernt, dem nobelsten und altehrwürdigen Kaufhaus Berlins.

Frau Kaufmann überflog die goldene Klingeltafel, auf der Arzttitel, Professorenabkürzungen und sogar ein gewisser *André von Lustenau* zu lesen war. Schließlich klingelte sie bei *Sophia Kalkhoff.*

»Ja bitte!«, hörte man eine fordernde Frauenstimme rufen.

»Guten Tag, mein Name ist Johanna Frey«, log die Seniorin, ohne rot zu werden. »Ich komme vom *Feinkost Beck* und möchte Herrn Wollschmidt unsere alljährliche Geburtstagsüberraschung überbringen.«

Ein unmerkliches Räuspern kam aus der Sprechanlage. »Dann klingeln Sie doch bitte bei Herrn Wollschmidt direkt. Um diese Zeit ist er gewöhnlich daheim.«

»Das würde ich ja gerne tun«, säuselte Frau Kaufmann in die Sprechanlage, »aber als langjähriger Kunde gehört er zu den VIPs und wird von unserem Hause auch so behandelt. Und wir sind für unsere Überraschungen bekannt. Ich bin mir sicher, dass Ihnen dieser VIP-Service selbst bekannt ist, Frau Kalkhoff.«

Damit hatte Frau Kaufmann mitten ins Schwarze getroffen und wusste, wie man eine arrogante, selbstgefällige Dame, wie ihr Frau Kalkhoff erschien, behandeln musste, um ihrem Ego zu schmeicheln.

Leise brummend öffnete sich die Tür.

»Vielen Dank!«, rief Charlotte erfreut und zwinkerte ihrer Begleiterin zu.

Frau Schulz stemmte sich gegen den eichenen Eingang und hielt ihn für Frau Kaufmann auf.

Vor ihnen erstreckte sich ein eleganter Treppenaufgang mit Marmorverkleidung, Stuckadlern, goldbemalten Fischen und stilisierten Kastanien. Und gleich rechts davon befand sich ein wunderschöner Jugendstilfahrstuhl, und wie es sich herausstellte, war er noch immer intakt.

Zwei Etagen höher verließen die beiden den Aufzug.

»Tolles Haus!«, sagte Frau Schulz begeistert. »Und wenn der nicht da ist?«

»Abwarten und Tee trinken«, beruhigte sie Frau Kaufmann und drückte die kleine goldverschnörkelte Perle in der rosettenförmigen Klingel an der Wand neben der Wohnungstür.

Ein leise surrendes Klingeln ertönte. Jemand schlurfte zur Tür, klapperte an der Kette und öffnete sie einen Spalt. Dahinter erschien ein faltiges Männergesicht mit buschigen Wimpern und zerzaustem, fettigem Haar. Die schmalen dunklen Augen des Mannes waren kaum sichtbar, doch sie blickten grimmig.

Mürrisch fragte er: »Was ist?«

»Spreche ich mit Herrn Wollschmidt?«, erkundigte sich Charlotte und bemühte sich um Freundlichkeit.

»Wer will das wissen?«, brummte er zurück und zog den Schleim in seiner Nase hoch. Er hatte wohl Schnupfen.

»Gegen Erkältung hilft ein Klarer oder eine heiße Zitrone«, mischte sich Frau Schulz in das Gespräch.

Herr Wollschmidt näselte erneut.

»Dieser blöde Schnupfen plagt mich nun schon seit über einer Woche. Ist einfach nicht wegzukriegen«, maulte er, und man glaubte, ein Lächeln in seiner Stimme zu hören. »Wie war noch mal Ihr Name? Und in welcher

Angelegenheit möchten Sie mich sprechen?« Gleichzeitig öffnete er die Türkette, drückte die Tür wieder zu und löste die Kette.

Die Tür ging auf und vor den älteren Damen erschien ein ebenso älterer Herr mit einer hellbraunen, längeren Strickjacke sowie legerer Jogginghose. Um seinen Hals trug er einen dicken Wollschal und seine Nase war leicht gerötet.

»Mein Name ist Charlotte Kaufmann«, stellte sich Frau Kaufmann vor und wies mit der Hand auf ihre Bekannte. »Und das ist Maria Schulz.«

Frau Schulz reichte Herrn Wollschmidt die Hand und sagte: »Tachchen«, woraufhin er mit einem breiten Grinsen nickte und antwortete: »Besser nicht!«

»Dürfen wir vielleicht eintreten, Herr Wollschmidt? Die Sache, in der wir kommen, ist etwas heikel …«

Er zog die Facettentür weiter auf und ließ die Damen eintreten.

Verwundert betraten sie den langen, breiten Wohnungsflur, in dem es nur so von Kunstdrucken wimmelte. Bilder von Picasso, Henning und Warhol reihten sich nebeneinander.

»Ah, Sie mögen Anton Henning?«, erkundigte sich Frau Kaufmann und betrachtete seine Bilder genauer. *Ganz billig ist das hier nicht. Und die Wohnung kostet sicher ein Vermögen. In Konstanz wäre die kaum zu bezahlen.*

»Sie kennen Henning? Ja, ein Berliner Künstler, den ich sehr schätze«, gab Wollschmidt zur Antwort, während er die Damen in sein Wohnzimmer führte. Es war modern, fast spartanisch eingerichtet, hatte ein übergroßes Ecksofa aus hellem Leder mit kleinem Glastisch davor sowie ein riesiges weißes Regal voller Bücher, die darin jede erdenkliche Lücke füllten.

Neugierig betraten die Damen das Zimmer und sahen sich um.

»Nehmen Sie doch bitte Platz«, sagte Wollschmidt und zeigte mit der Hand aufs Sofa.

Nachdem sich die beiden gesetzt hatten, ließ sich Wollschmidt auf einen hölzernen Designerstuhl ihnen gegenüber nieder.

Frau Kaufmann ergriff sogleich das Wort und erkundigte sich bei Herrn Wollschmidt nach der Familie von Billstedt.

Der Alte schniefte, musterte Frau Kaufmann mit fragendem Blick und sah hinab auf den Parkettboden vor sich und unter seinen Füßen. *Wieso diese Frage? Warum interessieren sich gerade jetzt so viele für die Billstedts?*

Für eine Weile herrschte eine qualvolle Ruhe, in der sich die beiden Frauen unsicher ansahen.

»Nun …«, begann Herr Wollschmidt, »… das ist seltsam. Erst gestern hat mich ein ehemaliger Kollege aus dem Verlag angerufen und stellte mir genau die gleiche Frage wie Sie. Und wissen Sie was? Ich frage mich, warum. Wieso auf einmal dieses Interesse?«

»Ganz einfach«, ereiferte sich Frau Kaufmann und tat überaus wichtig, »Max von Billstedt wurde letzte Woche ermordet. Und jetzt wüssten wir gerne, warum.«

Wollschmidt war überrascht. »*Sie?* Sind Sie dafür nicht etwas zu alt? *Ermordet*, sagten Sie? Gott, das tut mir leid. Wer tut denn so was?«

»Ja, da stimme ich Ihnen zu«, tat Frau Kaufmann diplomatisch, »dafür sind wir etwas zu alt. Aber Herr von Billstedt war ein Mitbewohner unseres Seniorenheims, und wir haben einfach Angst, dass womöglich ein Mörder bei uns sein Unwesen treibt. Vielleicht sind wir die Nächsten. Wer weiß das heute schon. Na ja, und wirklich arm ist bei uns kein Senior«, fügte die Frau überspitzt hinzu und gestikulierte auffällig mit den Armen.

»Sie gefallen mir«, schnaufte Wollschmidt und musste

im selben Moment laut niesen.

»Gesundheit!«, rief Frau Schulz und legte ihm eine Packung Papiertaschentücher auf den Glastisch.

»Danke. Ganz so einfach ist das nicht«, sagte er mit matter Stimme. »Ich habe eine Verschwiegenheitserklärung vor zig Jahren unterschreiben müssen, dass ich die Geschichte unter Verschluss halte, und dafür eine Menge Geld kassiert.« Er machte eine Armbewegung in den Raum hinein. »Sie sehen ja, wie ich lebe. Derartiges könnte sich kein Schreiberling einer Tageszeitung leisten. Andererseits«, sein Blick fiel zu Boden, »ist damals so viel Unrecht geschehen, dass es Zeit wird, die Sache der Öffentlichkeit zu präsentieren.«

Die Damen hatten ihm aufmerksam zugehört und freuten sich auf die Ausführungen, die nun folgen würden. Doch es kam anders.

Überraschend stand er auf, lief zur Wohnzimmertür und blickte zu den beiden Frauen, als wollte er sie zum Aufstehen animieren. »Kommen Sie doch bitte morgen noch einmal wieder. Sagen wir zur gleichen Zeit? Vielleicht kann ich Ihnen dann mehr erzählen.«

Frau Schulz stemmte Frau Kaufmann ihren rechten Ellenbogen in die Seite und flüsterte: »Der will, dass wir gehen.«

Irritiert erhoben sich die zwei und verließen mit einem kurzen »Dann bis morgen!« die Wohnung.

Die Tür flog leise ins Schloss.

»He, hat der uns gerade rausgeschmissen?«, schimpfte Frau Schulz empört beim Verlassen des Hauses.

Frau Kaufmann verzog den Mund zu einer Schnute und bejahte ihre Frage mit einem heftigen Kopfnicken.

Herr Wollschmidt beobachtete unterdessen die Damen von seinem Wohnzimmerfenster aus und machte ein nachdenkliches Gesicht. Dann drehte er sich um, ging an sein Bücherregal, holte eine kleine, schmale Buchkassette heraus, schloss sie auf und entnahm ihr einen Vierkantschlüssel mit rotem Lederband.

Inzwischen hatte ein leichter Regen eingesetzt und dem Gehweg einen rutschigen Film verpasst.

Die Seniorinnen betraten bedächtig die gut befahrene Straße und blickten erfreut hinüber auf ein kleines Kaffeehaus, das genau ihrem derzeitigen Bedürfnis entsprach. Sie hakten sich ineinander ein und überquerten vorsichtig mit Rechts-links-Blick die Straße.

Fünf Minuten später nippten sie an ihren großen Kaffeetassen und genossen ihre Schwarzwälder Kirschtorte mit einer Portion Schlagsahne zusätzlich obendrauf. Genau zur gleichen Zeit ging die Tür im Lokal auf und Herr Wollschmidt kam herein.

Schnurstracks lief er, noch immer in Strickjacke und Jogginghose, auf den Tisch der Frauen zu und setzte sich.

»Ich hab es mir anders überlegt«, gab er sich geläutert. »Bringen Sie die Sache zu Ende und machen Sie sie publik. Gehen Sie zum Technikmuseum, Abteilung Schreib- und Drucktechnik. Suchen Sie nach der Schnellpresse der Firma Heidelberg. Sie hat eine lang gezogene Klappe, ganz rechts, fast unscheinbar. Darin finden Sie Ihre Antworten«, erzählte er leise und blickte sich immer wieder nach allen Seiten hin um. Man spürte, dass er vor etwas Angst hatte. Schweiß rann über seine Schläfen.

»Aber …?«, begann Frau Kaufmann verwundert.

Er hob abwehrend die Hände. »Bitte nicht fragen! Seien Sie vorsichtig! Alle, die sich mit der Familie näher befasst haben, wurden ermordet oder in die Klapsmühle gesteckt. Hier der Schlüssel!« Blitzschnell drückte er Frau Schulz den metallischen Gegenstand in die Hand, besser gesagt, er schob ihn unter die Handfläche, die neben der Kuchengabel auf dem Tisch lag.

Geistesgegenwärtig nahm sie den Schlüssel an sich und fühlte Röte ihr Gesicht hochsteigen, außerdem wurde ihr heiß. Sie hatte Angst, der Alte in der viel zu langen Strickjacke war ihr nicht geheuer.

Wollschmidt erhob sich vom Stuhl. Er ging zum Ausgang, drehte sich noch einmal mit einem seltsam frostigen Blick um und verließ das Kaffeehaus.

Die Damen blieben stumm zurück und sprachen für eine kurze Weile kein Wort, bis plötzlich ohrenbetäubendes Quietschen und Krachen sie aus ihrer Ruhe manövrierte.

Hektisches Treiben von Menschen, Schreie von Männern und Frauen erfüllte kurz darauf die Straße.

»Gott, was war das denn für ein entsetzlicher Schrei?«, fragte Frau Schulz ihre Begleiterin. »Ich glaube, da ist wat passiert. Kommen Sie, wir sehen mal nach.«

Doch als sie die Straße betraten, verschlug es ihnen die Sprache. Vor ihren Augen lag blutüberströmt genau der Mann, der ihnen noch vor fünf Minuten gegenübergesessen hatte. Sein Kopf war bis zur Unkenntlichkeit zertrümmert und die Unterschenkel ragten rechtwinklig seitwärts. Nur die Strickjacke verriet ihn noch.

»Um Gottes willen, mir wird schlecht. Ich kann kein Blut sehen!«, rief Frau Schulz und sah angewidert in eine andere Richtung.

Von überall her strömten Passanten und stellten sich neugierig um das Opfer. Schaulustige tuschelten und hielten sich teilweise die Hände vor die Augen. Ein Bild des Grauens lag mitten auf Berlins Straßen. Blut, wohin man auch sah. An der Häuserwand, auf dem Gehweg, ja sogar an den Autos. Überall klebte Blut.

»Holt mal einer den Rettungswagen!«, hörte man jemanden aus der Menge rufen.

Eine andere Stimme, etwas abseits, flüsterte: »Ich, ich

hab's gesehen. Der Mann wurde kaltblütig überfahren, einfach so. Einfach so. Das war kein Unfall!« Die Stimme des Unbekannten zitterte hysterisch und man spürte seine Panik.

Frau Kaufmann versuchte, die Person in der Menschenmenge auszumachen, doch es gelang ihr nicht. Kurz darauf war der Mann wie vom Erdboden verschluckt.

»Kommen Sie! Weg hier! Am Ende ist der Mörder noch unter der Menge«, rief Charlotte Kaufmann und zerrte Maria Schulz lieblos am Arm. Ihre Knie waren weich wie Pudding und sie zitterte am ganzen Körper.

»Ick bin doch kein Hund. Lassen Sie das! Wir müssen hierbleiben und sehen, ob er noch lebt!«, keifte Maria. Doch auch sie bebte im Inneren vor Furcht.

»Mary, der Mann ist tot«, sprach Charlotte hastig. »Haben Sie nicht seinen Schädel gesehen? Da ist nichts mehr. Hier hat jemand ganze Arbeit geleistet, und glauben Sie mir, da waren kaltblütige Profis am Werk. Sehen wir lieber, dass wir Land gewinnen«, forderte sie Frau Schulz auf, »und kümmern uns um den Rest.«

Die beiden hasteten über den Berliner Asphalt.

An der nächsten Bushaltestelle nahmen sie den erstbesten Bus und fuhren davon. Hauptsache, weg!

Etwa fünf Stationen später stiegen sie in panischer Angst wieder aus.

»Wir müssen zum Technikmuseum«, zischte Frau Schulz, »am besten wir nehmen ein Taxi. Dit Museum macht bestimmt bald zu«, und sah sich aufgeregt um. Ihre Uhr zeigte kurz nach fünf. »Ick war schon als Göre mit meinem Vater dort. Im Krieg wurde mächtig wat zerstört. Ist nicht weit von hier, Gleisdreieck auf'm Gelände des ehemaligen Anhalter-Bahnhofs. Dort gibt's sogar 'nen Park mit Windmühlen und 'ne Brauerei. Und dit mitten in der Großstadt. Aber dit Beste ist der dicke Rosinenbomber auf'm Dach.« Ihre Stimme klang melancholisch, und man spürte, wie gerne sie in ihrer Kindheit schwelgte.

Zwanzig Minuten später standen die beiden vor dem Deutschen Technikmuseum. Inzwischen hatte die Dämmerung eingesetzt und es wurde merklich kühler. Die Seniorinnen zogen ihre Jacken fester um den Körper und blickten auf das beeindruckende Gebäude.

Die moderne Glasfassade des imposanten Museumsbaus war hell erleuchtet. LED-Fluter erzeugten einen bunten Farblichtwechsel aus Rot, Blau und Grün sowie unterschiedlichen grafischen Motiven.

»Oh, ist das hübsch!«, rief Frau Kaufmann und betrachtete neugierig die wechselnden Muster.

»Ja, finde ick och. Aber nun hurtig rinn in die jute Stube, wir haben noch wat vor!«, drängelte Frau Schulz und zupfte Frau Kaufmann unmissverständlich am Ärmel.

»Ja, ja, eine alte Frau ist doch kein D-Zug!«, konterte diese empört.

Schnurstracks ging es zur Kasse.

»Normal oder Rentner?«, fragte eine nette junge Damen die Frauen.

»Also, ick bin *normal* und *Rentner*«, erwiderte Frau Schulz kess und lächelte.

Die junge Frau schien etwas irritiert, versuchte sich aber, nicht aus der Ruhe bringen zu lassen, und gab den Preis in den Computer ein.

»Also Rentner. Das macht dann zusammen acht Euro, meine Damen.«

Frau Schulz öffnete ihre schäbige Handtasche und zerrte ein großes rotes, kitschiges Portemonnaie heraus. Es war voller Zettel, irgendwelchen Karten und obendrein dick, beinahe so, als wäre es voller Geld.

»Ick mach dit schon, Charly«, gab Maria gönnerhaft von sich und sah Charlotte mit einem Gute-Freundinnen-

Blick an. »Jute Frau, wir wollen uns nur die ollen Druckmaschinen ankieken. Wo sind die denn?«

Statt einer Antwort reichte die Kassiererin Frau Schulz einen Flyer und tippte mit dem Zeigefinger auf die erste Seite.

Maria Schulz nahm ihn an sich, überflog den Text und fand, wonach sie suchte. »Schreib- und Drucktechnik ist im Altbau, zweites OG. Na, dann los!«

Sie stiegen die Treppen rechts der Kasse hinauf, liefen ein paar Schritte geradeaus und nahmen den Fahrstuhl in das zweite Obergeschoss. Von dort waren es nur noch wenige Schritte in die Dauerausstellung für Schreib- und Drucktechnik.

Frau Schulz zögerte keine Sekunde, zog eine Grimasse, als würde sie gleich ihr blaues Wunder erleben, und ging suchend durch den Ausstellungsraum. Ganz hinten rechts, hinter zwei Eckglasvitrinen, entdeckte sie schließlich die schwarze, gusseiserne Schnellpresse. Eine Ausstellungstafel gab ein paar Hinweise zur Presse, die aus dem Jahre 1931 stammte und ein Original-Tiegeldruckautomat der Schnellpressenfabrik AG Heidelberg war.

Noch waren ein paar Besucher im Ausstellungsraum, daher beschlossen die Damen zu warten, bis man die Ausstellung schloss.

Frau Kaufmann nutzte die Zeit und sah sich die Presse ein wenig genauer an. Man hatte das Ausstellungsstück durch ein umlaufendes Gummiband vor unliebsamen Berührungen der Besucher geschützt. Doch erfreulicherweise konnte sie die Rückseite der Presse durch eine Glasscheibe des angrenzenden Ausstellungsraumes sehen. Dabei entdeckte Frau Schulz die von Wollschmidt beschriebene Klappe und zeigte sie ihrer Bekannten.

Etwa eine Viertelstunde später verließen die letzten Besucher die Ausstellung.

Frau Schulz löste das Gummiband, unterdessen ihre Begleiterin Wache schob. Sie trat an die Presse heran, bückte sich hinunter zur Metallklappe und steckte mit zittrigen Händen den kleinen Vierkantschlüssel in das ölverschmierte Schloss.

Resolut drehte sie ihn nach links, bis die Klappe mit einem unmerklichen Kratzgeräusch ihr entgegenfiel. Aus der Maschine strömte ein penetranter Gestank nach altem Öl. Maria rümpfte die Nase. »Boah, stinkt das!« Sie zog ihren Jackenärmel hoch und steckte den rechten Arm in das dunkle, ölbenetzte Loch. Suchend kramte sie darin. »Ja, ja, tatsächlich, hier ist etwas! Fühlt sich hart und glitschig an. Igitt, wenn da Viecher sind.«

»Jetzt haben Sie sich mal nicht so! Beeilen Sie sich lieber, irgendwann geht hier das Licht aus, und wir stehen im Dunkeln.«

Kaum hatte Frau Kaufmann ihren Satz beendet, ging auch schon das Licht aus.

»Schiete, das hat mir noch gefehlt!«, rief die andere und ergriff den Gegenstand, den sie bereits erfühlt hatte. Rasch schloss sie wieder die Klappe und erhob sich mit einem lauten Seufzer.

In diesem Moment erschien ein riesiger Schatten an der Wand und zeigte die Umrisse eines Mannes mit Mantel und Hut. Bedrohlich kam er näher. Näher und näher.

»He, Mary …«, flüsterte Charlotte besorgt, »… so sieht kein Aufsichtspersonal aus. Vielleicht sind es die Killer von vorhin?« Ihre Stimme bebte vor Angst. Mit zittrigen Fingern zeigte sie zur Wand.

»Die Killer?«, wiederholte Maria leise.

Frau Kaufmann nickte ihr zu und wies wortlos mit der Hand in Richtung einer gegenüberliegenden Tür. Langsam schlichen beide hinaus, wobei Frau Schulz die stinkende Beute fest an ihre Brust hielt. Kurz darauf vernahmen sie

Stimmen.

»Die alten Weiber sind weg. Können sich doch nicht in Luft aufgelöst haben«, sagte ein Mann mit brummiger Stimme und französischem Akzent.

Woraufhin ihm ein zweiter, seiner Stimme nach etwas jünger, antwortete: »Lass uns lieber die Mappe finden. Chris meinte, sie müsse hier irgendwo sein.«

Während sich die Männer auf die Suche begaben, schlichen die Damen Stockwerk um Stockwerk leise abwärts und verließen ohne weitere Zwischenfälle das Treppenhaus.

Plötzlich erklang hinter ihnen eine ausladende Stimme: »Na, meine Damen, das nächste Mal etwas früher!« Es war der Nachtportier, der gerade seine abendliche Runde absolvierte und obendrein den beiden ein süffisantes Lächeln schenkte.

Nachdem die Seniorinnen das Museum verlassen hatten, schloss er hinter ihnen die Glastür und sinnierte noch eine Weile in die Dunkelheit.

11. Noch am selben Abend

Samstagabend etwa zur gleichen Zeit in Konstanz

Endlich hatte Rudolf Hufnagel Zeit für sich. Die Arbeit lag hinter ihm. Doch noch immer tappte er im Mordfall von Billstedt völlig im Dunkeln. Lediglich sein ständiger Optimismus ließ ihn sich erstmalig wieder auf sein Hobby konzentrieren. Zwar vertraute er seiner überaus neugierigen Mutter sowie seiner neuen rechten Hand, Frau Andres, und war froh über jede ihrer Eingebungen, aber nun galt es, auch einmal abzuschalten.

Solange er denken konnte, war er bei der Verkehrspolizei angestellt, und seit frühester Jungend spielt er Trompete im Fanfarenzug der Konstanzer Blätzlebuebe-Zunft mit einer über achtzigjährigen Tradition. Er liebte die Mischung aus Traditionsmärschen, unvergänglichen Melodien und fetzigen Gassenhauern und war stolz auf den inzwischen großen Bekanntheitsgrad seines Fanfarenzugs. Sogar einer Fernsehübertragung durch den SWR hatte er schon beigewohnt.

Einmal im Monat, samstags, traf man sich im Vereinsheim, machte Musik und ließ es sich bei einem zünftigen Essen und Bier gut gehen.

Die Stimmung an diesem Abend lief auf Hochtouren und man tanzte. Der Evergreen *Schöne Maid* kam gerade aus der Musikbox, als seine Hosentasche gelb-grün leuchtete, ein ankommender Anruf.

Rudi flüsterte seiner Frau Christine etwas ins Ohr und brachte sie an ihren Tisch.

Draußen regnete es in Strömen, daher stellte er sich unter einen Sonnenschirm, den man eigens für Raucher aufgestellt hatte, und rief die nicht angenommene Nummer zurück. »Mutter, was gibt es denn so Dringendes, dass du mich am Klubabend anrufen musst? Ist im Heim der Strom ausgefallen oder geht mal wieder ein Mörder um?«, scherzte er bereits alkoholisiert.

»Junge«, kam es gouvernantenhaft zurück, »hast du schon wieder getrunken? Ich hoffe, Christine ist bei dir, sonst findest du mal wieder kein Maß.«

»Ja, Mutter, und deshalb rufst du mich an? Ich bin dreiundfünfzig und kein Kind mehr.« Gönnerhaft rieb er sich den Bierbauch.

Ein Mann gesellte sich zu Rudi, zündete sich eine Zigarette an und blies den Rauch gen Himmel. Rudi mochte zwar keine Zigaretten, aber gegen eine gelegentliche Zigarre hatte er nichts einzuwenden.

Tief atmend inhalierte er den abgestandenen Rauch, und die Bilder seiner Jugend, als er mit Freunden auf dem Schulhof gestanden hatte, geisterten ihm durch den Kopf. Im Allgemeinen hatte er nie viel vom Rauchen gehalten, wohl auch deshalb, weil seine Eltern es nie getan hatten. Dennoch war das Rauchen fester Bestandteil seiner Jugendclique und eine Erinnerung an die ungestümen Jahre der Pubertät. Noch immer pflegte er Freundschaften aus jener Zeit.

»Rudi, Rudi«, schimpfte seine Mutter, »hörst du mir überhaupt noch zu?« Sie fühlte sich von ihrem Sohn auf den Arm genommen.

Rudi zuckte zusammen, machte einen riesigen Gedankensprung aus der Vergangenheit zurück in die Gegenwart und war wieder ganz bei ihr.

»Oh, ja, Mutter, bin noch da. Also wo waren wir stehen geblieben?«

»Rudi, Frau Schulz und ich sind in Berlin. Wir haben hier eine wichtige Entdeckung gemacht.«

»Wie? ... Was heißt das, ihr seid in Berlin?«, fragte er

schockiert. »Ich hoffe, ihr macht einen Ausflug oder so etwas in der Art.« Von einer Sekunde zur anderen war er vollkommen nüchtern und gedanklich absolut bei ihr.

»Nein, der Fall Billstedt treibt uns um.«

Kaum dass sie in übertriebenem Hochdeutsch geantwortet hatte, wurde ihr Sohn stinksauer. Am liebsten wäre er durchs Handy gekrochen und hätte seine Hände an ihre Kehle gelegt. Derart wütend war er. *Diese verdammten alten Weiber! Können einfach nicht ihren Lebensabend genießen, ständig mischt sie sich ein. Vater hat das ebenso genervt.*

»*Nicht zu fassen!*«, brüllte Hufnagel, sodass alle um ihn herum stehenden Raucher ihn verdutzt ansahen. Inzwischen hatte sich ihre Anzahl von eins auf vier erhöht. Normalerweise war Rudi lammfromm, und nichts brachte ihn so schnell aus der Ruhe, nur seine Mutter hatte die wunderbare Gabe, ihn permanent zu nerven.

Aufgebracht ging er ein paar Schritte auf und ab und schien den Regen gar nicht wahrzunehmen.

»Gut, also, was gibt es Neues?«

In den nachfolgenden fünf Minuten berichtete ihm seine Mutter all das, was sie und Frau Schulz an diesem verhängnisvollen Samstag in Berlin erlebt hatten, während ihr Sohn begann, nur so vor Nässe zu triefen.

»Sag mal, Junge, was ist das denn für ein komisches Geräusch im Hintergrund? Regnet es etwa?«, erkundigte sie sich mit der Naivität einer älteren Dame.

»*Regnen*? Du machst Witze, hier gießt es wie aus Kannen.«

»O je! Na ja, stehst sicher im Trockenen, mein Sohn.«

»Klar, Mutter, wo denn sonst?«, rief er erregt in den Hörer. »Pass auf, ihr könnt da nicht bleiben. Frau Andres besorgt euch eine andere Unterkunft. Und morgen will ich euch wieder hier sehen. In Berlin kann ich euch nicht beschützen. Hast du verstanden?«

»Beruhige dich, mein Sohn«, vernahm er die sanftmütige Stimme seiner Mutter. »Morgen sind wir sicher wieder zu Hause. Es wird nicht alles so heiß gegessen, wie es gekocht wird.«

Wie er diese Sprüche hasste! Ständig musste sie ihre Weisheiten zum Besten geben und ihre Umwelt damit reizen.

»Mach's gut, Mutter.« Schnaufend drückte er die rote Auflege-Taste seines Handys und wählte sofort die Nummer seiner Kollegin.

»Andres!«, kam es hechelnd aus dem Hörer.

Was Hufnagel nicht wissen konnte: Nadine war klatschnass aus der Dusche gehüpft und barfüßig zu ihrem Handy geeilt. Dabei war sie ausgerutscht und zu Boden gefallen. Mühsam hatte sie sich aufgerafft, um den Anruf auf gar keinen Fall zu verpassen.

»Guten Abend, ich hoffe, ich störe Sie nicht. Stehe gerade mitten im Regen und habe mich über meine Mutter geärgert«, sprach Hufnagel erregt. »Die alten Weiber sitzen in Berlin fest und Sie sollten sie jetzt schleunigst umsiedeln, sagen wir in ein nettes zweitklassiges Hotel oder besser noch in eine Jugendherberge irgendwo tief im Osten. Schön einfach sollte es sein.«

»Chef, sagen Sie mal, haben Sie zu viel getrunken?«, hörte er Nadine fragen.

»Jetzt fangen Sie auch noch an.«

»Schon gut, schon gut. Klar, mache ich doch. Ich kümmere mich darum und gebe Ihrer Frau Mutter Bescheid.«

***

Zwischenzeitlich hatte es bei Nadine in Konstanz geklingelt.

Barfüßig ging sie zur Wohnungstür, sah durch den Spion und öffnete.

Im Türrahmen stand Marcel und lächelte sie verschmitzt an. Sofort drückte er die, nur mit Handtuch bekleidete, junge Frau an sich und gab ihren einen langen Kuss. Nadine aber hatte keine Zeit für seine Gefühlsausbrüche. Sie war in Eile und entzog sich seiner Umarmung.

Hastig ging sie in ihr Zimmer und kramte aus ihrem Schrank eine Jeans sowie ein langärmeliges Shirt heraus und zog sich um.

Marcel sah sie missbilligend an, so hatte er sich den Abend nicht vorgestellt.

»He, Schatz, etwas mehr hatte ich mir schon erhofft«, murmelte er und stellte sich mit angewinkelten Armen vor sie.

»Kommt noch! Ich muss nur schnell ein paar Telefonate erledigen und dann gehöre ich dir, versprochen. Hol dir doch inzwischen ein Bier aus dem Kühlschrank.«

Marcel verließ ihr Zimmer, derweil Nadine tief durchatmete. Sofort setzte sie sich an ihren Laptop und suchte nach einer kostengünstigen wie auch einfachen Pension im Osten Berlins. Nach einigen Minuten stieß sie auf ein Hotel in Plattenbauweise nahe des Berliner Tierparks und buchte den beiden Damen ein Doppelzimmer. Wenig später rief sie Frau Kaufmann an, deren Nummer sie von Hufnagel erhalten hatte, und gab ihr die Daten durch.

»So, Schatz, jetzt gehöre ich dir«, flüsterte Nadine vor sich hin und ging zu Marcel in die Küche.

***

»Wat ist dit denn?«, zickte Maria, als sie das neue Domizil betrat. »Ne, dafür habe ick nicht im Lotto gewonnen, dass ick jetzt in so einer Absteige lande. Ein Doppelzimmer für uns beide?«

»Mir gefällt das hier auch nicht«, versuchte Frau Kaufmann, ihre erzürnte Bekannte zu beruhigen, »aber hier sind wir in Sicherheit. In so einem Haus vermutet uns keiner. Ist ja nur für eine Nacht.« Jedoch auch sie war vom Zimmer nicht begeistert und entdeckte sofort mit ihren Adleraugen winzige Brandlöcher im Teppich, ganz zu schweigen von den vergilbten Gardinen.

»Ein Raucherzimmer«, schnupperte sie sich durch den Raum. »Machen wir das Beste draus und sehen uns mal den Inhalt der Mappe näher an. Vielleicht erfahren wir jetzt, warum die Herren Wollschmidt und Billstedt sterben mussten.«

Frau Schulz legte die unangenehm riechende Mappe auf den weißen Bettbezug und setzte sich davor. Frau Kaufmann tat es ihr gleich.

Als hätten sie einen Schatz gefunden, öffnete Maria vorsichtig den Klickverschluss der abgewetzten Ledermappe und legte deren Inhalt frei. Lose, mit Schreibmaschine getippte Blätter, die wiederum durch einen Schnellhefter geschützt waren.

»Sollen wir dit jetzt alles lesen?«, stöhnte Frau Schulz. »Mann, ick bin müde und mir tun die Beine weh.«

Frau Kaufmann aber war neugierig. Sie zog ihre Straßenschuhe aus, setzte sich in Rock und Bluse aufs Bett und lehnte sich mit dem Rücken gegen die Wand, während Maria Schulz im Badezimmer zugange war. Wenig später kehrte diese in einem rosafarbenen Nachthemd, das bereits das Verfallsdatum von mehr als zehn Jahren überschritten hatte, ins Zimmer zurück.

Frau Kaufmann sah sie kopfschüttelnd an und dachte:

Rosa – nein – wie kann man nur?

Kaum dass Maria Schulz unter die Zudecke geschlüpft war, schnarchte sie auch schon.

Ausgerechnet ein Schnarcher. In diesem Moment wusste Charlotte, dass die Nacht beendet war, weil sie bei diesem ohrenbetäubenden Geräusch partout nicht schlafen konnte. Nicht ohne Grund hatten sie und ihr verstorbener Mann getrennte Betten gehabt. Auch er war ein Schnarcher gewesen.

Die Seniorin öffnete ihr silberfarbenes Brillenetui, entnahm diesem ihre kleine goldene Brille und setzte sie auf.

Als Erstes verschaffte sich Charlotte einen groben Überblick über die Papiere und stellte fest, dass der Verfasser alles auf ein- und derselben Schreibmaschine getippt hatte. Auffällig war das kleine *e*. Es ragte circa einen halben Millimeter weiter nach unten und bildete keine Linie mit den anderen Buchstaben. Des Weiteren trug jede Seite am rechten unteren Rand die Initialen *KW*, was wohl Karsten Wollschmidt zu bedeuten hatte. Zudem entdeckte sie kleine Kritzeleien an den Seitenrändern.

Dumpfes Trampeln aus dem Obergeschoss über ihr ließ sie aufschrecken.

Gott, ist das hier hellhörig! So habe ich mir das vorgestellt! Plattenbauweise, eine sozialistische Errungenschaft. Aber dass ich das mal selbst erleben werde, hätte ich in meinen kühnsten Träumen nicht gedacht.

Doch die Neugier führte dazu, dass Frau Kaufmann ihre Aufmerksamkeit wieder auf ihren Schatz vor sich lenkte.

Nachdem sie die ersten, für sie uninteressanten, Seiten überflogen hatte, wurde sie stutzig. In ihren Händen hielt sie ein paar Zeitungsartikel, aus denen hervorging, dass in den Sechzigerjahren die Freundin des ermordeten Max von Billstedt bei der Geburt ihres gemeinsamen Kindes gestorben sei. Weiterhin las sie über die Beförderung jenes

Arztes, der damals bei der Geburt zugegen gewesen war. Sie wurde hellhörig. Ein ungutes Gefühl machte sich in ihrer Brust breit. Beide Artikel stammten aus der Feder von Karsten Wollschmidt.

Wieder löste Uninteressantes Interessantes ab. Die nachfolgenden Artikel beschrieben die Aufstellung des Firmenimperiums derer von Billstedt, ihren Zusammenschluss mit dem Westhagen-Konzern sowie einen lang andauernden Rechtsstreit wegen unerlaubter Kartellbildung aufgrund von Preisabsprachen und anderen wettbewerbsbeschränkenden Vereinbarungen.

Das Bundeskartellamt verfolgte das illegale Kartell und hatte gegen die verantwortlichen Personen, wie es in dem Schreiben hieß, *empfindliche Bußgelder,* verhängt. Die Rede war von mehreren Millionen Mark.

Doch eine Sache ließ Frau Kaufmann erneut aufhorchen. Für seine Kooperation mit den Ermittlern, das Kartell aufzudecken, wurde einem Mann eine Geldbuße in saftiger Höhe erlassen. Die Rede war von einem Herrn V. Zeller, zweiter Vorstandsvorsitzender des Konzerns.

Schon wieder so ein Adliger! Na, die haben ja ganz schön Hand in Hand gearbeitet, dachte sie und übersah dabei die Schreibweise des Buchstaben V.

Nachdem sich die Seniorin durch den trockenen Text gearbeitet hatte, blätterte sie weiter und fand eine Biografie der Familie von Billstedt.

Hier las sie von der Heirat Erika Westhagens und Max von Billstedts im Jahr 1970 sowie von der Geburt ihrer zwei Kinder. Michael, geboren 1967, und Katharina, geboren 1970.

Merkwürdig, früher hat man doch gleich geheiratet, wenn ein Kind unterwegs war. Wieso dann die Heirat erst 1970?

Trotz des aufregenden Inhalts und der schnarchenden

Frau Schulz nickte Frau Kaufmann ein, um ein paar Minuten später durch laute Musik und dumpfes Gebrüll unliebsam aus dem Schlaf gerissen zu werden.

Zwei Männer unterhielten sich lautstark vor ihrer Hoteltür, während der eine den anderen mit groben Ausdrücken beschimpfte: »Du Idiot, ich hab dir gesagt, die Alte gehört mir.« Dem folgte ein ohrenbetäubender Schlag und jemand fiel mit lautem Wumm gegen ihre Tür.

Frau Kaufmann schreckte auf und verhielt sich ruhig, bis sich die Männer wieder von der Tür entfernt hatten.

»Gut, heute gehört sie dir und morgen wieder mir«, war alles, was sie noch hörte, danach wurde es relativ still im Haus.

Pack schlägt sich und Pack verträgt sich. Ein missbilligendes Kopfschütteln ging dem einher. *Andererseits bin ich wieder wach, auch gut.*

Sie rückte ihre Brille gerade, die durch den kurzen Schlaf von der Nase gerutscht war, und blickte neidisch nach rechts. Maria schnarchte noch immer, gluckste zwischendurch, schnappte nach Luft und schnarchte weiter.

So schön möchte ich es auch mal haben, dachte Charlotte. *Wo war ich stehen geblieben? Ah, ja! Heinrich von Billstedt, der Vater von Max. Der scheint eine Seele von Mensch gewesen zu sein. Hier steht, er hatte eine Kriegsverletzung und konnte deshalb nur noch am Stock gehen. Respekt, der ist schon mit zwanzig Vater geworden. Aha, deshalb auch die frühe Heirat mit Anne-Marie von Billstedt. Na ja, eine Liebesheirat war das dann wohl nicht. Würde mich nicht wundern, wenn der noch ein Eisen im Feuer hatte.*

Ein breites Grinsen legte sich über ihre Lippen.

Unerwartet rief sie: »Ich hab's doch gewusst! Hier steht's schwarz auf weiß. Er hatte eine Geliebte.«

Überrascht hielt Frau Kaufmann die Hand vor den

Mund und hoffte, ihre Nachbarin nicht geweckt zu haben. Doch die schlief tief und fest. Und daher wandte sich die ältere Dame wieder ihrer Lektüre zu.

Entspannt schlug sie die Beine übereinander und sah an ihnen hinab. Sie wackelte mit den großen Zehen und schien mit dem, was sie sah, zufrieden. *Kann sich noch sehen lassen. Keine Krampfadern. Mhm, vielleicht hätte ich mir auch einen Liebhaber anschaffen sollen, Gelegenheit gab es genug. Na ja, und Sex hatten wir in den letzten Ehejahren ohnehin nicht mehr. Klaus hatte ja so seine Probleme mit dem guten Stück, aber deshalb gleich fremdgehen? Tja, und irgendwie haben wir uns damit arrangiert und sind zusammengeblieben, geblieben waren nur noch ein paar nette Küsschen rechts und ein paar links. Hach, vielleicht hättest du doch, Charlotte! Aber hätt der Hund nicht geschissen, hätt er den Hasen gefangen. Es ist, wie es ist. Weiter geht's im Text.*

Sie las weiter über die Affäre des Heinrich von Billstedt.

Christl Schmitz war von 1950 bis 1960 Haushälterin bei den Billstedts und hatte lange Jahre ein Verhältnis mit Heinrich von Billstedt. Angeblich wusste seine Frau davon, ließ ihm aber sein Vergnügen bis zu jenem Tag, als Frau Schmitz ein Kind von ihm erwartete. Man kündigte ihr fristlos. Sie erhielt Schweigegeld und wurde 1961 in einer Nacht-und-Nebel-Aktion nach Ostberlin abgeschoben. Dort gebar sie ihren Sohn Rolf, den Heinrich nie anerkannte. Zu groß war die Schmach eines unehelichen Kindes. Zeit seines Lebens machte er sich große Vorwürfe und hätte dieses Unrecht nur zu gerne wiedergutgemacht. Christl Schmitz war seine große Liebe, doch außer den monatlichen finanziellen Zuwendungen blieb es dabei. Irgendwann erhielt Heinrich von Billstedt dann eine Todesanzeige, in der vom Freitod einer unglücklichen Seele die Rede war. Rolf war gerade erst achtzehn Jahre geworden und somit volljährig.

An diesem Schriftstück klemmte eine Büroklammer mit dem Auszug einer Prozessakte, die durch mehrere Hände gegangen sein musste und dementsprechend beschädigt war. Es war das Original. Darin war zu lesen, dass Frau Schmitz sich vergeblich um die Anerkennung der Vaterschaft bemüht hatte.

Gott, wie furchtbar! Na, da haben die jungen Leute es heute einfacher. Ehelich hin oder her. Das Kind ist gleichgestellt. Mhm, was ist bloß aus diesem Jungen geworden? Lebt er noch? Und wenn ja, wo?

In der Mappe befand sich außerdem als Computerausdruck ein nüchterner Artikel zum Thema Geltendes Recht bei Unehelichkeit, der laut Quellenangabe einer freien Web-Enzyklopädie entstammte.

Nicht eheliche Kinder, soweit sie nach dem 1. Juli 1949 geboren waren, hatten nun die gleichen Erbrechte gegenüber ihrem Vater wie eheliche. Das nicht eheliche Kind wird Teil der Erbengemeinschaft des Verstorbenen. Der Europäische Gerichtshof für Menschenrechte (EGMR) entschied am 28. Mai 2009, dass die erbrechtliche Benachteiligung für Personen, vor dem 1. Juli 1949 geboren, gegen die Europäische Menschenrechtskonvention verstieße. Für Sterbefälle nach Inkrafttreten des Gesetzes waren auch alle vor dem 1. Juli 1949 geborenen nicht ehelichen Kinder ehelichen Kindern gleichgestellt. Sie würden ihre Väter als gesetzliche Erben beerben.

Am rechten Rand stand eine kleine handschriftliche Notiz: *Demnach hätte Rolf Schmitz einen Erbanspruch!!!*

Besonderheiten galten für Sterbefälle, die sich vor der Neuregelung ereignet hatten. Da das Vermögen des Verstorbenen bereits auf die nach alter Rechtslage berufenen Erben übergegangen war, konnte die Erbschaft nur in sehr engen verfassungsrechtlichen Grenzen wieder entzogen oder geschmälert werden. Die Neuregelung konnte auf Todesfälle erweitert werden, die sich erst nach der Entscheidung des EGMR am 28. Mai 2009 ereignet hatten. Denn seit der Entscheidung konnten die nach altem Recht berufenen Erben nicht mehr auf ihr Erbe vertrauen. Für nicht eheliche Kinder, deren Väter bereits vor dem 29. Mai 2009 verstorben waren, musste es wegen des verfassungsrechtlich verankerten Rückwirkungsverbots grundsätzlich bei der früheren Rechtslage bleiben. Diese Benachteiligung wurde am 17. März 2013 vom Bundesverfassungsgericht in einem Urteil bestätigt.

Erneut war eine kleine Notiz zu lesen: *Erbanspruch doch fraglich???*

Verwirrend das Ganze. Erbt Rolf nun oder nicht? Aber dennoch hätte er sicher eine Chance, seinen Erbanspruch durchzusetzen. Wusste er überhaupt von seinem Vater? Ist ER etwa der Mörder? Und sein Motiv? Charlotte!!! Natürlich das Erbe! Mit einem DNA-Test lässt sich heute eine Vaterschaft feststellen. Wäre er dann laut Erbfolge Alleinerbe des billstedtschen Vermögens?

Frau Kaufmann wurde schläfrig und die Kirchturmuhr fernab schlug zwölf.

Charlotte, du solltest jetzt schlafen gehen! Morgen geht's wieder heim. Aber eine SMS an Rudi solltest du noch schreiben.

Hallo Rudi, die Unterkunft ist miserabel. Habe dir viel zu berichten. Wusstest du, dass der M. v. Billstedt einen außerehelichen Bruder hatte? Grüße Mutter

Prompt kam seine Antwort.

Gut! Hauptsache, ihr seid dort sicher. Nein, das ist mir neu. Gruß Rudi

12. Sonntag, 19. Oktober

Wohlbehalten landeten gegen Mittag des nächsten Tages die beiden Damen in Stuttgart, von wo sie gestartet waren, und Rudolf Hufnagel nahm sie auch sogleich in Empfang.

»Na, mein Junge,«, rief Frau Kaufmann ihrem Sohn im Flughafenfoyer von Weitem entgegen, als sie ihn herbeieilen sah, »das ist ja eine Überraschung. Woher wusstest du …?«

»Mutter, ich wäre nicht dein Sohn, wenn ich nicht wüsste, dass du immer zwischen zehn und elf zu reisen gedenkst. Weißt du noch, wie du Vater und mich ständig verrückt gemacht hast, wenn wir nicht zu dieser Zeit einen Zug oder ein Flugzeug in Richtung unseres Urlaubsortes bestiegen haben? Außerdem arbeite ich bei der Polizei, und dort ist es ein Leichtes, deinen Flug herauszufinden.«

Frau Kaufmann schmunzelte, drückte ihren Sohn an sich, dem es offensichtlich peinlich war, und sagte dann leise: »Na, vielleicht wird aus dir doch noch ein Kriminalist.« Dem folgte ein leichtes Schulterklopfen.

»*Mutter!*«, kam es ermahnend zurück. »So, nun kommt, mein Auto steht im Halteverbot.«

»Im Halteverbot? *Du?*«

Während der zweistündigen Autofahrt und mehreren sonntäglichen Staus erzählte Charlotte Kaufmann alle Details ihrer selbstverordneten Lesenacht.

»Wat, und dit haben Sie gestern alles gelesen, als ick schlief?«, bemerkte Maria Schulz zwischendurch. »Is ja ein Ding. Mir wäre dit auf die Ketten gegangen. Zu viel lesen schadet nur. Ick kiek dann doch lieber in die Glotze. Fernsehen bildet ja bekanntlich och.«

Die Seniorin meinte das tatsächlich ernst.

Mutter und Sohn erfreute jedoch ihre Bemerkung und sie brachen in schallendes Gelächter aus.

»Ist dit so lustig?« Maria fühlte sich nicht ernst genommen und starrte für den Rest der Fahrt aus dem Fenster.

Nachdem sie wohlbehalten im Seniorenheim angekommen waren, bat Rudi seine Mutter um das Beweismaterial und versprach, es noch am selben Tag zu sichten.

Zu Hause setzte sich Hufnagel auf sein grau meliertes Ecksofa, legte die Beine hoch und genoss sein nachmittägliches Bier, dem im Regelfall ein halbstündiges Nickerchen folgte. Doch an diesem Tag hatte er dafür keine Zeit, stattdessen studierte er ausgiebig seine mitgebrachte Lektüre.

Etwa nach einer Stunde kehrte seine Frau vom Spaziergang mit einer Freundin zurück. Sie zog die verdreckten Schuhe am Eingang aus, schlüpfte in ihre roten Hauslatschen, wusch die Hände und kam anschließend mit einem lauten »Hallo Schatz. Ach, du bist schon da? Ich dachte, du wolltest deiner Mutter noch etwas Gesellschaft leisten« ins Wohnzimmer geeilt.

Ihr Mann sah zu ihr hoch und rollte mit den Augen.

»Ne, lass mal gut sein, du kennst Mutter doch! Aber sie hat eine interessante Entdeckung gemacht. Kann dir leider nicht mehr sagen, laufende Ermittlungen und so. Muss noch ein bisschen arbeiten. Aus unserem Essen heute Abend wird wohl nichts, Christinchen. Wahrscheinlich muss ich sogar noch mal ins Präsidium.«

Frau Hufnagel bedachte ihren Mann mit einem Blick Marke *verschmähte Ehefrau* und wusste nicht, wie sie mit seiner Absage umgehen sollte. Normalerweise hatte er immer Zeit für sie und der Sonntag war ihm heilig.

»Schade«, antwortete sie tonlos. »Dann verschieben wir

das Essen eben auf nächste Woche, Schatz.«

Beleidigt vergrub sie sich für den Rest des Nachmittags bei Kaffee und Kuchen über ihren Illustrierten. *Schon wieder hat sich ein Promi getrennt. Was ist das nur für eine Zeit? Ach, und DIE bekommt auch noch einen Filmpreis? Blond. Großer Busen. Breites Lächeln. Und den richtigen Mann im Bett.*

Über ihren Gedanken blickte Frau Hufnagel immerzu auf und grübelte über die Absage ihres Mannes nach. Sie fühlte sich von ihm alleingelassen und ein paar Tränen rannen über ihre Wangen. *Ach, ist doch nur ein Essen. Ja, aber wo fängt es an und wo hört es auf?*

In diesem Moment vernahm sie das dumpfe Zuschlagen der Wohnungstür.

Wie? Ist Rudi jetzt gegangen, ohne mir Auf Wiedersehen zu sagen?

Empört stand Frau Hufnagel vom Küchenstuhl auf und sah nach dem Rechten.

»Rudi??? Ruuudi? Bist du noch da?«

Suchend sah sie sich um.

Jedoch eine Antwort blieb aus.

Was soll das denn? Seit wann gehen wir so miteinander um? »Also, nein. Wirklich, Rudi, so geht das nicht!«, schimpfte sie vor sich hin und kehrte mit gesenktem Kopf in die Küche zurück.

Rudi betrat sein Büro im Polizeirevier und war überrascht. Vor ihm, mitten im Raum, stand eine dieser modernen Glaswände, die die Kriminalpolizei für ihre Ermittlungen benötigte. Sie war bereits beschriftet.

»Was ist das denn? Wo kommt die denn jetzt her?«, wunderte er sich laut, setzte sich an den Schreibtisch und zog seine Schuhe aus.

Im selben Moment vernahm Rudi ein Rascheln an der

Tür. Kurz darauf stand seine Kollegin mit zwei Tassen in der Hand vor ihm.

»Na, Chef, Sie konnten wohl auch nicht schlafen?«, fragte Nadine kess und reichte ihm eine Tasse Kaffee.

Rudi nahm sie ihr ab und schielte hinunter zu seinen Socken. *Peinlich, hoffe, sie sieht es nicht. Und wenn ich Fußgeruch habe?*

»Schlafen? Wir haben Nachmittag!«

»Sollte ein Scherz sein«, sagte Nadine und setzte sich ihm mit einem Lächeln im Gesicht gegenüber.

Rudolf nickte ihr verdrossen zu.

»Mich lässt der Fall einfach nicht in Ruhe, Chef. Daher habe ich gestern noch mit den Kollegen aus Berlin gesprochen. Ihre Mutter hatte recht. Herr Wollschmidt wurde tatsächlich kaltblütig überfahren. Das dunkle Fahrzeug, vermutlich ein Wagen der Luxusklasse, erfasste den alten Mann absichtlich und schleuderte ihn zu Boden. Der Fahrer flüchtete anschließend von der Unfallstelle in nördliche Richtung. Aufgrund der aufgefundenen Fahrzeugteile am Unfallort weiß man inzwischen, dass es sich um ein Modell aus dem Baujahr 2013, 2014 handeln muss. Karsten Wollschmidt erlag noch am Unfallort seinen Verletzungen. Näheres ergibt die morgige Autopsie.«

»Gibt es Zeugen?«, fragte Hufnagel und wackelte mit seinem großen Zeh. *Ich sollte mir wieder die Schuhe anziehen.*

»Moment mal! Ja, es gibt wohl einen Zeugen.«

»Gut, dann notieren Sie das mal.« Er zeigte hinüber zur Glaswand und schlüpfte in seine Schuhe.

»Gefällt sie Ihnen?«, fragte seine junge Kollegin und erhob sich vom Stuhl. »Also, die olle Pinnwand war nun wirklich nicht mehr zeitgemäß.«

Hufnagel starrte sie fassungslos an, derweil Nadine mit einem schwarzen Filzstift zugange war und auf das Glas unterhalb des Namens *Max von Billstedt Karsten Wollschmidt* sowie ein Kreuz für *gestorben* hinzufügte und rechts daneben das Wort *Zeuge* schrieb.

»Mir hat sie gefallen«, nörgelte Hufnagel. »War doch gut so, wie es war. Immer diese neuen Errungenschaften.«

»Chef, das Leben ist nun einmal Veränderung!«, rief Nadine mit dem Rücken Hufnagel zugewandt.

»Jetzt kommen Sie mir bloß nicht mit diesem neumodischen Firlefanz!«

»Okay, okay« Nadine drehte sich um und setzte sich wieder an ihren Schreibtisch.

Hufnagel reichte Nadine einen Teil der Unterlagen, die seine Mutter in Berlin gefunden hatte, und bat sie, sich damit zu befassen.

Für einige Zeit herrschte gespannte Ruhe. Nur ab und zu sah man einander stumm an, um sich gleichfalls wieder in das Lesen zu vertiefen.

Nachdem eine geschlagene Stunde vergangen war und beide den einen oder anderen gelben Post-it für Erwähnenswertes an ihre PCs geklebt hatten, schob Nadine das von ihr studierte Material aus der roten Mappe über die Tischplatte. Inzwischen war sie auf einen, wie sie fand, erschreckenden Artikel gestoßen.

»Chef, hören Sie sich das mal an … Otto von Billstedt, der Firmengründer, hatte im Jahre 1944 mehr als fünfzig Prozent Zwangsarbeiter beschäftigt. Die meisten stammten aus Polen und der Sowjetunion. Über ein Drittel waren Frauen, von denen manche gemeinsam mit ihren Kindern verschleppt wurden. Ein Großteil der Zwangsarbeiter waren Kriegsgefangene sowie Häftlinge aus Konzentrationslagern. So haben sie also ihr Vermögen gemacht.« Nadine hielt inne, putzte sich die Nase und las weiter. »Die ausländischen Arbeitskräfte wurden streng überwacht und wohnten auf dem Firmengelände in zugigen Baracken oder in einer umgebauten Werkhalle. Aber jetzt kommt's! Jahrzehntelang verweigerten Regierungen und Unternehmen den ehemaligen Zwangsarbeiterinnen und Zwangsarbeitern eine Entschädigung. Ende 1990 erzwang der politische Druck aus den USA die Gründung der von Staat und Wirtschaft finanzierten Stiftung *Erinnerung, Verantwortung und Zukunft*. Erst jetzt erhielten die Zwangsarbeiter je nach Verfolgungsschicksal eine einmalige Zahlung.«

»Was waren das nur für Menschen? Und somit haben wir ein neues Motiv: *Hass!* Sowie eine Unzahl von möglichen Verdächtigen.« Hufnagel verzog das Gesicht.

»Ja, ist zum Haareraufen«, stimmte ihm Nadine zu. »Zumindest sind wir dem Familiengeheimnis etwas näher gerückt.«

»Bleiben wir doch im Heute! Was schlagen Sie vor?«

»Nun«, antwortete Nadine, »wenn ich ehrlich bin, ist mir das ein wenig *to much*. All das liegt über siebzig Jahre zurück. Warum gerade jetzt der Mord? Und warum ausgerechnet Max von Billstedt? Der hatte doch nun wirklich nichts damit zu tun … ne, ne, ich vermute den Täter oder die Täterin eher im unmittelbaren Umfeld der Familie. Überlegen Sie doch mal. Warum wurde ausgerechnet Karsten Wollschmidt ermordet? War nicht er derjenige, der fast alles über die Billstedts wusste? Ich bin sicher, dass unser Mörder an diese«, sie tippte mit dem Zeigefingernagel auf den Papierausdruck vor sich, »Unterlagen wollte. Deshalb nehme ich den ominösen Halbbruder Rolf mal unter die Lupe. Wenn mich mein krimineller Instinkt nicht völlig verlassen hat, lebt der noch in Berlin.«

»Gute Arbeit, Kollegin, so langsam werde ich mit dem Thema warm, und mein Bauchgefühl sagt mir das Gleiche.«

»Aber, Herr Kollege! *Gefühle passen doch nicht in unseren Beruf*, sagt Kaltbrunn immer.« Nadine lächelte überheblich.

Hufnagel sah sie entgeistert an.

»Was schert mich ein kranker Leiter der Mordkommission? Das ist unser Fall!«, antwortete er mit abwehrender Handbewegung. »Wie geht's ihm eigentlich?«

»Der liegt wohl noch im Krankenhaus und kommt so schnell nicht wieder raus, meinen die Kollegen.«

Hufnagel lehnte sich gegen seine Stuhllehne, verschränkte die Hände über seinem dicklichen Bauch und blickte nachdenklich zur Glastafel.

»So, so. Wissen Sie, Frau Andres, wen wir völlig außer Acht gelassen haben?«, fragte Hufnagel und schwieg erwartungsvoll mit Blick zu ihr.

Nadine wusste nicht, worauf er hinauswollte. »Keine Ahnung. Sagen Sie's mir!«

»Die Ehefrau des Ermordeten, Erika von Billstedt, sie wird nirgends erwähnt. Er war doch verheiratet, oder?«

»Habe ich alles schon recherchiert, Chef. Ja, er war verheiratet, ist aber seit 1990 geschieden. Seine Ex hat fünf Jahre später wieder geheiratet und lebt jetzt in Boston. Zur Tatzeit war sie im Urlaub auf den Philippinen. Hab ihr Alibi schon überprüft. Sie scheidet als Mörderin aus. Ich habe mit ihr telefoniert, und mir schien es, dass sie der Tod ihres Exmannes nicht sonderlich beeindruckt hat. Wissen Sie, die beiden führten anscheinend nur eine Ehe auf Papier. Jeder ging seiner eigenen Wege. Er bevorzugte Nutten und sie Liebhaber … Na ja, jeder, wie er's mag.«

Nadine blickte zur Uhr und wunderte sich, warum ihr Freund Marcel sie nicht bereits mit einer frechen WhatsApp belästigt hatte. Erst vorhin hatten die beiden mal wieder Stress gehabt, weil Nadine ins Präsidium wollte. »Chef, ich muss los! Lassen Sie uns morgen weitermachen. Ich befürchte, sonst gibt's daheim erneut Ärger.«

Als Hufnagel gegen Abend seine Wohnungstür öffnete,

kam ihm laute Musik, untermalt von einer Frauenstimme in falscher Tonlage, entgegen. Sein erster Gedanke galt einem Fest, von dem er nichts wusste oder gar überrascht werden sollte. Doch dem war nicht so. Im Wohnzimmer tanzte seine Frau mit einem Glas Rotwein in der Hand zu rockiger Musik.

Sie bemerkte ihn nicht.

Aufmerksam betrachtete Rudi seine Frau und bedeckte ihre weiblichen Rundungen mit seinen Blicken. Noch immer liebte er sie wie am ersten Tag.

Als Christine ihn im Türrahmen stehen sah, erschrak sie und ging torkelnd auf ihn zu.

»Rudiii …«, lallte sie, »… du bist schon da? Ich dachte, du kkommst heuttee nicht mehrrrr.«

»Na, meine Liebe«, lächelte er ihr wohlwollend zu, »da hast du wohl etwas über den Durst getrunken«, nahm ihr das Glas ab und stellte es auf den Couchtisch. Sodann umarmte er seine Frau und drückte sie an sich.

»Rudiii, ich war sooo alleine«, schluchzte sie. »Einfach gehen ist nicht faaair! Weißt du, sssseit Daniela so oft fort ist, fühle ich mich in der großen Woooohnung einsam. Sie fehlt mir. Früher waaaren wir eine Faaamilie. Heute maaaacht jeder seins.« Dann brach sie in Tränen aus.

»Schatz«, meinte Hufnagel, »sie fehlt mir auch. Das ist der Lauf der Zeit. Die Kinder werden flügge und gehen ihre eigenen Wege. Unsere Tochter macht eine Lehre als Hotelkauffrau, so, wie sie das immer wollte, und jetzt kommt sie in der Welt herum. Das ist doch toll.« Plötzlich wurde ihm der Satz seiner Kollegin erst so richtig bewusst. Ja, und es stimmte. Das Leben ist Veränderung, egal, ob man sie will oder nicht.

Den restlichen Abend kuschelten sich die Eheleute auf ihrem gemütlichen Sofa aneinander und sahen sich im Ersten einen *Tatort* an.

Nachdem Christine während des Films in den Armen ihres Mannes eingeschlafen war, gönnte sich Rudi noch einige Zeit zum Nachdenken. Er liebte diese Momente der seelischen Erholung. Sie verliehen ihm Kraft und ließen ihn die nächsten Schritte planen.

***

Für Nadine ging dieser Sonntagabend keineswegs wundervoll zu Ende.

Als die junge Frau die Wohnung ihres Freundes Marcel betrat, drang lautes lustvolles Stöhnen aus dessen Schlafzimmer. Sie hatte so eine Ahnung und ging schnurstracks Richtung Gewissheit. Die Tür zum Schlafzimmer war nur angelehnt.

Nadine starrte hinein. Sie schluckte. Schmerz ballte sich wie eine Faust in ihrem Magen.

Vor ihr wälzten sich zwei nackte Körper im Gleichklang der sexuellen Erregung, und sie wusste, dass der weibliche Part nicht der ihre war und der männliche Marcel gehörte.

Wie angewurzelt blieb sie stehen und fühlte ihre Beine in den Boden gleiten. Ihr wurde heiß, der Kopf rot wie eine Tomate und der Magen schmerzte auf das Unerträglichste. *Raus hier! Nur raus hier!*

Sie wollte schreien. Laut. Aber es ging nicht. Sie blieb stumm. Alles um sie herum drehte sich. *Ich muss weg! Einfach nur weg! Wie kann er mir das antun? Vögelt einfach eine andere.*

Als würde sie jemand tragen, besann sie sich, drehte auf der Stelle um und lief, als wäre man hinter ihr her, aus der Wohnung.

Ihre Füße flogen nur so über die Treppenstufen nach unten.

Raus auf die Straße! Sie brauchte Luft, viel Luft.

Sie lief und lief und wusste nicht wohin. Sie lief einfach weiter und weiter. Endlich, irgendwann kamen ihre Erinnerungen zurück, und ihr Verstand schien wieder einzusetzen. Nadine blieb stehen, sah sich um und befand sich mitten auf der Marktstätte von Konstanz. Sie hatte Hunger, großen Hunger und beschloss, ihren Lieblingstürken aufzusuchen. Sie brauchte wieder klaren Verstand.

Wieder zu Hause angekommen, deckte sich Nadine voller Enttäuschung und Wut bis zur Nasenspitze zu und grübelte noch eine Weile, bis der Schlaf sie endlich zu sich holte und sie alles, zumindest für ein paar Stunden, vergessen ließ.

In dieser Nacht setzten die typischen Herbststürme ihre persönlichen Noten. Bäume wurden umgerissen und der Regen prasselte laut an ihr Fenster.

Ab und zu erwachte Nadine und schlief kurz darauf wieder ein. Zum Glück wohnte sie hier nicht alleine und war froh, eine Wohngemeinschaft als ihre neue Lebensform gewählt zu haben.

***

Am darauffolgenden Montag im Flughafenfoyer von Berlin-Tegel

Wie ihrem Chef bereits angekündigt, beschloss Nadine, nach Berlin zu fliegen und den unehelichen Sohn von Heinrich von Billstedt, Rolf, zu befragen.

Schlimm genug, was sich am Vortag zwischen ihr und Marcel ereignet hatte. Aber dann noch einen Montagmorgen in Berlin zu erleben, und das mit verheulten Augen, war für sie das Letzte. *Hätte gar nicht erst aus Berlin verschwinden müssen, wenn ich ständig hierher muss. Und überall die gleiche Scheiße. Gibt es da draußen keinen anständigen*

Kerl?

Mit dem Mantel über dem Arm lief sie rasch in die nächstbeste Toilette und kramte ihren kleinen Notfallkoffer in Form eines Etuis aus ihrem Lederrucksack heraus. Nadine hatte an alles gedacht: Pinzette, Make-up, Lippenstift, Wimperntusche sowie ein paar Tampons für alle Fälle.

Hastig verteilte sie das Make-up über ihr Gesicht, betonte die Lippen mit einem dezenten Rosé-Ton und leckte mit der Zunge darüber. Ein Spritzer aus dem winzigen Probierflakon brachte sie wieder in bessere Stimmung.

Taxi oder Bus? Ich bin schon lange nicht mehr Bus gefahren und außerdem hält er hier.

Nadine bestieg den Expressbus TXL, der im Zehn-Minuten-Takt pendelte. Sie genoss die vierzig Minuten Sightseeing über den Hauptbahnhof, zum Brandenburger Tor, der Straße Unter den Linden, bis hin zur Friedrichstraße mit Endstation Alexanderplatz. All das für zwei Euro siebzig. Darüber hinaus beendete sie per Handy die Beziehung mit Marcel und schickte ihn zum Teufel.

Kannst bleiben, wo der Pfeffer wächst! Mit uns ist es aus!

Im Anschluss stieg sie erleichtert aus dem Bus und fühlte sich mit ihrer Entscheidung gut.

Sie ließ sich etwas Zeit und schlenderte über den Alexanderplatz, vorbei an der Weltzeituhr in Richtung Berliner Rathaus, in dessen Nähe angeblich der vermeintliche Halbbruder des Ermordeten wohnte. Tatsächlich, in der Rathausstraße sieben, einem Hochhaus aus DDR-Zeiten, wurde Nadine fündig. An der riesigen, silberfarbenen Klingeltafel entdeckte sie unter einer Vielzahl von Namensschildern *Rolf Schmitz*.

Sie klingelte. Nichts. Sie klingelte erneut. Wieder nichts.

Im selben Moment tat sich die Glastür auf. Ein kräftiger

Mann in Lederjacke, Glatze und Ohrringen sowie einer Tätowierung am Hals öffnete die Tür. Mit bösem Blick fixierte er die junge Frau und warf ihr ein überhebliches Grinsen zu.

Mit Unbehagen erwiderte Nadine sein Lächeln und schlüpfte durch den Spalt der Tür, bevor diese wieder ins Schloss fiel.

Im Hausflur roch es unangenehm nach Getier. Nadine rümpfte die Nase. Sie ging zum Fahrstuhl, der voller Graffiti war, und sprach sich leise Mut zu: »Ich muss das schaffen, ich muss das schaffen!« Als sie jedoch den winzigen Fahrstuhl betreten wollte, bekam sie Herzrasen. Gegen ihre Klaustrophobie kam sie einfach nicht an. Daher ging sie die Treppen hinauf und kam schnaufend in der elften Etage an.

Vor ihr erstreckte sich ein langer, schmaler und dunkler Flur. Sie lief die Türen ab und stoppte vor der Wohnung mit der Nummer 1 1 1 4. Im selben Moment ging die Wohnungstür auf und ein dunkelhäutiger Junge von etwa zehn Jahren in Jeans und roter Sweatjacke kam lächelnd hinaus.

»Hey«, begrüßte er Nadine freundlich und zeigte seine strahlend weißen Zähne.

Überrascht wich sie einen Schritt zurück, blickte kurz dem Jungen nach, bis er um die Ecke gebogen war, und sah zur Tür.

»Guten Tag?«, fragte ein groß gewachsener Mann mit grau meliertem Stoppelhaar Nadine – er stand hinter der Tür, aus der der freundliche Junge gekommen war. »Kann ich Ihnen helfen? Wollten Sie etwa zu mir?«

Nadine nickte stumm.

»Worum geht's denn?«, erwiderte er gelassen und hielt die Wohnungstür mit der linken Hand offen.

Nadine kramte in ihrer Jackentasche, zog ihren Polizeiausweis heraus und hielt ihn mit durchgestrecktem

Arm dem Mann vor die Augen.

»Polizei? Was habe ich denn ausgefressen?«, hinterfragte er spaßig. »Aus Konstanz. Schöne Stadt am Bodensee. Würde ich auch gerne mal sehen. Na, dann kommen Sie mal rein.«

Die junge Frau betrat die Wohnung und war überrascht von der Ordnung, die hier herrschte. Darüber hinaus besaß Herr Schmitz ein ausgeprägtes ästhetisches Empfindungsvermögen; er bevorzugte warme Farben.

Nadine sah zwei gemütliche Sofas, Savannen-Bilder und eine riesige Regalwand voller Bücher. *Alles sehr geschmackvoll.*

»Nehmen Sie doch bitte Platz.« Herr Schmitz deutete auf das Zweiersofa rechts von sich.

Nadine setzte sich auf eine kleine dunkelbraune Stoffcouch. Nachdem sie sich einen kurzen Überblick verschafft hatte, verweilte ihr Blick auf Rolf Schmitz, der sich links von ihr auf der größeren Couch niedergelassen hatte.

»Nun, dann schießen Sie mal los! Warum möchten Sie mich denn sprechen?«, fragte er noch einmal freundlich.

»Ist Ihnen der Name Billstedt bekannt?«, erkundigte sich Nadine und besah sich Herrn Schmitz genauer. Sie entdeckte ein Grübchen am Kinn.

Mit nachdenklichem Gesicht beugte sich Schmitz der jungen Frau entgegen.

»Billstedt? Billstedt? Billstedt! Kennen wäre wohl zu viel gesagt. Ich erinnere mich, dass meine Mutter diesen Namen manchmal erwähnt hat. Aber das liegt lange zurück.«

»Sagt Ihnen der Name Max von Billstedt etwas?«

»Nein, nie gehört«, antwortete er mit klarer Stimme.

»Er wurde ermordet.«

»Ermordet? Das ist ja schrecklich! Bislang bin ich noch nie mit diesem Thema konfrontiert worden. Wie kann *ich* Ihnen dabei helfen?«

»Wo waren Sie am zwölften Oktober zwischen zwölf und siebzehn Uhr?«

Schmitz stand auf und wirkte nervös.

»Nun, das lässt sich schnell sagen. Einen Moment bitte, ich sehe in meinem Kalender nach.«

Schmitz ging in die Küche, ließ Nadine für fünf Minuten alleine zurück und tippte hastig eine Nachricht in sein Handy.

Habe Geburtstag. Erbitte Blumenlieferung!

Kurz darauf gesellte er sich wieder zu Nadine.

»Am Zwölften, sagten Sie?«, fragte er mit in Falten gelegter Stirn. Er strich mit dem Finger über sein Handy und suchte nach besagtem Tag. »Ach, hier! Am Zwölften hielt ich von eins bis drei einen Vortrag an der Volkshochschule Prenzlauer Berg.«

»Sie waren also in Berlin?«

»Ja, wo denn sonst? Bin schon seit Jahren nicht mehr fort gewesen. Wissen Sie, wenn man wie ich von Hartz IV lebt, lassen sich keine großen Sprünge mehr machen. Hier und da ein Vortrag an der VHS oder Nachhilfe für Flüchtlingskinder, wie dem kleinen Salim, halten mich über Wasser.«

»Salim, der Junge von gerade eben?«, grübelte Nadine laut und sah kurz Richtung Wohnungstür.

»Ganz recht, *Salim* bedeutet friedlich, und glauben Sie mir, das ist er auch. Ein guter Junge, er braucht noch etwas Starthilfe, aber dann wird's schon.«

Im selben Moment vibrierte sein Handy und er las kurz die Nachricht.

»Sie geben Deutschunterricht und leben von Hartz IV? Das passt doch nicht zusammen«, stellte Nadine verwundert fest und sah Schmitz durchbohrend an.

Schmitz fühlte sich durch ihre Fragerei wohl auf die Füße getreten und antwortete gereizt: »Ja, das stimmt! Aber wenn Sie Deutsch- und Geschichtslehrer in der ehemaligen DDR waren, stellt sie keine Schule mehr ein. Zumindest nicht mehr nach der Wende. Wissen Sie, wie oft ich mich beworben habe? Hunderte Male! Mich will keiner mehr, ich bin weg vom Fenster.«

Nadine senkte den Kopf und versuchte, das Gespräch in eine andere Richtung zu lenken. *Naja das kenn ich anders. Ich las diese Lehrer wurden übernommen.*

»Demnach waren Sie am Mordtag nicht in Konstanz?«

»Wo denken Sie hin, junge Frau? Überprüfen Sie das ruhig. Aber vielleicht könnten Sie mich etwas über den Herrn aufklären, wenn es nicht Ihre Ermittlungen behindert.«

»Mhm, ja, warum eigentlich nicht. Also dieser Max von Billstedt war, wie es aussieht, Ihr Halbbruder.«

»Mein Halbbruuuuder?«, zog Herr Schmitz seine Frage in die Länge. »Nein, ich hatte nie einen Bruder, davon wüsste ich.«

»Wissen Sie etwas über Ihren Vater?«

»Mein Vater? Wieso diese Frage? Nun, soviel ich weiß, war er Gärtner in einem gutbürgerlichen Haus und verstarb irgendwann in den Sechzigern. Meine Mutter hat nie viel über ihn erzählt. Aber sie liebte ihn, das habe ich immer gespürt«, er machte eine kurze Pause und fügte an: »Sie nahm sich kurz nach meinem achtzehnten Geburtstag mit Schlaftabletten das Leben. Wahrscheinlich hat sie bis zu meiner Volljährigkeit nur darauf gewartet. War nicht einfach das Ganze, glauben Sie mir. Das ist lange her, Schwamm drüber. Ich habe sie immer sehr gemocht, aber sie blieb mir Zeit meines Lebens fremd. Sie war sehr verschlossen, müssen Sie wissen.«

Sie schlug die Beine übereinander und spürte förmlich, wie seine Gedanken in die Vergangenheit schweiften.

»Nein«, klärte Nadine ihn auf, »er war kein Gärtner,

sondern der Hausherr selbst. Heinrich von Billstedt war Ihr Vater!«

»Der Name sagt mir gar nichts. Ein Adliger?« Er schüttelte den Kopf. »Schon komisch, mein ganzes Leben habe ich diese Menschen belächelt. Und jetzt soll einer von denen mein Vater gewesen sein? … Dazu sagt man dann wohl *Ironie des Schicksals*.«

»Ganz recht. Vielleicht sagt Ihnen ja der Name Westhagen etwas.«

»Westhagen, na klar! Deutscher Konzern. Kennt wohl jeder. Auch wir im Osten sind nicht dumm.«

»Sorry, ich wollte Sie nicht beleidigen. Also, die Westhagen- und Billstedt-Konzerne sind vor Jahrzehnten zu einer Aktiengesellschaft verschmolzen.«

»Wie??? Wollen Sie damit sagen, dass ich …?«, hinterfragte er mit gedämpfter Stimme, und ein dünner Schweißfilm legte sich über seine Stirn.

»… ja, ich denke schon. Ich glaube, Sie sind jetzt ein wohlhabender Mann«, lächelte sie ihn an, und ein Gefühl von Gerechtigkeit machte sich in ihr breit. *Endlich trifft das Schicksal mal den Richtigen.*

Für Nadine war es Zeit, zu gehen. Wieder einmal war es ein starkes Hungergefühl, das sie die Ermittlungsarbeit abrupt beenden ließ. Für sie gab es nichts Schlimmeres als einen knurrenden Magen.

»Ich glaube, Herr Schmitz, für heute habe ich Ihr Leben ganz schön durcheinandergebracht.« Sie sah in das Gesicht eines irritiert wirkenden Mannes. »Sie werden sicher einiges sortieren wollen. Ich gebe Ihnen auf alle Fälle mal meine Karte. Falls Ihnen noch etwas einfällt, rufen Sie mich bitte an!«

13. Montag, 20. Oktober

Nachdem Nadine das Haus verlassen hatte, öffnete sich die Tür von Rolf Schmitz' Wohnung. Er betrat den Hausflur, rief den Fahrstuhl und ging kurz darauf zu seinem Briefkasten, der wie alle anderen direkt hinter der gläsernen Eingangstür an der Wand befestigt war. Schmitz öffnete ihn und entnahm einen braunen, fest verschlossenen Umschlag ohne Adresse oder Hinweis auf den Absender. Er tastete über das Papier und schien zufrieden. Doch ein schneller Blick zur Straße ließ ihn zusammenzucken.

Genau vor ihm, keine fünf Meter von ihm entfernt, stand eine schwarze Limousine mit abgedunkelten Scheiben, in der die junge Polizistin ungewöhnlich rasch verschwand.

Schmitz überkam ein ungutes Gefühl und überlegte: *Ist sie jetzt freiwillig eingestiegen oder hat jemand nachgeholfen?* Aus dem Inneren des Autos heraus hatte eine Männerhand das Mädchen gepackt, mehr hatte er nicht gesehen. *Was mache ich denn jetzt? Mist, ich sollte die Polizei rufen! Ach was! Sie wird schon wissen, was sie tut. Die junge Frau ist doch Polizistin.*

Dann verschwand er wieder im Fahrstuhl und fuhr in die elfte Etage.

***

Zur selben Zeit im Auto

»Was soll das? Was wollen Sie von mir?«, beschimpfte Nadine den Mann neben sich und betrachtete ihn genauer. Mit seinem Nadelstreifenanzug, den dunkelbraunen Budapester Schuhen, vermutlich maßgefertigt und handgenäht, dem rabenschwarzen, glatt nach hinten gekämmten Haar und der angenehm männlich-frischen Aftershave-Note wirkte er überaus modisch und nahezu elegant. Ein typischer Macho, dem Nadine normalerweise auch sofort erlegen wäre, wenn sie ihn unter anderen Umständen kennengelernt hätte.

»Können Sie sich das nicht denken?« Seine Stimme klang sonor. »Ach, wie dumm! Ich habe mich noch gar nicht vorgestellt. Mein Name ist Christoph, aber meine Freunde sagen nur Chris zu mir.«

Nadine musterte ihn genau und bemerkte, wie sich seine Wangenknochen dezent auf und ab bewegten. Eigentlich liebte sie dieses sanfte Spiel bei einem Mann. Nur bei diesem Kerl nicht.

»Und Ihre Feinde, was sagen die zu Ihnen?«, konterte Nadine herausfordernd. Aus ihrem Gesicht sprach die Angst. Ihre Augen zuckten hin und her. Sie begann zu schwitzen. *Vorsicht! Bleib wachsam, lass dir nichts anmerken! Zeig dem bloß keine Furcht!*

»Ganz schön kess, meine Liebe«, sagte er spöttisch. »Sie gefallen mir. Unter besseren Voraussetzungen würde ich Sie gerne mal flachlegen.« Gleichzeitig packte er ihr linkes Handgelenk und drückte es derart fest, dass Nadine laut aufschrie.

»Autsch! Das tut weh!« Sie spürte Hitze in sich hochsteigen und suchte seinen Blick, der dem ihren standhielt. »Was um Himmels willen wollen Sie von mir?«, sagte sie unter Schmerzen und machte ein wutverzerrtes Gesicht.

»Die Akte. Ich will die Akte!«, antwortete er bestimmend und sah sie mit kleinen, hasserfüllten Augen an.

Nadine wusste sofort, dass er nicht der Typ Mann war, der nur drohte, sondern es gewohnt war, seinen Forderungen Nachdruck zu verleihen.

»Welche Akte? Ich besitze keine Akte, Sie müssen mich verwechseln«, antwortete sie in süßlicher Tonlage und versuchte, Zeit zu schinden.

Der Fremde beugte sich zum Fahrer vor und tippte ihm auf die Schulter. »Fahr los!« Erneut drückte er Nadines Handgelenk. »Gut, dann werden wir sie dir eben herausprügeln. Ich nehme an, du stehst auf kleine Masospiele?«

Ne, du Idiot! Darauf stehe ich gar nicht. »Wie kommen Sie eigentlich auf mich?«, fragte Nadine mit wachsweichen Knien und spürte Röte ihren Kopf hinaufschießen.

Der Fremde räusperte sich.

»Nun, Mäuse fängt man bekanntlich mit Speck. Und der Idiot von Schmitz weiß nicht einmal, wer er ist.« Dabei lachte er mit gehaltvoller Stimme. »Ich habe dem Einfaltspinsel einfach gesagt, er solle sich bei mir melden, sobald sich jemand nach seiner Vergangenheit erkundigt. Er bekäme dann zehntausend Euro geschenkt. Steuerfrei versteht sich. Der ist doch auf jeden Euro angewiesen.« Christoph lächelte schadenfroh.

Jetzt wurde Nadine einiges klar und sie konnte eins und eins zusammenzählen. *Dann war die Nachricht für Schmitz vorhin von diesem Mistkerl.*

Ein rascher Blick aus dem Fenster verriet ihr, wo sie waren. Gerade passierten sie die Friedrichstraße, die nur so von Menschen wimmelte.

Die Ampeln standen auf Rot und s*top and go!* war die Devise der Straße. Das Auto kam nur noch langsam voran.

Nichts wie weg! Raus hier! Das ist deine Chance! Nadine holte tief Luft, schielte zum Fahrer, der angestrengt auf die Ampel blickte, und dann zu Christoph, der nervös aus dem Fenster starrte und noch immer ihre Hand festhielt. Ohne dass die beiden es mitbekamen, umfasste sie vorsichtig mit der rechten Hand den Türgriff und öffnete in Windeseile die Wagentür. Erneut schnappte sie nach Luft. *Jetzt, raus!* Sie zitterte vor Angst.

Geistesgegenwärtig riss Nadine sich aus der Umklammerung der Hand und sprang schließlich auf den Gehweg. Sie fiel zu Boden, stand sofort wieder auf und rannte davon. *Renne, renne um dein Leben! Renne!*

Noch im selben Moment bemerkte der Fremde ihren Verlust. Wütend schrie er seinen Fahrer an: »Mist, lauf ihr nach! Wir brauchen die Akte. Komm nicht ohne sie zurück. Sonst, gnade dir Gott!«

Der Fahrer, ein junger, muskelbepackter Kerl, kaum älter als zwanzig, verließ, ohne die Tür zu schließen, das Auto. Mit seiner schäbigen Lederjacke, den Jeans und Turnschuhen verkörperte er eher das Bild eines Ganoven als sein stilsicherer Chef.

Nach etwa fünf Minuten hatte er sie fast eingeholt, derweil Nadine in ihrer Hast die Leute geradewegs beiseitestieß. Einige schrien die junge Frau empört an. Andere fielen auf den Asphalt.

»Sorry, das wollte ich nicht, bin von der Polizei!«, rief sie einer jugendlich wirkenden Endvierzigerin erschrocken zu, die ihretwegen gegen eine Laterne geflogen war und ihre Papiertüte hatte fallen lassen. Der Inhalt der Tüte, rote Äpfel, lag zerstreut auf dem Asphalt.

Im Laufschritt lief Nadine davon und ihr Widersacher hinterher. Genau wie sie rempelte er die Passantin um, welche ein zweites Mal niedergestreckt wurde.

Die Oktobersonne an jenem Montagnachmittag präsentierte Berlin geschäftig wie eh und je. Inzwischen hatte die Rushhour eingesetzt und die Straßen füllten sich mit Menschen aus den nahe gelegenen Banken, Versicherungen und angrenzenden gläsernen Bürogebäuden der mondänen Stadt.

Keuchend erreichte Nadine schließlich die U-Bahn-Haltestelle Friedrichstraße.

Zwei Stufen auf einmal nehmend, hastete sie das

Bahnhofsgebäude hinab, immer mit einem Schulterblick nach hinten. *Mist! Der ist immer noch da.*

Noch war der junge Mann dicht hinter ihr und die Blicke der beiden trafen sich für kurze Zeit in der Menschenmenge. Sie waren voller Hass, geschürt von Panik und Angst.

Im U-Bahnhof kam der Kerl Nadine bedrohlich nahe. Er packte ihren linken Arm und war gerade dabei, ihr den Rucksack, den sie die ganze Zeit nicht aus den Augen gelassen hatte, zu entreißen.

Doch Nadine war schneller. Sie ballte ihre rechte Hand zur Faust, verlagerte das Gewicht und verpasste ihm einen geraden Fauststoß gegen sein Kinn.

Taumelnd fiel er zu Boden.

Tja, mein Lieber, haben sich meine Karatestunden doch gelohnt.

Wenige Sekunden vorher war eine U-Bahn eingefahren, hatte gehalten und war im Begriff, wieder loszufahren.

Nadine zögerte nicht. Die rettende Tür vor sich, zog sie sie mit aller Kraft, die ihr geblieben war, auf, sprang in den Waggon und sah in das Gesicht eines vermutlich fluchenden jungen Mannes. Seine Worte konnte sie nicht mehr verstehen.

In der U-Bahn spendeten ihr ein paar Mitfahrerinnen gebührenden Applaus.

»Toll, junge Frau! Dem haben Sie's aber gezeigt! Mensch, das hätte ich auch lernen müssen«, pflichtete ihr eine Frau mittleren Alters, mit kleinem schwarz-braunen Dackel auf dem Schoß, bei.

Nadine fühlte sich geschmeichelt und warf erneut einen Blick auf den vorbeiziehenden U-Bahnsteig.

Erneut kreuzten sich die Blicke von Verfolgter und Verfolger, der inzwischen wieder auf den Beinen war und dem Zug noch eine Weile nachsah, bis er gänzlich im Tunnel des

Berliner U-Bahn-Systems verschwunden war.

Mit Wucht ließ Nadine sich auf das grau-grün gemusterte Polster der U-Bahn fallen, streckte die Beine aus und schnaufte laut pustend durch. Danach vergewisserte sie sich, ob sich noch alles in ihrem Rucksack befand. Alles war in Ordnung. *Was waren das nur für Typen? Und warum dieses Interesse an der Akte, die ohnehin in Konstanz liegt? Ich muss irgendetwas übersehen haben.*

Die U-Bahn-Haltestellen rasten an Nadine nur so vorüber.

Nach etwa zehn Minuten wurde ihr bewusst, dass sie gar nicht wusste, wohin sie eigentlich wollte. Zerstreut erhob sie sich von der Sitzbank, warf ihren Rucksack über die Schulter und ging zur Tür. Mit der Hand um die Haltestange versuchte sie, sich kopfüber am U-Bahn-Plan zu orientieren.

»Kann ich dir behilflich sein?«, fragte sie ein junger Mann mit Rastazöpfen und Kopftuch. Links am Hals hatte er ein tätowiertes Kreuz, trug Springerstiefel und dazu eine schwarze Hose.

Überrascht zuckte Nadine zusammen. Als sie sich den Mann näher besah, fand sie ihn geradezu befremdlich. Für sie passten weder Stimme noch Aussehen zueinander.

»Ne, ne lass mal. Hab mich irgendwie verfahren, wollte eigentlich zum Flughafen, aber habe wohl die falsche Bahn erwischt.«

»Wie, falsche Bahn? Wohin willst du denn?«, fragte er hartnäckig weiter.

»Stuttgart. Ich muss nach Stuttgart«, wiederholte sie und schien verwirrt.

»Coole Sache, übrigens vorhin. Bist wohl von der Polizei oder gar dem SEK?«

»Quatsch, hast wohl zu viele Krimis gesehen«, tat Nadine die Sache empört ab. »Der Kerl wollte mich überfallen. Die Handgriffe lernt man bei einem Frauenselbstverteidigungskurs.« Sie schien genervt und hatte keine Lust, sich von irgendeinem langhaarigen Zottel ausfragen zu lassen.

Nadine sah auf ihre anthrazitfarbene Sportuhr und suchte nach einer Möglichkeit, den lästigen Fragen zu entkommen.

»Mist, den Flieger kann ich wohl vergessen!«, schimpfte sie. »Ich muss jetzt raus. Mach's gut!«

Die U-Bahn hielt am Bahnhof Kurt-Schumacher-Platz.

Nadine stieg aus und lief zum Ausgang, als sie dicht hinter sich den Mann mit den Rastazöpfen bemerkte.

»Verfolgst du mich jetzt?«, rief sie ihm von der Seite zu.

»Nein, natürlich nicht. Du bist schon richtig. Musst nur noch mit dem Bus weiter fahren.«

»O Mann! Echt? Sag bloß, dann käme Tegel!«

»Was denn sonst?«

Nadine verzog das Gesicht und machte eine Schnute.

»Ich dumme Nuss verwechsle Tegel und Tempelhof immer. Genau wie rechts und links. Irgendwie stehe ich mit den Flughäfen auf Kriegsfuß. Danke! Dann nehme ich halt den Bus.«

»Weißt du was? Ich bringe dich zum Flieger. Hab heute eh frei. Und *Jeden Tag eine gute Tat* macht bekanntlich glücklich.«

Nadine fand seine Bemerkung durchaus positiv und kaufte am Pressekiosk eine Tageszeitung.

Während die beiden auf den Bus warteten, blätterte sie die Zeitung durch. Auf Seite zwei entdeckte sie unter der Rubrik Aktienmarkt einen kleinen Artikel, der über die mangelhafte Liquidität der Westhagen AG berichtete. Der Verfasser äußerte sich hier kritisch über den Fortbestand des Konzerns und warnte die Anleger vor einer möglichen Insolvenz. *Insolvenz? Womöglich verschleppte Insolvenz? Das ist eine Straftat.*

Nadine faltete die Zeitung zusammen und klemmte sie sich kurzerhand unter den Arm. Der Bus hielt an und die Leute stiegen ein.

»Na, bist du jetzt klüger?«

»Geht so«, antwortete sie resigniert und wünschte sich nach diesem anstrengenden Tag nur noch ins Bett. Noch immer war sie in ihrem Mordfall kein Stück weitergekommen und tappte im Dunkeln. Für sich selbst fasste sie gedanklich die bisherigen Ergebnisse noch einmal zusammen und hoffte damit, etwas ruhiger an diesem Abend einschlafen zu können.

Die Alibis der Kinder des Mordopfers, Max von Billstedt, hatten sich als richtig erwiesen.

Der Stromausfall in Konstanz, der große Teile der Stadt lahmgelegt hatte, entsprang einem technischen Defekt aufgrund von Kabelfehlern zweier Kabelstränge in zwei unterschiedlichen Teilnetzen. So stand es in einer Pressemitteilung der Stadtwerke Konstanz am Tag nach dem Mord. Zwischen 12.23 Uhr und 15.15 Uhr war die Stadt gänzlich ohne Strom gewesen. Somit hatten auch das Telefon und die Schließanlage der Zimmertüren im Hotel Halm nicht funktioniert.

Auch die Exfrau des Getöteten hatte ein hieb- und stichfestes Alibi und weilte zur Tatzeit auf den Philippinen. All das hatte man längst überprüft. Blieb nur noch, das Alibi von Rolf Schmitz, dem Halbbruder von Max, zu durchleuchten. Für Nadine schien die Aussage von Herrn Schmitz als durchaus glaubwürdig, wusste er zum Tatzeitpunkt doch noch nicht einmal von seinem beachtlichen Erbe.

Was habe ich übersehen? Was nur? Etwa die Insolvenz? Nadine zermarterte sich das Hirn.

»He, du nachdenkliches Wesen, der Bus ist gleich wieder weg«, holte sie die Stimme ihres Begleiters aus ihren Gedanken. Wortlos folgte sie ihm in den Bus.

***

Wenig später in der Flughafenhalle Tegel

»Könnte ich mein Ticket auf eine spätere Maschine umbuchen lassen?«, erkundigte sich Nadine bei der Dame hinter dem Schalter.

»Kleinen Moment bitte, ich sehe mal nach«, hörte sie die freundliche Blondine sagen. »Tut mir leid, die Maschine ist vollkommen ausgebucht. Es ist die letzte Abendmaschine nach Stuttgart.«

»Waaasss, die letzte?«, brummte Nadine. »Und wann geht die nächste?«

»Morgen früh um zehn vor halb sieben.«

»Na toll! Dann buchen Sie mich eben auf diese Maschine!«, rief sie verärgert. »Gibt es hier irgendwo ein Flughafenhotel?«

»Ja! Ich sehe mal nach, ob noch ein Zimmer zur Verfügung steht … Mhm, ein Doppelzimmer für 115 Euro?«

»Nichts Günstigeres? Mensch, heute ist echt nicht mein Tag!«

Der Mann mit dem Rastahaar tippte Nadine dezent in die Seite.

»He, warum schläfst du nicht bei mir? Ich wohne ganz in der Nähe.«

»Bei dir? Sorry, aber ich schlafe prinzipiell nicht bei Fremden.«

Nadine kehrte der Dame hinter dem Schalter den Rücken zu und rief ihr ein rasches »Danke!« über die Schulter hinweg nach. Sodann sah sie den jungen Mann stumm an und wurde gleichfalls von der Frau unterbrochen: »Ja, wie jetzt? Wollen Sie das Zimmer, oder nicht?«

»Nein«, antwortete Nadine knapp und wandte sich erneut ihrem Begleiter zu. »Ich kenne nicht mal deinen Namen.«

Wenig später sah sie auch schon auf einen Personalausweis mit dem Namen Daniel Selzer, wohnhaft in 13507 Berlin. Die Straße konnte sie in der Aufregung nicht so schnell entziffern. Das Passbild von Daniel war ganz anders als der Mann, den sie vor sich sah. Kurze Haare, ein sanftmütiges Lächeln mit blaugrauen Augen.

»Das bist du?«

Daniel nickte wohlwollend und bejahte.

»Gut, aber wehe, du willst was von mir!« *Oder sollte ich doch besser zu meiner Mutter?*

»Keine Sorge, du bekommst das Gästezimmer. Außerdem wohne ich nicht alleine. Cora ist noch da.«

Aha, er hat also eine Freundin. Umso besser und irgendwie auch schade. Eigentlich ein ganz netter Kerl, nur seine Klamotten lassen zu wünschen übrig.

»... und morgen früh bringe ich dich zum Flughafen, versprochen!«

Keine zwanzig Minuten später betrat Nadine ein beeindruckendes Fabrikgebäude mit rotbraunen Klinkersteinen. Und nach weiteren fünf Minuten befand sie sich in einer atemberaubenden Maisonettewohnung. Mit einer kleinen Bibliothek im oberen Stockwerk, die durch eine moderne Stahltreppe zu erreichen war, und weißem Mobiliar sowie Schwarz-Weiß-Bildern berühmter deutscher Filme auf der unteren Wohnebene.

»Ist das *deine* Wohnung?«, fragte Nadine überrascht und sah sich beeindruckt um.

»Na ja, nicht wirklich. Das ist die Wohnung meiner Schwester Cora. Sie ist Fotografin und ein Tausendsassa obendrein. Mal dreht sie Filme, dann führt sie wieder Regie oder ist auf Reisen. Ständig busy, ein richtiger Workaholic.«

»*Schwester?*«, wiederholte Nadine merkwürdig.

»Ja! Ach, du dachtest, ich hätte eine Freundin? Ne, ne,

das mit der Liebe klappt bei mir nicht so richtig. Komme irgendwie immer an die falschen Ladys.«

»Geht mir auch so. Wow, sie hat aber Geschmack … Ja und du? Was machst du so, wenn du keine fremden Frauen in der U-Bahn ansprichst?«, erkundigte sich Nadine herausfordernd und lief mit großen Augen umher.

»Ich?«, kam es abwertend. »Ach, über mich gibt es nicht viel zu erzählen, ein bisschen studiert, ein paar Jahre Ausland, gejobbt, und jetzt bin ich für ein paar Wochen bei meiner großen Schwester untergetaucht. Mal sehen, was dann passiert.«

Mhm, typischer Loser! Na, diese Typen habe ich gefressen. Bestimmt Sohn reicher Eltern. Erst Studium abgebrochen, und dann hangeln sie sich durchs Leben und erzählen dem Rest der Welt, was man alles besser machen könnte. In diesem Moment hatte sie Daniel auch schon als Taugenichts abgestempelt. Nur blieb ihr für die Nacht keine andere Wahl, als sein Angebot anzunehmen, und sie hoffte inständig, dass seine Schwester alsbald käme.

Plötzlich ging die Wohnungstür auf und eine groß gewachsene Frau mit Hochsteckfrisur und tailliertem Mantel betrat die Wohnung. Mit lautem Klackern entfernte sie ihre Pumps und schleuderte sie in eine Ecke, entledigte sich ihrem Mantel und ließ ihn auf der Stelle auf die Hochglanzfliesen fallen.

»War das heut ein Tag!«, schimpfte Daniels Schwester genervt. »Ständig musste ich den jungen Damen predigen, doch in die Kamera zu schauen anstatt auf Till Schweiger. Versteh sie ja, aber bitte, wir sind hier am Set und nicht auf einer Party.« Dann ging sie zum offenen Küchenbereich, bis sie schließlich merkte, dass sie nicht alleine war. »Oh, du bist schon da? Und nicht alleine, wie ich sehe.«

Daniel lehnte sich gegen die weiche Ledercouch und lächelte seine Schwester an.

»Darf ich vorstellen«, antwortete er laut und geriet ins Flüstern. »Ach, ich kenne nicht einmal deinen Namen.«

Nadine ging hinüber zur weißen Designerküche und reichte über den Tresen hinweg Cora die Hand.

»Hallo, ich bin Nadine.«

Cora sah Nadine abschätzig an und musterte sie wie eine Raubkatze vor ihrem Mahl.

»Ich nehme an, du schläfst heute bei uns?«

»Wenn ich darf?« *Wieso fragte sie das, man könnte fast glauben, Daniel macht das regelmäßig. So ein Frauenheld nebst arroganter Schwester hat mir noch gefehlt. Gott sei Dank bin ich morgen wieder weg!*

Am nächsten Morgen stand Nadine pünktlich in der Halle des Flughafens Berlin-Tegel. Sie wirkte etwas angespannt, versuchte es aber, vor Daniel zu verbergen. Immerzu blickte sie hinauf zur Abflugtafel und sehnte sich die Ansage ihres Abfluges herbei. Stattdessen hatte ihr Flugzeug eine halbe Stunde Verspätung, und das bedeutete, eine weitere halbe Stunde mit ihrem vermeintlichen Frauenheld auszuharren.

»Du, wenn du magst, kannst du ruhig wieder fahren. Ich komme ganz gut alleine zurecht.«

Daniel jedoch ließ sich nicht abschrecken und blieb beharrlich an ihrer Seite. Schließlich tranken beide noch einen Kaffee in einem Coffeeshop des Flughafens und führten ein überaus liebevolles Gespräch, das Nadine nur umso mehr ins Wanken geraten ließ. Auf keinen Fall wollte sie sich verlieben, schon gar nicht in einen Typen weit weg vom Schuss und ohne geregelte Arbeit.

Endlich kam der erlösende Aufruf: »Wir bitten die Passagiere nach Stuttgart zum Terminal B.«

Nadine holte tief Luft und ein Stein fiel ihr vom Herzen. *Wurde auch Zeit!* Sie reichte ihm zum Abschied die Hand, die er sofort ergriff und gleichermaßen fest an sich zog. Vorsichtig drückte Daniel ihr einen sanften Kuss auf den Mund, den sie genussvoll empfing und mit einem heftigen Zungenkuss beantwortete. Erst später wurde ihr der Kuss bewusst.

»He, nicht gleich so übermütig«, scherzte Daniel, nahm Nadines Hand und schrieb seine Handynummer auf ihre Handinnenseite. »Falls du mal wieder in Berlin bist und ein warmes Bett suchst.«

Macho, was glaubst du eigentlich? Sie drehte sich um, verschwand in Richtung Terminal B und ließ ihn nachdenklich zurück.

14. Noch am gleichen Tag

Vollkommen zerstreut betrat Nadine gegen Mittag ihr Konstanzer Büro. Müde setzte sie sich auf ihren Stuhl, sah ihre Post durch, die jemand ordentlich an den Schreibtischrand gelegt hatte, und starrte auf ihren dunklen Computerbildschirm.

Irgendwie stecke ich in einer Sackgasse. Bisher gibt es keinen einzigen haltbaren Verdacht. Alles hat sich zerschlagen und beziehungstechnisch könnte ich mir die Kugel geben. Wie schnell sich doch Marcel mit dem Aus arrangiert hat. Er schreibt gar nicht mehr. Bestimmt hat er schon eine Neue. Und was mache ich? Ich lerne einen netten Taugenichts kennen, der ausgerechnet in Berlin wohnt. Ist ja nur ein Katzensprung bis dorthin. »Verdammter Mist!«, schrie sie und hatte ganz vergessen, dass sie nicht mehr ihren Gedanken nachhing, sondern diese in die Realität überführt hatte.

Ohne dass sie es bemerkt hatte, stand ihr Chef im Raum und sah sie erstaunt und mit einem väterlichen Lächeln auf den Lippen, an.

»Na, was ist denn so schlimm«, fragte er ruhig, »weswegen Sie sich derart aufregen?«

Nadine fuhr zusammen und starrte Hufnagel verblüfft an.

»Oje Chef, habe Sie gar nicht kommen hören!«, sagte sie entschuldigend. »Ach, langsam geht mir der Fall auf die Ketten. Endlich kann ich mal ermitteln und dann tut sich nichts. Na ja, und die Sache mit der Akte ist ebenso zum Haareraufen. An ihr klebt Blut.« Drucksend erzählte sie weiter: »Ich wurde ihretwegen in Berlin überfallen und sogar gekidnappt.«

Ihr Blick ruhte auf Hufnagel, als suchte sie seinen Beistand.

»Und das erfahre ich erst jetzt, Frau Andres«, gab er gelassen zur Antwort. »Ihnen ist aber schon klar, dass Sie das hätten melden müssen?«

»Ja, Chef, das ist mir bewusst. Aber ich bin, sagen wir mal, mit einem blauen Auge davongekommen«, bagatellisierte sie den Vorfall.

»Wollen Sie mir davon erzählen?«

»Wollen? Ich muss! Also, die Typen, die mich in ihr Auto gezerrt haben, suchten gezielt nach der Akte. Sie wussten von ihr. Bloß, woher?«

Hufnagel rieb sich an seinem stoppeligen Kinn, blickte zum Fenster und dann wieder auf Nadine.

»Vielleicht gibt es eine Verbindung zum toten Journalisten? Wie hieß er doch gleich …?«

»… Karsten Wollschmidt«, antwortete Nadine nachdenklich. »Ja, das Gleiche dachte ich mir auch schon. Wir müssen irgendetwas in der Akte übersehen haben. Ich hoffe nur, sie ist gut verschlossen. Die Kerle waren nicht gerade zimperlich und schrecken ganz sicher auch vor Mord nicht zurück. Berlin, Konstanz ist für *die* doch keine Entfernung.«

Hufnagel kratzte erneut an seinem unrasierten Gesicht.

Nadine sah ihn an. »Ärger?«, fragte sie vorsichtig. *Er kommt doch sonst nicht unrasiert ins Büro. Ist gar nicht seine Art.*

»Ja«, antwortete er mürrisch. »Bin heute etwas neben der Spur.«

»Ebenso, Chef, im Vertrauen, bei mir läuft's zurzeit auch nicht so prickelnd.«

»Und, haben *Sie* wenigstens einen Plan, wie wir der Misere entkommen können?«

Wieso fragt er mich denn? HALLO? Wer ist hier der

Chef? Andererseits sitzen wir im selben Boot, und würde ich von der Straßenverkehrspolizei kommen, hätte ich ganz sicher auch keinen Plan.

»Ach, Chef, ich hasse es zu planen. Das ganze Leben verläuft schon nach Plan. Nur, in unserer Arbeit ist es wohl das Beste. Vorschlag: Ich gehe mal für kleine Königstiger und wenn ich zurück bin, machen wir beide einen Schlachtplan.«

Hufnagel wusste nicht, ob er die Worte seiner jungen Kollegin ernst nehmen sollte oder ob sie ihn nur veräppelte.

»Lassen Sie das bloß niemanden hören! Klingt überhaupt nicht professionell. Und schon gar nicht nach Polizeiarbeit.«

Nadine erhob sich vom Stuhl, verschränkte die Arme vor ihrem Oberkörper und antwortete provozierend: »Wo steht geschrieben, dass wir Profis sind? Sehen Sie sich doch mal unsere Biografien an. Aber wissen Sie was? Das ist mir egal. Ich finde, wir sind ein gutes Team, und Rom wurde auch nicht an einem Tag erbaut. Wir kriegen das schon hin!«

Nadine knuffte Hufnagels Schulter und verschwand Richtung Toilette.

Nachdem Nadine ihre Notdurft verrichtet hatte, sah sie sich mit stummer Miene im Spiegel an und seufzte. *Ich würde nur zu gerne wissen, wer dieser Daniel Selzer ist. Vielleicht sollte ich mal die Kollegen fragen, ob sie etwas über ihn im Computer haben.*

Entschlossen klopfte sie an die Tür ihres Kollegen Hübner, den sie partout nicht ausstehen konnte, weil er immer versucht hatte, mit ihr anzubändeln. Dieser Mann von etwa einem Meter siebzig mit schlanker Statur und leicht dunkel gekräuseltem Haar war ganz und gar nicht ihr Typ. Zudem war er locker zehn Jahre älter und verheiratet.

»Hi, Hübi, kannst du für mich mal etwas im

Strafregister recherchieren?«

Hübner, der auf den Bildschirm seines Computers starrte, blickte erschrocken auf, nahm die Brille von der Nase und lächelte Nadine überheblich an.

»Oh, welch seltener Besuch! Na, du kommst auch nur, wenn du was willst. Ich dachte, wir wollten mal essen gehen, Nadine? Ich würde mich echt freuen. Weißt doch …«

Igitt, ist der ätzend. Aber ich befürchte, dieses Mal komme ich nicht drumherum. »Hübi, sorry«, sagte Nadine, »wir sind zurzeit mit einem wichtigen Fall beschäftigt. Aber ich verspreche dir, sobald ich den Mörder habe, nehme ich mir Zeit für dich.«

Hübner nahm einen großen Schluck aus seiner Mineralwasserflasche, wandte sich mitsamt seinem Stuhl Nadine zu, spreizte anzüglich die Beine und fragte sie herausfordernd: »Also, schieß los, wer ist der Mann deiner Träume?«

»Selzer, Daniel. Sieh mal nach, ob du etwas über ihn findest.«

»Was hat er denn verbrochen, wollte er mit dir essen gehen?«, neckte er Nadine und tippte Daniels Namen in das Bundeszentralregister, in dem alle strafrechtlichen Verurteilungen eingetragen waren. Er fand den Namen nicht.

Wieder starrte Hübner auf seinen Bildschirm, experimentierte mit dem Namen, indem er mal *Seltzer*, mal *Sälzer* und mal *Selzner* eingab. Vergeblich. Kein Eintrag. Dieser Mann war ein unbescholtenes Blatt.

Nadine sah Hübner über die Schulter.

»Ich hätte schwören können, dass er Dreck am Stecken hat. Schon alleine, wie er aussah … andererseits …«

»*Andererseits!?*«, wiederholte Hübner fragend. »Warte mal, ich versuch noch etwas anderes.« Erneut gab er den Namen *Daniel Selzer* ein.

Plötzlich gab er mit erstauntem Schrei kund, dass er etwas über den Gesuchten gefunden hatte. Einen Mann mit dem Namen Daniel Selzer gab es tatsächlich. Nur war dieser kein registrierter Verbrecher, wie Nadine vermutet hatte, sondern er gehörte der SO (Abteilung *Schwere und Organisierte Kriminalität*) des BKA in Berlin an. Das Foto auf dem Bildschirm stimmte mit dem des Personalausweises überein, den Daniel Nadine gezeigt hatte … Rastazöpfe und Tätowierung waren verschwunden.

Nadine war außer sich. Hatte er sie angelogen und ihr den Loser nur vorgespielt?

»Du, der Typ hat's faustdick hinter den Ohren«, gab Hübner Auskunft. »Hör dir das mal an. 2010 lebte er für längere Zeit im US-Bundesstaat Georgia und hat dort einen einjährigen Polizeikurs absolviert. Anschließend brachte er seine Erfahrungen den Kollegen in Wiesbaden bei. Später gehörte er dann einer Kripo-Expertengruppe an und arbeitete aktiv am Zeugenschutzprogramm … Ach, und hier steht auch noch, dass er als verdeckter Ermittler für das BKA tätig war. Mensch, Nadine, wo hast du denn den aufgegabelt?«

»Ach, den habe ich in Berlin kennengelernt und …« Nadine war entsetzt und fühlte sich betrogen. »Danke, Hübi, hast mir sehr geholfen.«

Enttäuscht ging die junge Frau zur Tür, während Hübner ihr mit einem wollüstigen Blick hinterhergaffte. Wütend zog sie die Bürotür hinter sich ins Schloss. *Mistkerl, schon wieder so ein Mistkerl!*

»Frau Andres, wo bleiben Sie denn? Hab mir schon Sorgen gemacht«, fragte Hufnagel leicht verärgert und schob ihr mit ausgestecktem Zeigefinger den Polizeibericht über Karsten Wollschmidt über den Tisch.

Neugierig nahm sie den Bericht in die Hand, öffnete den dunkelbraunen Pappdeckel und entnahm ihm ein paar Fotos, die Wollschmidt mit Prellungen und Abschürfungen am gesamten Körper zeigten. Vom heftigen Aufprall gegen das

Auto war sein Kopf regelrecht zertrümmert worden und zeigte große, runde Löcher.

»Gibt es inzwischen Hinweise auf den oder die Täter?«, erkundigte sich Nadine nachdenklich und lehnte sich gegen ihren Schreibtisch.

»Die Kollegen aus Berlin sind dran, vermutlich gibt es Verbindungen zu einem Mann namens Victor Zeller, einem Vorstandsmitglied der Westhagen AG. Nach Testamentseröffnung vom alten Billstedt erhält Zeller einen Großteil des Vermögens unter der Prämisse, den Konzern weiterzuführen. Die Kinder des Max von Billstedt haben sich wohl schon vor Jahren gegen die Firma entschieden und erhalten nur ihren Pflichtteil, der nach meiner Schätzung locker in die Multimillionenhöhe gehen dürfte.«

Nadine hörte ihm angestrengt zu und zupfte mit den Zähnen nervös an den Fingernägeln ihrer rechten Hand, unterdessen sie mit der linken den Bericht festhielt.

»Ja«, sprach sie, »so etwas in der Art erzählte mir auch schon die Tochter des Ermordeten. Aber wo, bitte, besteht ein Zusammenhang zwischen Victor Zeller und den Morden an Billstedt und Wollschmidt? Wenn Zeller von seinem Erbe bereits vorab Bescheid wusste, hatte er doch gar keinen Grund, Billstedt zu ermorden, oder sehe ich das falsch?«, hinterfragte Nadine sich selbst. »Aber warum dann Wollschmidt? Vielleicht wusste der Arme von der verschleppten Insolvenz und war als unliebsamer Mitwisser gefährlich für das bevorstehende Erbe.«

Hufnagels Gedanken kreisten um Nadines Aussage und paarten sich unfreiwillig mit seinen privaten Problemen. Er wirkte fahrig und schlug mit der rechten Hand leise auf die Tischplatte.

Ermahnend sah Nadine ihn an, was Wirkung zeigte. Hufnagels Hand beruhigte sich.

»Womöglich haben wir es mit zwei Tätern zu tun, Chef.

Denken wir doch mal in diese Richtung.«

»Daran habe ich auch schon gedacht. Zwei Täter, zwei Motive. Er begann zu schmunzeln. »Nun, während Sie sich auf Berlins Straßen geprügelt haben, habe ich hier ein paar Recherchen angestellt. Victor Zeller lebt in Zürich. Er ist mit einer Schweizerin verheiratet und hat einen Sohn.«

Nadines Lippen zauberten ein Lächeln auf ihr Gesicht.

»Na, das ist doch wunderbar. Ich fahre gleich morgen früh nach Zürich und stelle ihm ein paar Fragen«, erklärte sie streng.

Hufnagel runzelte nachdenklich die Stirn.

»Wenn das so einfach wäre, Frau Andres«, sagte er. »Er gehört ganz sicher nicht zu der Klientel Mensch, den ein paar Fragen einschüchtern. Laut Fedpol gehört er zu einem international agierenden Ring von Drogenhändlern. Bislang konnte man ihm nichts nachweisen. Vermutlich diente ihm der Westhagen-Konzern nur zur Geldwäsche für seine dreckigen Geschäfte … Diese Sache ist für uns eine Nummer zu groß. Überlassen wir das lieber den Kollegen von der Drogenfahndung.«

Seine junge Kollegin war von seinen Ausführungen vollkommen überrascht. An vieles hatte sie gedacht, aber wie es schien, hatten sie in ein Wespennest gestochen.

Fedpol, das wusste Nadine, war das Bundesamt für Polizei und eine Bundesbehörde der Schweizerischen Eidgenossenschaft. Es hatte die gleiche Funktion wie das NZB, war also auf gut Deutsch *Interpol*.

Nadine lächelte. »Interpol? Drogen? Hier? Als ich mich an den Bodensee habe versetzen lassen, hieß es, hier wäre wenig los«, sagte sie. »Gut, macht den Fall nur umso spannender.«

Hufnagel stand auf und ging ein paar Schritte durch den Raum. Er griff sich ans Kinn und sah Nadine durchbohrend an.

»Was ist, Chef, Sie gucken so merkwürdig?«

»Wie fit sind Sie?«

»Fit? Meinen Sie, wie sportlich?«

Hufnagel nickte heftig.

»Ich würde sagen, ziemlich fit. Warum diese Frage?«

»Würden Sie sich zutrauen, einen Personaltrainer abzugeben?«

»*Wie? Ich?*«, rief sie ein wenig zu laut. »Ja, warum eigentlich nicht. Wen soll ich trainieren?«

»Victor Zeller!«

»*Victor Zeller? Ich?* Klären Sie mich auf! Auf Rätselraten habe ich jetzt keine Lust.«

Rudolf Hufnagel drehte erneut eine Runde im Büro und vergrub seine Hände in den Hosentaschen.

»Also, Zeller sucht derzeit über eine Schweizer Agentur Personal. Unter anderem eine erfahrene ältere Hausdame, einen Gärtner sowie eine junge, attraktive Personaltrainerin. Das ist *die* Chance, ihm näher zu kommen. Ansonsten ist sein Anwesen von der Außenwelt vollkommen abgeschirmt. Seine Anwälte blocken jeglichen Ärger von ihm ab. Und eine kleine Polizistin, mit Verlaub, wie Sie kann auf der Stelle wieder umdrehen.«

»Sie sprechen von einer verdeckten Ermittlung? Verstehe ich Sie richtig?«, fragte Nadine. »Gärtner und Hausdame … unsere Leute?«

»Ja, der Gärtner wird ein Mann der GSG neun sein und die Hausdame meine Mutter.«

»Ihre Mutter??? Sind Sie wahnsinnig? … Sorry, aber wenn Zeller so gefährlich ist, wie Sie sagen, dann bringen Sie Ihre Mutter in Lebensgefahr. Nee, Chef, für mich ist das unverantwortlich. Mit Verlaub, so ein erfahrener Polizist wie Sie!«

Erneut machte Hufnagel seine Runde und zeigte Nadine seinen breiten Rücken.

»Auch ’ne Tasse Kaffee?«, rief er ihr mit Blick zur Wand zu.

»Ein Schnaps wäre mir jetzt lieber. Aber Kaffee klingt auch nicht schlecht.«

Hufnagel reichte Nadine eine blassgrüne Tasse und stellte sich zu ihr an den Schreibtisch.

»Also gut, ich mach’s. Aber die Verantwortung für Ihre Mutter tragen Sie!«

Hufnagel führte seine Tasse zum Mund und verharrte ein paar Sekunden in dieser Position. Mit großen Augen starrte er Nadine über den Tassenrand hinweg an und nahm dann mit lautem Geschlürfe einen Schluck.

»Mutig, mutig«, sagte er. »Meine Mutter freut sich auf ihren Miss-Marple-Auftrag. Sie hat schon früher immer meinen Vater mit ihren Weisheiten genervt. Sie müssen wissen, die Lösung der meisten Mordfälle meines Vaters gehen auf ihr Konto. Nur waren die Zeiten einfach andere, sie blieb daheim, und er machte Karriere. Obwohl sie eine modern denkende Frau war und noch ist.«

»Na, wenn das so ist. Wann startet die Operation Marple?«, scherzte Nadine.

Mit hartem Blick antwortete ihr Hufnagel: »Morgen.«

An diesem Abend schlief Nadine voller Unruhe ein. Immerzu wälzte sie sich hin und her. Alles fing damit an, dass sie sich zunächst Gedanken über ihr bevorstehendes Fitnessprogramm machte. Danach setzten Angst und Panik ein. Aus einem vierseitigen Schreiben Hufnagels wusste sie, dass Zeller auf Blondinen, wie sie es war, stand. Hatte sie es mit einem Lustmolch zu tun, der seine Angestellten mit ins Bett nahm? Er war ein kaltblütiger Drogenbaron. Hinzu kam, dass sie noch immer von dem Berlin-Aufenthalt überanstrengt war, und von der Geschichte rund um Marcel.

In einem ihrer Albträume dieser Nacht sah sie sich vor

einem weißen Blatt Papier sinnieren, dessen Inhalt eine Animation darstellte. Darin küsste Marcel, ein wenig verschwommen, aber dennoch für sie erkennbar, leidenschaftlich eine andere. Dann blätterte sich die Seite wie von selber um und zeigte Nadine als Comicfigur durch Berlins Straßen rennen. Wieder blätterte sich die Seite um und wieder zeigte sie ein neues Motiv. Diesmal war es Daniel, dessen tätowiertes Kreuz am Hals sich beim Näherkommen zur Kamera vergrößerte, das Papier ausfüllte und selbiges schließlich schwarz werden ließ. Und zu guter Letzt sah sie sich vor Victor Zeller mit einem knappen Röckchen Turnübungen vollziehen.

Nadine erwachte schweißgebadet. Sie befreite sich ruckartig von ihrer Bettdecke, befühlte ihre nasse Stirn und stand auf.

Müde torkelte sie in die Küche, öffnete die Kühlschranktür und entnahm eine Tüte H-Milch. In einem Zug leerte sie den Tetra Pak aus, leckte sich über die Lippen und entfernte ihren Milchbart.

Erleichtert ging sie wieder zu Bett und schlief, ohne zu träumen, durch, bis der Morgen angebrochen war.

15. Mittwoch, 22. Oktober

Hufnagel hatte für neun Uhr seine Mutter sowie Nadine in ein Konstanzer Kaffeehaus bestellt und erklärte ihnen in einem eigens dafür reservierten Zimmer die bevorstehende Aktion. Die eher kalte Atmosphäre im Polizeirevier hielt er, was seine Mutter betraf, für unpassend.

Mit schweren Schritten ging er zum Fenster, öffnete es einen Spalt breit und blickte auf die Fußgängerzone, die von Lieferantenfahrzeugen nur so zugestellt worden war.

Es war kühl und man spürte bereits den herannahenden Winter.

Hufnagel sog die kalte Luft durch die Nase und wirkte unschlüssig. Er war sich seiner Sache nicht mehr sicher und hatte Zweifel, ob die Entscheidung, die er getroffen hatte, noch die richtige war. Doch bislang war er ein Mann der Tat gewesen. Obwohl er als ruhig und langweilig galt, traf er seine Entscheidungen wohldurchdacht und niemals leichten Herzens. Und so sollte es auch bleiben.

»Junge, nun fang schon an!«, bemerkte seine Mutter im richtigen Moment. »Wir haben nicht den ganzen Tag Zeit.« Für diesen Tag hatte sie sich wirklich herausgeputzt. Sie trug einen leicht taillierten Rock mit netter Tupfenbluse, dazu einen farblich abgestimmten Blazer sowie eine weiß schimmernde Perlenkette und wollte wohl in diesem Outfit ihren neuen Arbeitgeber beeindrucken.

Auch Nadine hatte sich in ihre zukünftige Arbeitskleidung geschwungen, einen anthrazitfarbenen Jogginganzug mit pinkfarbenen Seitenstreifen. Ihre superteuren Nikes verfeinerten das Bild einer Personaltrainerin.

»Nun, ich sehe, ihr habt euch schon umgezogen«,

versuchte Hufnagel, die Stimmung zu lockern, denn er bemerkte, wie angespannt die Damen waren. Aus seinem Jackett zog er zwei kleine schwarze Etuis heraus und legte sie auf den Tisch.

Neugierig sahen die Frauen auf seine Finger.

»Was ist das, Chef? Minisender oder Pistole?«, bemerkte Nadine scherzhaft.

»Weder noch«, antwortete Hufnagel. »Das wäre unter diesen Umständen zu gefährlich. Ihr erhaltet eine Uhr mit GPS-Sender. Auf diese Weise wissen wir immer, wo ihr seid. Wenn Gefahr in Verzug ist, können wir augenblicklich einschreiten. Von jetzt ab seid ihr, Pardon, Sie verdeckte Ermittler.« Er sah Nadine augenzwinkernd an. »Die Uhr besitzt ebenfalls ein Mikro sowie einen versteckten USB-Stick. Einfach auf den kleinen rechten Knopf drücken, dann fährt der USB-Anschluss heraus. Nur für den Fall des Falles. Ist zwar nicht ganz legal, aber irgendwie müssen wir dem Typen habhaft werden. Vor Gericht zählt das nicht, aber je mehr wir über seine Machenschaften in Erfahrung bringen können, desto schneller machen wir ihn dingfest.«

»Chef, GPS habe ich aber auch in meinem Handy.«

»Richtig, schalten Sie es aus!«

In diesem Moment klopfte jemand an die Tür und eine hübsche, sehr edel wirkende Dame mit blonder Kurzhaarfrisur und dazu passendem dezenten Make-up betrat den Raum. In ihrer Hand hielt sie eine übergroße Aktentasche.

»Guten Morgen, mein Name ist Charleen Lundin.«

Hufnagel ging mit ausgestreckter Hand der Dame entgegen.

»Guten Morgen, wir hatten bereits miteinander telefoniert. Sie wissen um die Brisanz in diesem Fall?«, fragte er und sah zu den beiden anderen Damen. »Frau Lundin hat eine Personalvermittlung für anspruchsvolle und reiche Kunden.«

»Ja«, sagte die Dame in gepflegtem Hochdeutsch. »Ich habe schon des Öfteren in einer ähnlichen Funktion agiert. Es kommt immer wieder vor, dass das FBI oder sogar die CIA um meine Hilfe bittet. Diskretion steht bei mir ganz oben, und glauben Sie mir, in mir finden Sie eine absolut loyale Person. Ich kenne zwar nicht die Hintergründe Ihres Vorhabens, aber ich stehe Ihnen gerne mit meiner Agentur *Consulting The-First-One* zur Verfügung.« Ihre Aktentasche hielt sie mittig vor dem Körper. »Außer mir weiß keiner meiner Mitarbeiter Bescheid. Selbstverständlich bringe ich Sie persönlich zu meinem Kunden. Vorab ist bereits alles geklärt worden. Papiere, Zeugnisse und Referenzen haben wir Herrn Zeller übermittelt. Natürlich haben wir die beiden Frauen in den höchsten Tönen gelobt und sie ihm förmlich schmackhaft gemacht. Herr Zeller erwartet uns pünktlich um zwölf Uhr in seiner Villa zum Mittagessen. Es bleibt noch etwas Zeit für das Feintuning.«

Nadine Andres beobachtete die Gestik der Dame und hörte ihr wie eine aufmerksame Schülerin zu.

»Sie haben aber an alles gedacht. Für wen arbeiten Sie denn so in der Regel, Frau Lundin?«, fragte Nadine voller Neugier.

Charleen Lundin sah Nadine ein wenig echauffiert an und war wohl mit der Art ihrer Frage nicht ganz einverstanden.

»Mhm«, antwortete sie, »normalerweise rede ich ungern über meine renommierte Gesellschaft, jedoch werben wir gleichzeitig mit ihr auf unserer Homepage. Sagen wir es mal so: Zu unseren Kunden gehören Mitglieder des deutschen Hochadels wie auch betuchte Unternehmensfamilien oder auch Mitglieder der Königshäuser in Saudi-Arabien und Brunei. Zudem zählt ein wunderbarer deutscher Modeschöpfer, den ich selbst sehr schätze, mit dazu. Sie sehen, das Who’s who ist bei mir vertreten.«

Auch Frau Kaufmann fühlte sich informiert und erkundigte sich sogleich nach ihrem Namen, während sie undercover tätig sein würde.

»Gut, dass Sie das noch ansprechen. Selbstverständlich tragen Sie andere Namen. Frau Andres wird sich Sandra Solbei nennen und Frau Kaufmann Ingeborg Belin. Die Papiere sind dementsprechend ausgestellt. Ach, und Herrn Hufnagel habe ich als meinen Ehemann angepriesen … macht die Sache ein wenig vertrauter, wenn Sie verstehen, was ich meine.«

Ein zustimmendes Nicken ging reihum.

Sie übergab Nadine einen Ausweis im Scheckkartenformat und erzählte ihr, dass dieser zur Legitimation ihrer Person im Hause Zeller diene. Das Gleiche galt auch für Frau Kaufmann.

Circa zwei Stunden später fuhr der dunkelblaue Audi A6 von Frau Charleen Lundin den Zürichberg hinauf. Victor Zeller hatte sich hier auf dem Berg einen der schönsten Plätze mit Blick auf die Schweizer Stadt zu eigen gemacht.

Die Damen auf der hinteren Sitzbank genossen die Fahrt, während Rudolf Hufnagel von Meter zu Meter mehr an Magenschmerzen litt.

Vor einem riesigen, imposant wirkenden Tor hielt das Auto an.

Frau Lundin ließ ihre Fensterscheibe herunter und lächelte einem ernst wirkenden Mann mit Mikro im Ohr ins Gesicht.

»Grüezi, man erwartet uns!«, sagte sie bestimmt und setzte ahnend nach: »Mein Name ist Charleen Lundin, ich bin Inhaberin der Agentur *Consulting The-First-One* und möchte zu Herrn Zeller.«

Der Mann, um die dreißig und uniformiert, öffnete die

Tür seines kleinen Pförtnerhäuschens und kam heraus. Er schritt einmal um Frau Lundins Audi herum, blickte griesgrämig durch die Frontscheibe und brummte in Schweizerdeutsch: »Gut, Sie können passieren. Oben werden Sie in Empfang genommen.«

Die frei stehende pastellgelbe Stadtvilla aus dem Jahre 1905 lag an einem sanft abfallenden Grundstück auf dem ruhigen und äußerst beliebten Zürichberg und gehörte alleine schon durch seine Lage zu den begehrtesten Wohnquartieren der Stadt. Wer hier wohnte, hatte es im Leben geschafft. Zu dem Anwesen gehörte ein großflächig angelegter englischer Rasen, der von Zeit zu Zeit durch kleine Blumenrabatte unterteilt wurde. Rechts des Hauses, mit dem Auge des nahenden Besuchers gesehen, rankten Kletterrosen am Gemäuer empor, während weiter links rotbräunliche Weinblätter wucherten. Alles stimmte an diesem Tag. Selbst der Oktober zeigte sich noch wohlgesinnt und schenkte den Menschen auf diesem Flecken Erde noch ein paar der letzten Sonnenstrahlen.

»Hier scheint sogar die Sonne. In Konstanz war's nur trüb«, schimpfte Hufnagel, während er aus dem Auto stieg.

Die anderen folgten ihm und wurden auch schon von einem Butler mit schwarzem Anzug, Fliege und weißen Handschuhen am Eingangsportal erwartet.

»Guten Tag, die Herrschaften«, gab er kurz von sich. »Bitte folgen Sie mir in den Mittagssalon.« Seine Stimme klang überaus vornehm.

»Mittagssalon. Die haben wohl für jede Tageszeit so einen Salon«, kicherte Nadine und folgte dem Bediensteten. Neugierig sah sie sich um und war überrascht von dem modernen Mobiliar. Durch eine weit geöffnete Tür erspähte sie einen Flügel, blieb jedoch nicht stehen, sondern lief hurtig weiter; sie wollte auf keinen Fall den Anschluss verpassen.

Schließlich hielt die kleine Gruppe im Wintergarten an, wo ein gedeckter Tisch mit weiß-goldenen Tellern, Gläsern und Servietten auf seine Gäste wartete.

Plötzlich vernahm Nadine hinter ihrem Rücken eine wohlklingende Männerstimme. Der Redner erteilte jemandem Anweisungen, während er näher zu kommen schien. »Gut, erledigen Sie das so schnell wie möglich! Unser Mann in New York regelt die Formalitäten und Kolumbien mein Sohn.«

Ein etwas wohlbeleibter Mann mit spärlichem dunkel gefärbtem Haar, hellblauem Hemd, legerer dunkelblauer Stoffhose und darauf abgestimmten blau glänzenden Halbschuhen trat vor seine Gäste, begrüßte allesamt mit einem freundlichen Händedruck und stellte sich ihnen als Victor Zeller vor. Gleichfalls bat er alle zu Tisch und ließ ihnen von seinem Butler ein Glas Weißwein einschenken.

Komisch, irgendwie habe ich den schon mal gesehen oder seine Stimme gehört, sinnierte Nadine, während sie das Glas ebenso wie die anderen Gäste im Raum erhob.

»Es freut mich, dass ich Ihr Interesse wecken konnte. Ich suche jetzt schon seit einem halben Jahr nach gutem Personal. Entweder war es faul …«, sagte Zeller lächelnd und sah Nadine mit süffisanter Mine an, »… oder konnte meine Bedürfnisse nicht befriedigen. Dass Sie mit Ihrem Mann zu mir gekommen sind, Frau Lundin, zeigt mir, wie professionell und familiär Sie arbeiten und wohl auch denken.«

Frau Lundin schielte hinüber zu Hufnagel, nickte zustimmend und bedankte sich für Zellers Vorschusslorbeeren.

Na toll, mein Auftrag ist mir jetzt schon zuwider, dachte Nadine.

Nachdem man gegessen hatte, erteilte Victor Zeller

seinen neuen Angestellten ihre ersten Aufgaben. Frau Kaufmann sollte ihm zum Abendessen ein Rinderfilet auf Rotwein mit Schalotten und Knödeln kreieren, dazu einen Nachtisch ihrer Wahl, während Nadine sich ein erstes Fitnessprogramm, abgestimmt auf Zellers Rückenprobleme, auszudenken hatte.

»Wenn ich mit Ihnen danach zufrieden bin«, sagte Zeller in strengem Tonfall, »haben Sie eine Woche Probezeit. Gearbeitet wird bei mir rund um die Uhr. Sie haben einen freien Nachmittag und wohnen hier. Dafür ist die Bezahlung top und Sie können jederzeit eines unserer Fuhrparkautos für sich nutzen. Aber geht die Sache schief, werfe ich Sie sofort raus. Und noch etwas: Bei mir herrscht Diskretion!« Um seinen Worten Nachdruck zu verleihen, musterte er die Seniorin und anschließend Nadine. Zellers Augen wirkten müde und ein leichter Schatten umhüllte sie.

Nadine fand Zeller unheimlich, und zu wissen, dass er einer der größten Drogendealer der Schweiz war, machte ihr umso mehr Angst.

Rudolf Hufnagel und Charleen Lundin verließen nach dem Essen unverzüglich die Villa. Etwa nach fünf Kilometern setzte Frau Lundin Herrn Hufnagel ab, wo er in einem hübschen Einfamilienhaus verschwand, in dem ihn seine deutschen und schweizerischen Kollegen bereits erwarteten. Sofort ging man an die Arbeit und hörte dem Geschehen in der Villa aufmerksam zu. Nichts durfte in dieser prekären Situation dem Zufall überlassen werden. Die beiden Frauen waren in der Villa auf sich selbst gestellt.

***

Das Personal wies Frau Kaufmann in die Küche ein. Man zeigte ihr die Vorräte, den Kräutergarten, den

Weinkeller und gab ihr eine Lieferantenliste für alle möglichen Spezialitäten. Victor Zeller war ein Gourmet und kochte selbst gerne und gut. Ihn zufriedenzustellen, war schwierig. Er bevorzugte eine gut bürgerliche Küche, schätzte aber auch die leichte asiatische Kost. Was Wein anbelangte, legte er großen Wert auf Qualität und kaufte ihn, sobald ihm ein Tropfen mundete, kistenweise.

Nachdem Frau Kaufmann ihre kleine Einzimmerwohnung bezogen hatte, band sie sich ihre Kochschürze um und machte sich ans Kochen. Das Gericht war kein Problem für sie, denn als Hausfrau hatte sie Mann und Sohn oft genug mit guter Hausmannskost verwöhnt. *Dir werde ich's zeigen!*

***

Nadine hatte in derselben Etage wie Frau Kaufmann eine kleine Wohnung bezogen und fand dies ungewöhnlich. Normalerweise waren Personalräumlichkeiten weniger opulent. Aber wie es schien, war es dem Hausherrn wichtig, dass sich seine Angestellten wohlfühlten. Nicht umsonst waren die Mitarbeiter von Zeller schon lange Jahre bei ihm und sein Stellengesuch sorgte bei den Bewerbern für erhebliches Interesse.

Die junge Polizistin war die Erste, die ihr Können unter Beweis zu stellen hatte. Um Zeller nicht gleich zu überfordern, absolvierte sie mit ihm im hauseigenen Fitnesskeller ein paar Dehnübungen sowie ein leichtes Kardiotraining.

Zeller schien mit ihrer Arbeit zufrieden und konnte trotz Schwitzens noch immer mit ihr scherzen. Auch seine Anzüglichkeiten vom Mittagessen ließen nicht ab. Geradeheraus lud er Nadine auf ein Glas Wein gegen Abend in sein Heimkino ein. Die Wahl des Filmes überließ er ihr. Obwohl sie keine Lust auf den alten Mann hatte, nahm sie seine Einladung dankend an und hoffte so, etwas über seine

Geschäfte herauszubekommen. Und noch etwas kam ihr gerade gut zupasse: Zwischen sieben und acht Uhr abends pflegte Zeller zu speisen. Zeit, sich im Hause umzusehen.

***

Rudolf Hufnagel trank seine fünfte Tasse Kaffee und klebte an den Kopfhörern, um nichts in der Villa zu verpassen. Er hatte die Frauen hineingeschleust und fühlte sich nun für sie verantwortlich. Das schlechte Gewissen plagte ihn wie ein nerviger Wassertropfen aus einer Regenrinne. KLACKKLACK – KLACKKLACK. *Was würde ich jetzt für eine gute Zigarre geben! Oder einfach nur mit Christine auf unserer Couch kuscheln – stattdessen spiele ich hier James Bond und fühle mich wie ein Verräter.*

***

Auf dem Zürichberg setzte die Dämmerung ein und es wurde rasch dunkel. Ein kühles Lüftchen umwehte die Villa und ließ es draußen unangenehmer werden.

Nadine lag auf ihrem Bett und dachte angestrengt nach, wie sie, ohne aufzufallen, das Büro von Victor Zeller betreten und sich darin umsehen könnte. Sie starrte aus dem Fenster und beobachtete den Himmel, dessen Konturen sie nur noch schwer in der Dunkelheit ausmachen konnte. Angespannt sah sie auf die GPS-Uhr, die ihr 19.00 Uhr signalisierte. *Egal, ich versuch's einfach.*

Sie nahm die kleine Taschenlampe aus ihren Sachen und machte sich in dunkler Sportbekleidung auf den Weg zu Zellers Büro. Durch die Hausführung am Nachmittag wusste sie, wo es sich befand. Die meiste Zeit stand das Büro offen und wurde nur verschlossen, wenn Zeller darin arbeitete.

Nadine sah sich vorsichtig mit einem Rechts-links-Blick

um. Niemand war zu sehen. Der Flur schien leer. Anscheinend pflegte nicht nur der Hausherr um diese Zeit zu speisen, sondern auch sein Personal.

Die junge Frau legte ihr rechtes Ohr an die weiße Holztür, wartete kurz und umfasste die goldfarbene Türklinke mit sanftem Druck. Leise öffnete Nadine die Tür und lugte durch den kleinen Spalt ins Büro.

Ruhe. Nichts als Ruhe. Ein angenehm riechender Vanilleduft kam ihr entgegen. *Herrlich. Na, da raucht wohl jemand Pfeife.*

Auf Zehenspitzen huschte sie in den Raum und sah sich suchend um. Schließlich entdeckte sie einen Laptop auf Zellers Schreibtisch. Behutsam öffnete sie den Deckel und drückte die kleine An/Aus-Taste. Der Computer fuhr hoch und zeigte als Bildschirmhintergrund ein altes Familienfoto aus den späten Dreißigern des vergangenen Jahrhunderts. Sodann kam die Frage nach dem Passwort.

»Scheiße«, schimpfte Nadine leise. »Hätt ich mir auch denken können.« Sie überlegte kurz und gab spontan den Namen *Victor Zeller* ein. Aber das Passwort war falsch. Beim zweiten Versuch probierte sie es mit *Westhagen AG*. Jedoch ohne Glück. Nadine wurde es plötzlich sehr warm, ein paar Schweißperlen rannen über ihre Schläfen und der Adrenalinspiegel stieg. *Mist, was könnte es sein?*

Nervös durchforstete sie den Schreibtisch. *Sag's mir! Welches Passwort muss ich nehmen?* Doch auf dem antiken Stück aus der Jahrhundertwende stand außer diesem Laptop nichts. Kein Papier, kein Stifthalter oder sonstige Büro-Utensilien. Auf einmal kam ihr eine Idee. *Wer ist das auf dem Bildschirm? Sein Großvater? Oder? Oder! Moment mal! Das Foto habe ich doch schon einmal gesehen. Bloß, wo?* Nadine dachte angestrengt nach. *Bingo! Ich sah es in der Akte. Mensch, Nadine, mich laust der Affe! Wenn das nicht der Firmengründer selbst ist: Otto von Billstedt.*

Wie fremdgesteuert gab Nadine den Namen *Otto von Billstedt* in das kleine Abfragefeld des PCs ein. Und … sie hatte Glück. Der Bildschirm offenbarte nun Victor Zellers Datenbank. Sämtliche Dateien waren in Ordnern am linken Rand platziert und für sie gut sichtbar.

Nadine überflog die Dateinamen und orientierte sich dabei am Datum. Als sie einen Eintrag zum *19.10.2014* entdeckte, wurde sie stutzig und öffnete die Datei. *Das war doch der Sonntag, als Wollschmidt überfahren wurde. Komischer Zufall!* Sie hatte es geschafft – und nun sämtliche Transaktionen Zellers vor sich.

Ja, und hier stand es, schwarz auf weiß: Wollschmidt war absichtlich überfahren worden. Alles war akribisch aufgeführt. Wann und wo Drogen übergeben wurden, die Namen der Beteiligten sowie die der Toten. Ein *M* hinter dem jeweiligen Namen deutete sie für *Mord* und ein *U* schätzte sie auf *Unfall.* Zumindest kamen ihr ein paar Namen der Ermordeten bekannt vor.

Wow! Wer hätte das gedacht? Der Typ hat tatsächlich Buch geführt. Los speichern und dann raus hier! Nadine bekam es mit der Angst. Würde man sie jetzt entdecken, hinge ihr Leben nur noch an einem seidenen Faden. Mit diesem Typen war nicht zu scherzen.

Nadine nahm ihre Uhr vom Handgelenk, drückte den kleinen Knopf rechts unten und sah, wie der USB-Stick herausfuhr. Sie steckte ihn in die linke seitliche Öffnung am Laptop und begann mit der Datenübertragung. Immerzu blickte sie zur Tür.

Unverhofft vernahm sie Schritte, die bedrohlich näher rückten.

Hektik machte sich in ihr breit. *Los jetzt! Mach schon!* Sie zitterte. Schaute sich ängstlich um. Fieberhaft sehnte sie dem Ende der Datenübertragung entgegen. *Endlich! Geschafft!*

Nadine zog den Stick aus der Öffnung, suchte bei den zuletzt verwendeten Dokumenten nach dem Hinweis auf das Laufwerk E und löschte die Anzeige aus der Liste. Nervös legte sie die Uhr wieder an, fuhr den PC herunter und klappte den Deckel zu. Ein letzter Blick auf den Tisch ließ sie mit gutem Gewissen zur Tür eilen.

So wie sie gekommen war, verließ sie den Raum: leise und routiniert. Vorsichtig blickte sie nach links. Als sie jedoch nach rechts sehen wollte, legte ihr jemand unvermutet eine Hand auf den Mund. Kurz darauf erhielt sie einen dumpfen Schlag auf den Kopf und verlor sofort das Bewusstsein.

Der Unbekannte, ein groß gewachsener, gut aussehender junger Mann, schwang Nadine über seine Schulter und lief mit ihr über den Gang. Entschlossen drehte er wieder um und ging zurück ins Büro.

»Schlampe, hier bist du besser aufgehoben.«

Flegelhaft warf er sie auf einen Stuhl und gab ihr eine Ohrfeige.

Nadine blickte kurz hoch, rotierte mit dem Kopf und sackte wieder zusammen.

Erneut traf sie eine heftige Ohrfeige, die ihre Nase bluten ließ. Und wieder folgten eine Ohrfeige und ein gleichzeitiges Ziehen an den Haaren.

»Was hast du hier gesucht? Rede, sonst …!«, bellte eine aufgebrachte Stimme. »Moment mal, deine Fresse kenn ich doch. Bist du nicht die Kleine aus Berlin? Na klar, hast meinen Fahrer ganz schön gelinkt. Mensch, hat dem sein Maul wehgetan.«

Nadine hörte seine Stimme aus weiter Ferne langsam näher rücken. Mit einem Mal wusste sie, wer er war. Wohldurchdacht und unter Schmerzen stellte sie sich ohnmächtig. *Dann ist Christoph Victor Zellers Sohn? Die Stimme Zellers klingt wie die von seinem Sohn. Passt alles zusammen. Ich muss hier raus! Nur wie? Wenn DER Wind von der Sache mit dem PC bekommt, bin ich geliefert und kann mich gleich ins Leichenschauhaus legen. Verdammt, ich muss irgendwie Kontakt mit Hufnagel aufnehmen. Normalerweise müsste er doch alles mitbekommen haben. Aber wenn nicht? Bin ich so was von tot! Scheiße, tut das weh!*

Christoph packte Nadine am Shirt und riss kräftig daran.

Nadine konnte ihn riechen, so nah war sein Kopf an dem ihren. *Das gleiche Aftershave wie in Berlin.* Noch immer stellte sie sich ohnmächtig und überlegte, wie sie dieser unliebsamen Situation entkommen konnte.

In diesem Moment wurde Christoph von einer jung klingenden Frauenstimme gerufen: »Darling, wo steckst du denn? Wir wollten doch noch ins *Jade*.«

»Flittchen, hast Glück gehabt. Aber keine Sorge, so einfach lass ich dich nicht gehen.« Als hätte er mit Nadines Erscheinen gerechnet, zog er zwei weiße Kabelbinder aus der Hosentasche, fixierte ihre Hände rücklings hinter der Stuhllehne sowie ihre Fußknöchel über Kreuz vor dem Stuhl. »Ist eine feine Sache, so ein Kabelbinder. Solltest du dir auch anschaffen! Nur, daraus wird wohl nichts. Wenn ich zurück bin, dann Gnade dir Gott!« Zum Abschied verpasste er Nadine einen Tritt gegen das linke Schienbein.

Arschloch, das tut weh! Was ist denn das für ein Perverser, schleppt Kabelbinder mit sich herum.

Mit einem leisen Schlüsseldrehen verließ er das Büro.

Mist, wie komm ich hier raus? Wenn ich schreie, weiß Zeller Bescheid, und wenn ich es nicht tue, bin ich heute Nacht tot.

Suchend schaute sich Nadine um, ob nicht irgendein Messer oder spitzer Gegenstand in greifbarer Nähe lag. *Vielleicht ein Brieföffner.* Doch den hatte sie bereits zuvor vermisst. Derweil presste sich das feste Plastik in ihre Haut.

Je mehr sie sich bewegte, desto tiefer schnitt es ein. Ihre Haut brannte wie Feuer.

***

Frau Kaufmann stand am Esstisch und sah Victor Zeller beim Essen zu. Erwartungsvoll blickte sie auf jeden Happen, den er tat. Bissen für Bissen legte er sorgsam auf seine Gabel und führte sie gönnerhaft zum Mund. Doch seinem Gesicht sah man weder an, ob es ihm mundete oder nicht.

Mittendrin stolperte sein Sohn Christoph ins Esszimmer und machte ein wütendes Gesicht.

Zeller sah erbost auf und warf seinem Sohn einen stechenden Blick zu, aus dem unschwer zu erkennen war, wer hier das Sagen hatte.

»Wir haben auf dich gewartet!«, rief er zornig über die Tafel. »Du weißt, wie sehr ich Unpünktlichkeit hasse.«

Sein Sohn nickte ihm verängstigt zu und griff nervös über seine leicht fettige Stirn.

»Ja, Vater, ich weiß, aber …«, begann er sich zu rechtfertigen.

»Was *aber*?«, schnitt Zeller ihm das Wort ab. »Wir essen um sieben! Und wenn du hier bei mir bist, hältst du dich an meine Vorgaben, sonst …!«, schrie er hasserfüllt und zügelte kurz darauf seine Tonlage in ein freundliches »Darf ich dir Frau Belin vorstellen, unsere neue Hausdame? Sie kocht im Übrigen vorzüglich.«

Christoph reichte der alten Dame die Hand und hieß sie im Hause seines Vaters herzlich willkommen. Seine Stimme klang angenehm und dennoch lag eine gewisse Vorsicht darin.

Charlotte spürte seine verschwitzte Hand. *Angst? Etwa vor seinem Vater?* In der kurzen Zeit, in der sie Zeller kennengelernt hatte, wusste sie, mit dem Zeller-Clan war nicht gut Kirschen essen. Victor Zeller verkörperte für sie den Typus Patriarch. Einem Widerspruch folgte im Regelfall eine ernst zu nehmende bis gesundheitsgefährdende Konsequenz und machte auch vor einem nahen Verwandten nicht halt. Wer seine Regeln nicht befolgte, wurde zertreten wie ein Käfer. *Sein Sohn ist in der Hierarchie nur der Zweite und hat seinen Vater wohl zu verehren wie einen Heiligen.*

»Nun probiere mal von Frau Belins Küche!«, keifte Zeller seinem Sohn zu und fragte etwas wohlgesinnter: »Also, was wolltest du mir sagen?«

Christoph setzte sich seinem Vater gegenüber und nahm einen Happen. Jedoch war ihm die Lust am Essen vergangen.

»Eigentlich ist es nichts, womit ich nicht selber fertigwerden würde, Vater. Wir haben einen kleinen Mistkäfer, um den ich mich später ausgiebig kümmern werde. Doch zuvor muss ich mit Juliet noch in den Klub, sie hat nachher ihren Auftritt.«

Zeller blickte vom Teller auf, ergriff sein Weinglas und prostete seinem Sohn zu: »Gut, stopf ihm das Maul!«

»Das ist nicht so einfach«, entgegnete ihm sein Sohn. »Der Mistkäfer ist eine Frau, und du weißt, wie ungern ich mich an Frauen vergehe. Wir sollten die Lösung des Problems dem Franzosen überlassen.«

Plötzlich wurde es still im Raum, und jeder begriff, was Christoph damit sagen wollte.

»Huch!!!« Frau Kaufmann durchbrach das Schweigen und wollte mit dem Abräumen beginnen. *Der meint Frau Andres. Gott, die Arme! Sie ist bestimmt in Lebensgefahr. Ich muss nach ihr suchen. Sofort! Jetzt!*

»Gut, wer auch immer das Vieh zertritt, tue es bald! Ich hoffe, du hast es gut aufbewahrt. Wäre doch schade, wenn es uns entkommt.« Dabei kicherte er laut und schnalzte mit der Zunge.

»Keine Sorge, Vater, es ist im …«, unerwartet unterbrach er seinen Satz, stand auf und verabschiedete sich mit: »Ich kümmere mich nachher noch um alles.«

»Tu das!«, kam es barsch zurück. »Kannst du dir nicht mal ein anständiges Weib suchen, heiraten und mir ein paar Enkel zeugen? Mit diesen dummen kleinen Flittchen treibst du dich nun schon seit Jahren herum. Gut, fürs Bett sind sie sicherlich genau das Richtige, aber ungeeignet für die Ehe. Ich gebe dir genau noch ein Jahr Zeit, dann hast du *eine* oder du *wirst* verheiratet!«

Und das waren genau die Gespräche, auf die Christoph keine Lust hatte. Er liebte sein Leben so, wie es war, wechselte die Frauen wie seine Unterwäsche und ließ die Puppen nach seiner Pfeife tanzen. Sein Geld öffnete ihm Tür und Tor, und ausschweifende Orgien in gängigen Sexklubs gehörten zu seinem Alltag, wie auch das ständige Herumreisen in aller Welt. Und nicht zuletzt war er attraktiv, hatte spezielle Vorlieben für das eine wie auch für das andere Geschlecht. Doch davon wusste sein Vater nichts. Mit einer »Schwuchtel«, wie Victor Zeller diese, für ihn »Perversen« bezeichnete, konnte er nichts anfangen. Aus diesem Grund führte Christoph ein Doppelleben und wollte es auch dabei belassen.

16. Spät am Abend

Nachdem Christoph die Villa gegen halb neun Uhr abends verlassen hatte, kümmerte sich Frau Kaufmann völlig aufgelöst um den Nachtisch. Jetzt konnte es für sie nicht schnell genug gehen. Hastig dekorierte sie die weiße und dunkle Mousse au Chocolat zu einem genießerischen Ensemble, legte zwei, drei Schokoröllchen darüber und gab ein Pfefferminzblättchen dazu. Mit einem letzten Blick vergewisserte sie sich des perfekten Anblickes ihres Werkes und brachte es Victor Zeller ins Esszimmer, der gerade lauthals mit jemandem telefonierte.

»Idiot, ich will wissen, wen er meint. Wozu habe ich euch Trottel denn, wenn keiner Bescheid weiß?«, dabei roch er gönnerhaft an seiner Cohiba und schenkte Frau Kaufmann ein erfreutes Herbeinicken. »Also, ich erwarte Resultate, und zwar bald!« Zornig drückte er den roten Hörer auf seinem Handy.

Frau Kaufmann stellte Zeller wortlos das Dessert vor die Nase und war im Begriff, wieder zu gehen, als dieser sie zurückrief und sie bat, doch eine Weile bei ihm zu bleiben. Wie es schien, suchte er jemanden zum Reden.

»Wissen Sie, manchmal ist das Leben sehr einsam. Meine Frau lebt in Genf. Wir sehen uns nur noch selten. Irgendwann hatte sie meine Weibergeschichten einfach satt und bestand auf eine räumliche Trennung. Und wenn ich ehrlich bin, liebe ich sie noch immer. Ich wollte beides, eine Familie und mein Vergnügen. Aber das geht wohl nicht … Erst jetzt im Alter ist mir das klar geworden, aber wissen Sie, wenn Sie jung sind, wollen Sie die Welt erobern, egal wie und egal mit welchen Mitteln.« Er machte eine Pause und fuhr fort: »Meine Eltern waren nicht gerade reich, einfache Leute mit einer gut gehenden, aber kleinen Bäckerei. Doch ich wollte hinaus in die Welt, hatte keine Lust auf das frühe Aufstehen. Also zog ich mir all das Wissen herein, das mir die Straße zu bieten hatte, kämpfte mich bei Billstedt bis zum Vorstandsvorsitzenden hoch und wurde sogar im Testament des Alten bedacht. Na ja, und das mit der Insolvenz verläuft auch nicht ganz fair. Aber das interessiert Sie sicherlich nicht?!«, beantwortete er seine Frage gleich selbst.

Die Seniorin überlegte kurz, wie sie ihn zum Weiterreden animieren konnte, und antwortete verständnisvoll: »Insolvenz? Mhm, davon las ich bereits in den Medien. Schlimme Sache. Aber das passiert wohl häufiger, als man denkt, oder?«

»Stimmt. Aber nicht jede Insolvenz läuft rechtens ab …«, er hielt inne und sprach nachdenklich weiter: »… ach, ich rede mal wieder zu viel. So, lassen wir das. Jetzt genieße ich noch Ihr Dessert, meine Cohiba und dazu einen guten alten schottischen Whisky und dann werde ich, alter Mann, alleine zu Bett gehen müssen.« Seine Stimme klang melancholisch, und Frau Kaufmann spürte sofort, dass vor ihr ein bedauernswerter Mensch saß, der es gut verstand, seine Verletzlichkeit vor der Außenwelt zu schützen.

»Dann«, sprach Charlotte Kaufmann und lächelte mit mütterlicher Mimik, »lasse ich Sie wohl jetzt besser alleine, Herr Zeller. Ich wünsche Ihnen noch einen schönen Abend, und es freut mich, dass Ihnen mein Essen gemundet hat.«

Zeller nickte kurz und schien in Gedanken.

Frau Kaufmann drehte sich um und ging zur Tür.

Unerwartet rief ihr Zeller nach: »Frau Belin, wenn Sie wollen, haben Sie die Stelle! Auf eine weitere Probezeit verzichte ich.«

Frau Belin alias Kaufmann drehte sich um und sah Zeller überrascht an.

»Vielen Dank. Ja, ich nehme Ihr Angebot wirklich gerne an.«

Zeller schenkte Frau Kaufmann ein breites Grinsen.

»Gute Nacht, Frau Belin.«

»Gute Nacht, Herr Zeller.«

Sie zog die Tür leise hinter sich ins Schloss, ging ein paar Schritte den Flur entlang, um sich dann tief durchatmend gegen die weiß getünchte Wand zu lehnen. *Geschafft! Ich muss die junge Frau finden.* Frau Kaufmann dachte angestrengt nach, was Zellers Sohn damit gemeint hatte, als er sagte: »Er ist im …« *Im Keller? Im Garten? Im Büro? Wo würde* ich *jemanden versteckt halten? Denk nach, Charlotte! Denk nach! Vielleicht im Keller? Also gut, ich versuch's dort. Mist! Warum hat Rudi uns keine Uhr gegeben, mit der wir untereinander reden können? Wem nützt sie jetzt? Mir und Frau Andres jedenfalls nicht. Ach, ich könnte ... aber fluchen hilft auch nicht. Charlotte, behalte die Nerven!*

Viel wusste sie von der Villa nicht, und die vorausgegangene Führung durch das Haus war zu schnell gegangen, als dass sie noch alle Räumlichkeiten in ihrem Gedächtnis parat hätte.

***

Nadine rückte mit ihrem Stuhl auf dem Parkett in die Nähe des Schreibtisches, um dort in einer der Schubladen nach etwas Spitzem zu suchen. Immerzu stockte sie, sobald sie glaubte, zu laut zu sein, wartete kurz und versuchte es erneut.

***

Als Frau Kaufmann in Richtung Keller an Zellers Büro vorbeikam, vernahm sie ein merkwürdiges Kratzgeräusch.

Ihr kam das seltsam vor. Vorsichtig legte sie ein Ohr gegen die Tür und lauschte.

»Hallo«, flüsterte sie und klopfte dezent gegen die Tür. »Frau Andres, sind Sie's?«

Nadine horchte auf und rief ihr zu: »Ja! Bitte helfen Sie mir!«

Die alte Frau drückte die Bürotür auf, doch sie war verschlossen.

»Mist, geht nicht. Halten Sie noch ein bisschen aus! Ich muss etwas holen.«

Schnellen Schrittes, so wie es einer älteren Dame eben möglich war, lief sie in ihr Zimmer und suchte in ihrer Handtasche nach einer Haarnadel. Fünf Minuten später stand sie erneut vor Zellers Büro und stocherte geschickt im kleinen Schlüsselloch herum. Mit einem sanften Knacken ging die Tür auf.

Nadine strahlte mit dem Gesicht eines kleinen Mädchens, welches soeben ihr schönstes Weihnachtsgeschenk erhalten hatte.

»Frau Kaufmann, Sie überraschen mich immer wieder. Aus Ihnen wäre eine gute Kommissarin geworden!«, rief Nadine ihr erfreut entgegen.

»Ja, das meinte mein Mann, Gott hab ihn selig, auch immer. Aber wissen Sie, die Zeiten waren früher doch andere, da gab es kaum Polizistinnen … Lassen wir das! Wir sollten schleunigst von hier verschwinden. Warten Sie, ich suche nach einer Schere.«

Hektisch sah sich Frau Kaufmann um, zog ein paar Schreibtischschubladen auf und fand außer einem goldenen Brieföffner mit Löwenkopf nur ein Foto von Zeller und einer Frau. *Bestimmt die Ehefrau.*

»Hier ist nichts. Versteh ich nicht, man hat doch im Schreibtisch zumindest eine Schere liegen, aber hier ist definitiv nichts.«

»Vielleicht weiter hinten, greifen Sie mal tiefer in die Schublade«, bemerkte Nadine und machte ein schmerzbeladenes Gesicht.

Frau Kaufmann folgte der jungen Frau und zog tatsächlich einen kleinen Nagelknipser hervor.

»Dann nehmen wir halt den«, entschied sie kurzerhand und drückte mit großer Mühe das Plastik an Nadines überkreuzten Handgelenken auseinander, bis es langsam in zwei Teile sprang.

Glücklich nahm Nadine ihre Arme wieder nach vorne, rieb sich die Schultern, die von der unangenehmen Position schmerzten, und bat Frau Kaufmann um den Nagelzwicker. Mit etwas Mühe löste sie auch die Fesselung an ihrem Fußgelenk. Der Kabelbinder hatte ihre Knöchel blutrot werden lassen. Alles tat höllisch weh.

»So, jetzt aber raus hier«, sagte Nadine leise zu Frau Kaufmann und legte ihr freundschaftlich die Hand auf die Schulter. »Danke, ohne Sie ...«, stockte die junge Frau, »... ach, ich will gar nicht erst daran denken, was mir hätte geschehen können ... Woher wussten Sie überhaupt, dass ich hier bin?«

»Das erzähl ich Ihnen später. Lassen Sie uns verschwinden, bevor noch jemand kommt.«

Die beiden verließen leise das Büro und schlichen in Frau Andres' Zimmer, damit sie von dort ungestört mit ihrem Chef telefonieren konnte.

Hastig wählte Nadine seine Nummer und wartete bis zum dritten Klingelton, erst dann nahm Hufnagel ab.

»Hufnagel«, ertönte es knapp vom anderen Ende der Leitung. »Wie geht's Ihnen?«

»Gut, Chef, so weit gut«, beruhigte sie ihn, »aber wir haben ein Problem: Dieser Christoph aus Berlin, Sie erinnern sich, der mich gekidnappt hat, ist Zellers Sohn und hat mich in flagranti im Büro seines Vaters erwischt. Zum Glück kam Ihre Mutter gerade rechtzeitig, sonst wäre ich wahrscheinlich nicht mehr am Leben.«

Kurzes Schweigen. Ein hörbar tiefes Durchatmen.

»Geht's euch beiden gut?«

»Ja, das schon, aber wir müssen hier weg. Ich, iiich«, stotterte Nadine, »kann jetzt den Mord an Wollschmidt beweisen, Zeller hat alle Daten auf seinem PC abgespeichert. Ich hab sie mir auf den Stick gezogen.«

Und wieder ein hörbares Schweigen mit anschließendem Räuspern.

»Sind Sie wahnsinnig! Mensch, Frau Andres, Sie, Sie …«, er stockte und schien kurz zu überlegen. »Sie machen Folgendes: Hinter der Villa führt ein kleiner Weg bergabwärts. Nach circa zweihundert Metern in östlicher Richtung kommen Sie auf eine Lichtung, dort wird Sie ein Auto in Empfang nehmen und in Sicherheit bringen. Auf meiner Uhr ist es jetzt einundzwanzig Uhr zweiundzwanzig. Ich treffe Sie in fünfzehn Minuten.«

»Aber Chef, wir müssen noch packen. So schnell geht das nicht!«, widersprach Nadine.

»In fünfzehn Minuten, Frau Andres! Haben Sie mich verstanden?«

»Ja! Okay, bis gleich«, erwiderte sie kleinlaut und rollte mit den Augen.

Die Frauen hatten es geschafft, binnen zehn Minuten ihre persönlichen Sachen in die Reisetaschen zu werfen, um nun die Treppenstufen hinabzulaufen.

»Mist!«, stockte plötzlich Nadine. »Hören Sie das auch?«

»Was?«

»Draußen kläffen doch Hunde!«

»Stimmt, jetzt höre ich sie auch«, entgegnete Frau Kaufmann. »Warten Sie einen Moment, ich bin gleich wieder da.«

Die Seniorin drückte Nadine ihre Tasche in die Hand, drehte ihr den Rücken zu und verschwand Richtung Küche. Keine fünf Minuten später kehrte sie mit hängender Zunge zurück.

»Okay, wir können gehen«, bemerkte Frau Kaufmann außer Puste.

»Wie, wir können gehen?«, fragte Nadine leise und hörte in die Stille hinein. »Die Hunde scheinen sich beruhigt zu haben.«

Zügig verließen sie das Haus und verschwanden in der Dunkelheit. Immerzu knackten trockene Zweige unter ihren Füßen und ließen die Frauen zusammenschrecken. Etwa nach einhundert Metern kamen sie an ein kleines hölzernes Tor. Vermutlich ging es von hier aus zur besagten Lichtung. Gerade als Nadine ihre linke Hand auf die verrostete Türklinke legen wollte, hörte sie ein unangenehmes Kläffen hinter sich.

Vorsichtig drehte sie sich um und sah sich zwei zähnefletschenden Dobermännern gegenüber.

Nadine bekam es mit der Angst und begann zu zittern. Die Situation war ihr verhasst, weil sie wusste, dass sie jetzt nicht die Ruhe behalten konnte, die vonnöten war, um besonnen zu reagieren. Kindheitserinnerungen wurden wach und zauberten ein ähnliches Bild vor ihr geistiges Auge, nur war sie da erst zwölf gewesen. Damals war ihr der Nachbarjunge gerade noch rechtzeitig zu Hilfe gekommen und hatte den Hund verscheucht.

Plötzlich schien dieses Wunder von einst sich auf das Heute zu übertragen. Wie fremdgesteuert hockten die Dobermänner auf dem Boden und begannen sich über etwas herzumachen.

»Kommen Sie, das ist unsere Chance! Die sind für eine

Weile beschäftigt«, forderte Charlotte Nadine heiter zum Gehen auf.

»Was haben Sie mit ihnen gemacht? Etwa Gift?«

»Nein, wo denken Sie hin!«, widersprach Frau Kaufmann energisch. »Ich liebe Hunde, habe ihnen nur etwas rohes Fleisch gegeben.«

»Ach, deshalb waren Sie auf einmal fort, verstehe.« Nadine schien erleichtert. »*Östliche Richtung*, sagte Ihr Sohn. Moment, ich sehe schnell auf meinem Handy nach.«

Rasch hatte Nadine die Himmelsrichtung auf ihrem Display gefunden und lief etwas humpelnd voran. *Schmerzt ganz schön so ein Kabelbinder.*

Frau Kaufmann folgte ihr zögernd, denn in der Dunkelheit fühlte sie sich nicht sicher.

Wenig später erspähte Nadine am Horizont ein schwaches, immer wieder aufflackerndes Licht. Vermutlich das Auto von ihrem Chef. Unerwartet ging es aus.

»Ich glaube, dort vorne sind sie!«, wies Nadine mit ausgestreckter Hand in die vermeintliche Richtung. *Aber wieso ist es aus? Mist! Vielleicht eine Falle ... Hilft nichts, wir müssen näher ran.* »Folgen Sie mir«, flüsterte Nadine ihrer älteren Begleiterin besorgt zu und legte den Finger auf den Mund.

Man spürte, wie der langsam zu Ende gehende Herbst davonschlich und sich die Hand mit dem beginnenden Winter reichte. Ein Geruch von Kälte lag in der Luft und das nasse Herbstlaub verströmte einen leicht schimmeligen Duft. Lediglich ein paar Käuzchenrufe durchbrachen die Stille.

Die Frauen begannen allmählich zu frieren und zogen ihre Jacken fester um die Hüften. Nach etwa hundert Metern hatten sie ihr Ziel erreicht. Das Licht einer Taschenlampe ging unvermutet an und bestrahlte Hufnagels Gesicht.

Nadine erschrak, stockte und blieb abrupt stehen.

»Kommen Sie, kommen Sie! Wir sind's! Keine Angst,

Mutter!«, rief Hufnagel den beiden Frauen entgegen.

»Mensch, Junge«, sprach Charlotte Kaufmann, »hast du mich erschreckt. Das Licht an deiner Nase lässt dich wie einen Vampir aussehen. Mach das bloß nicht zu oft, sonst kannst du mich bald beerben«, frotzelte sie unerschrocken.

»Mutter! Bitte! Was sollen die Kollegen von mir denken«, schimpfte er sie von der Seite an und setzte ein wenig energischer hinzu: »So, meine Damen, einsteigen und dann bringen wir Sie in eine warme Unterkunft!«

Eine viertel Stunde später, etwa um 22.00 Uhr saßen die Damen bei einer heißen Tasse Tee sowie Gebäck, auf dem Sofa des konspirativen Einfamilienhauses unweit von Zellers Villa.

Danach gab es für Nadine kein Halten mehr. Stolz präsentierte sie den Kollegen jedes Detail von Zellers Aktivitäten und spürte die neugierigen Blicke ihrer Schweizer Kollegen sowie Hufnagels nicht nur auf dem Bildschirm ihres Laptops vor sich ruhen, sondern vor allem auf sich selbst.

Unerwartet legte jemand seine Hand auf ihre Schultern.

Nadine zuckte zusammen und drehte sich mit großen Augen zu dem Unbekannten um. Hinter ihr stand ein kleiner, schmächtiger Mann mittleren Alters und mit Stoppelfrisur. Seine Nase wirkte auf Nadine ein wenig zu groß und passte nicht so ganz in sein Gesicht.

»Wenn das alles der Wahrheit entspricht, verehrte Kollegin, dann haben Sie uns einen der größten, ach, was sag ich, *den* größten mutmaßlichen Drogenhändler und Saubermann ans Messer geliefert, der uns bekannt ist«, sagte der Mann mit Schweizer Akzent. »Ach, ich habe mich noch gar nicht vorgestellt, mein Name ist Urs Stuz, und ich bin leitender Ermittler der Kantonspolizei Zürich.«

Nadine hatte Mühe, ihn zu verstehen, denn als Nordlicht

hatte sie bislang kaum Berührung mit der benachbarten Schweiz gehabt. Der eine Stadtbummel durch Zürich zählte nicht.

»Wir müssen Zeller verhaften. Noch heute!«, forderte Stuz.

»Und wo bekommen wir mitten in der Nacht noch einen Haftbefehl her?«, fragte Nadine ungläubig den Schweizer Eidgenossen.

Irritiert sah Stuz sie an.

»Den brauchen wir nicht«, sagte er. »Gegen Victor Zeller besteht dringender Tatverdacht und außerdem ist Gefahr in Verzug. Unter diesen Umständen können wir Zeller auch ohne Haftbefehl in Gewahrsam nehmen.«

»Aha, ich nehme an, Verdunklungsgefahr ist ebenfalls gegeben. Was denken Sie?«, fragte ihn Nadine.

»Da stimme ich Ihnen zu. Wir wissen nicht, inwieweit Zeller von Ihrer kleinen nächtlichen Eskapade weiß. Anzunehmen ist es schon, zumal sein Sohn auf Sie aufmerksam wurde und auch Frau Kaufmann spurlos aus der Villa verschwunden ist. Mit einer Beweisvereitelung, sprich das Löschen der Daten seitens Zellers, ist tatsächlich zu rechnen. Daher sollten wir schleunigst, also jetzt, handeln!«

Stuz ging zu einem seiner Kollegen und tuschelte mit ihm, dann sagte er laut und für alle gut verständlich: »Gut, dann erfolgt die Verhaftung in Kürze! Trotzdem besorge ich mir vom Staatsanwalt einen Haftbefehl sowie eine Anordnung zur Hausdurchsuchung. Sicher ist sicher! Ein Fehler unsererseits und Zeller steht dank seiner geschmierten Anwälte wieder auf freiem Fuß«, sagte er routiniert. »Nägeli, kümmern Sie sich bitte darum!« Er meinte den Kollegen neben sich. »Der Rest kommt mit mir!«

***

Es war 22.22 Uhr, als Victor Zeller sein Büro betreten, sich an seinen Schreibtisch gesetzt, die Schublade aufgezogen und das Bild von sich und seiner Frau herausgenommen hatte. Seitdem starrte er auf das gerahmte Foto in seinen Händen.

»War ein großer Fehler. Wohin hat mich der Wahnsinn denn gebracht? Jetzt habe ich Geld wie Heu, einen Sohn ohne Kinder und meine Frau möchte nichts mehr von mir wissen«, stellte er ernüchtert fest und wirkte müde.

Er stand auf, ging rechts zum Bücherregal, schob das äußerste linke Buch beiseite und entnahm der sich dahinter öffnenden Bar eine Flasche Whisky. Dann befüllte er zwei Drittel eines Glases mit der goldgelben Flüssigkeit und trank es in einem Zug aus.

Die Zeit verging und ein Glas folgte dem nächsten.

»Alles Scheeeiße. Ich brrrring mich um. Wooo ist mmmeine Pissstole?«, lallte er unverständlich.

Im selben Moment drehte sich der Schlüssel zu seiner Bürotür und sein Sohn trat ein.

»Wie bist du denn hier reingekommen? Es war doch abgeschlossen?!«, fragte Christoph seinen Vater. »Und wo ist der Mistkäfer?«

Christoph drehte sich kurz um und erklärte seiner Freundin, dass sie auf ihr Zimmer gehen solle, da er noch etwas mit seinem Vater besprechen müsse. Dann wandte er sich wieder um, betrat das Büro seines Vaters und schloss die Tür hinter sich.

Zeller verdrehte die Augen und stolperte auf wackeligen Beinen seinem Sohn entgegen.

»Der Alkohol bringt dich noch mal um«, meinte Christoph.

»Wen stört's?«, maulte Zeller. »Miiissstkäääffer laufen überall rum, laaaufen rum.«

»Vater, lass mich dir helfen, dich ins Bett zu bringen.

Ich regle das.«

Wenig später läutete es an der Haustür. Zellers Butler ging an die drei Meter hohe Eingangstür und öffnete sie mit einem unmerklichen Quietschen.

»Guten Abend, Sie wünschen bitte?«, fragte er freundlich Hufnagel und Stuz.

Nadine und eine gute Handvoll Polizisten standen abseits.

Stuz zeigte wortlos seinen Polizeiausweis.

Als wüsste er, um was es ginge, reagierte der Butler besonnen und meinte: »Moment bitte, ich sage Herrn Zeller, dass Sie da sind.«

Gleichzeitig trat jemand gegen die Tür und schob sie auf.

»Nicht nötig, das sagen wir ihm schon selbst!«, entgegnete Stuz entschieden und ließ den Rest seiner Leute ihm folgen.

Widerwillig trat der Butler zur Seite, die Polizisten betraten das Haus.

Routiniert ging ein Teil der Gruppe nach rechts, während der andere nach links ausschwärmte.

Nur die Herren Stuz, Hufnagel und Frau Andres blieben im Foyer zurück. Obwohl Hufnagel Nadine lieber im Schutze der Polizei im Einfamilienhaus gelassen hätte, hatte sie darauf bestanden, bei Zellers Verhaftung mit dabei zu sein. Es war ihr erster spektakulärer Fall und die Lorbeeren wollte sie nicht anderen überlassen. Lediglich Frau Kaufmann war in Sicherheit geblieben und nicht mitgekommen.

Zwei Minuten später standen Stuz und Hufnagel in Zellers Büro und forderten Vater und Sohn auf mitzukommen.

Christoph verschränkte seine Arme vor der Brust und

antwortete Stuz mit einem grimmigen Blick: »Meine Herren, wir sind unbescholtene Bürger, und ich wüsste nicht, warum wir Sie begleiten sollten. Außerdem geht es meinem Vater nicht gut. Ich werde jetzt meinen Anwalt anrufen und der kümmert sich dann um Ihre Fragen. Entschuldigen Sie bitte, ich habe noch ein paar Geschäfte zu erledigen!«

In diesem Moment kam Nadine ins Zimmer geeilt und schenkte Christoph ein kesses Lächeln.

»Tja, mein Lieber, ihr hättet besser nicht alles im Computer abspeichern sollen. Und dann noch so ein simples Passwort … da steigt doch jedes Flittchen dahinter«, entgegnete sie amüsiert.

Christoph kochte vor Wut und sah Nadine mit hasserfüllten Augen an.

»Du Miststück bist von der Polizei!«

Erregt ging er auf Nadine zu, hob seine Fäuste, um ihr eine zu verpassen.

Geistesgegenwärtig kreuzte sie die Arme vor dem Kopf, wehrte ihren Angreifer mit der rechten Hand ab und zog blitzschnell seine Faust beiseite. Sogleich legte sie ihm mit einem kurzen metallischen Klicken Handschellen an.

»Gefällt's dir? Stehst doch auf Fesselspielchen!«, entgegnete sie scharf.

Mit dieser Reaktion hatte er nicht gerechnet, genauso wenig wie die anderen drumherum. Überrascht starrten zig Augenpaare auf Nadine.

»Mrs Bond lässt grüßen, hä«, frotzelte Hufnagel und war sichtlich stolz auf seine junge Mitarbeiterin.

Nur Victor Zeller bekam von alledem nichts mehr mit. Er lehnte in seinem Bürostuhl und war inzwischen eingenickt.

Zwei Polizisten führten Christoph ab und setzten ihn in ein Polizeiauto, während man in der Villa noch Beweismaterial sicherte.

Nadine klemmte sich Zellers Laptop unter den Arm und verließ kurz darauf das Anwesen. Draußen trafen sich ihre Blicke mit denen Christophs. Er machte schmale Augen und dazu ein zorniges Gesicht. Außerdem schien er laut zu fluchen. Doch niemand hörte ihn.

Sie schritt vorüber und schenkte ihm kaum Beachtung. *Für die nächsten Jahre kommst du hinter schwedische Gardinen, du eingebildetes Arschloch.* Im selben Moment vibrierte ihr Handy.

Die junge Frau nahm es aus der Jackentasche und sah auf die Nachricht.

Nadine, lass es uns bitte noch mal versuchen. Du fehlst mir! Kuss Marcel.

»Du mir nicht, Blödmann«, schimpfte sie leise. *Bin ich denn nur von selbstgefälligen Angebern umgeben? Ein Königreich für einen normalen Kerl!*

17. In derselben Nacht

Man brachte die Zellers auf die Polizeistation in Zürich.

Victor Zeller war in der Zwischenzeit erwacht und hatte sich von seinem Rausch erholt. Langsam kam er wieder zur Besinnung und war sichtlich darüber überrascht, wo er sich des Nächtens befand. Er saß auf einem blanken Holzstuhl, davor ein Tisch und ihm gegenüber zwei Männer. Die beiden sahen Zeller gebannt an. Schnell wurde ihm bewusst, wo man ihn hingebracht hatte.

»Sind Sie wahnsinnig, mich zu verhaften?«, schrie er Stuz und Hufnagel an, während er mit den Fäusten gestikulierte. »Wo ist Ihr Haftbefehl? Was glauben Sie eigentlich, mit wem Sie es hier zu tun haben? Mit einem dummen Schuljungen? Holen Sie meinen Anwalt, aber schnell, sonst kommt Ihnen diese Aktion teuer zu stehen!«

Die Herren blieben still und ließen seinen Zorn an sich abprallen.

Ein Wachpolizist, der in der hinteren Ecke gestanden hatte, trat an Zeller heran und legte seine Hand auf dessen linke Schulter. Zeller schien sich zu beruhigen.

»Ihr Anwalt wird Sie gleich besuchen. Geduld, Herr Zeller«, erklärte Stuz gelassen. »Aufgrund der Situation brauchen wir keinen Haftbefehl, das wird man Ihnen aber gleich erklären. Dennoch erwarten wir ihn in Kürze.«

In diesem Moment klopfte es an der Tür. Ein junger Polizist trat ein, übergab Stuz ein gefaltetes A4-Papier und ging wieder. Stuz nickte dem Mann dankend zu, faltete das Schreiben auf und zeigte es Hufnagel. Die Männer wirkten sichtlich zufrieden und überreichten es wortlos Zeller. Es war sein Haftbefehl.

Zeller sah die beiden fragend an, aber ihre Reaktion blieb aus.

Erneut klopfte es und der junge Polizist von gerade eben führte einen großen schlanken Mann mit Anzug, Krawatte und Aktentasche herein. Seine Erscheinung war glatt. Kurzhaarfrisur, rasiert und ein wenig nach Aftershave riechend.

»Grüezi, mein Name ist Tumbler, ich bin der Rechtsbeistand von Herrn Zeller.« Er sah seinen Mandanten mit einem sanften Nicken an. Wie es schien, kannten sich die zwei. Gleichzeitig reichte der Anwalt den Herren nacheinander die Hand. »Also, was haben Sie meinem Mandanten vorzuwerfen?«

Man wies Tumbler neben Zeller einen Stuhl zu.

»Mord, Drogenhandel und verschleppte Insolvenz«, kam es rasch aus Hufnagels Mund.

»Ganz schön viel auf einmal, finden Sie nicht? Haben Sie Beweise?«

Stuz sah Tumbler für ein paar Sekunden an und sagte dann: »Ja, haben wir!«

Tumbler wandte sich seinem Mandanten zu. Seine Augen trafen auf die Zellers und man spürte seine offenen Fragen.

»Wir haben Hinweise, dass Ihr Mandant mit den Morden an Max von Billstedt sowie Karsten Wollschmidt zu tun hatte. Beziehungsweise war er der Auftraggeber. Das lässt sich anhand unserer Beweismittel deutlich sagen.«

»Und diese *Beweismittel*, wie Sie sie nennen, liegen vor? Dürfte ich sie sehen?«

»Selbstverständlich.«

Stuz griff zum Telefonhörer und bat Nadine zu kommen.

Wenig später betrat die junge Polizistin mit Zellers Laptop das Büro und zeigte Tumbler, neben ihm stehend und leicht über den Tisch gebeugt, die gespeicherten Daten.

Victor Zeller blieb ruhig sitzen und starrte Nadine mit

gefalteten Händen an. Seine Personaltrainerin hatte ihn also hereingelegt. Er wirkte gelassen, fast entspannt.

»Gut, ich werde aussagen, damit der Wahnsinn endlich ein Ende hat. Wozu das Ganze noch …?«, murmelte Zeller mit starrem Blick.

Tumbler unterbrach ihn mitten im Satz: »Herr Zeller, bitte lassen Sie mich reden!«

Zeller ergriff wieder das Wort: »Nein, jetzt lassen Sie *mich* reden! Das geht alles schon viel zu lange. Mit dem Mord an Max von Billstedt habe ich nichts zu tun. Er war mir immer ein guter Freund gewesen, fast wie ein Vater. Von ihm habe ich viel gelernt, und dass er mich sogar in den Vorstand berufen hat, werde ich ihm mein Lebtag nicht vergessen. Ich wusste, dass er mich in seinem Testament bedacht hatte, also warum hätte ich ihn töten sollen? Man bringt doch seine Eier legende Wollmilchsau nicht um!«

Stuz blickte auf Zeller und schien über dessen Aussage nachzudenken.

»Mhm, da gebe ich Ihnen recht. Okay, lassen Sie uns über den Mord an Karsten Wollschmidt sprechen. Hier ist die Beweislage eindeutig. Sie ließen den alten Mann durch Ihren Sohn, Christoph Zeller, auf offener Straße hinrichten.«

Zeller zeigte für die Aussage des Polizisten Interesse.

»Wie Sie das sagen, klingt das ein wenig theatralisch. Er wurde überfahren, ja, das stimmt. Mein Sohn war es aber nicht.«

»Doch, er war dabei!«, mischte sich Nadine zornig ein. »Ich kann es beweisen.«

Zeller sah sie abschätzig an und fuhr mit seiner Aussage fort: »Dieser Wollschmidt wurde mir einfach lästig. Er war wie eine Schmeißfliege. Ständig hörte ich seinen Namen und das bereits seit über vierzig Jahren. Ein richtiger Schnüffler war das, stand unentwegt bei mir auf der Matte und wollte neue Details über Billstedts Konzern. Irgendwann bekam er das mit der verschleppten Insolvenz mit. Hätte Billstedt davon erfahren, wäre ich geliefert gewesen, und womöglich hätte er dann das Testament noch in letzter Minute geändert.«

Nadine zuckte zusammen. *Ich glaube, der sagt die Wahrheit. Von Billstedt wurde vor Wollschmidt ermordet und zwischen den Morden liegt eine Woche. Demnach hatte er gar nichts von seinem Tod gewusst. De facto gibt es noch einen zweiten Mörder.*

»Aber die Familie hat Ihnen vertraut! Die Kinder haben sogar auf ihren Firmenanteil verzichtet, nur damit der Konzern in einer Hand verbleibt«, schimpfte Nadine und verschränkte, immer noch stehend, erbost ihre Arme vor der Brust.

»Sie haben Firmengelder beiseitegeschafft«, bohrte Hufnagel weiter, »und damit den Konzern ruiniert.«

»Vergessen wir nicht die Drogengeschäfte«, vervollkommnete Stuz.

»Nun ja«, antwortete Zeller grübelnd, »ich brauchte das Geld für mein teures Hobby … Wissen Sie, ich bin leidenschaftlicher Kunstsammler. Kunst hat ihren Preis. Sie ist wie eine Sucht, der man sich einfach nicht mehr entziehen kann.«

»Sag ich doch immer wieder, Geld verdirbt den Charakter«, mischte sich Nadine vorlaut ein.

Dem stimmte man mit einem kurzen Schweigen zu.

Nach einer Weile beugte sich Nadine zu Hufnagel hinab und flüsterte ihm etwas ins Ohr, bevor dieser um eine kurze Pause bat und mit ihr das Büro verließ.

Am Kaffeeautomaten ließen sich die zwei einen Schweizer Schümli-Kaffee heraus und Nadine berichtete ihrem Chef vom Stand der Dinge, so wie sie sie bislang einzuschätzen vermochte.

Hufnagel hörte ihr aufmerksam zu und nahm von Zeit

zu Zeit einen Schluck Kaffee aus seinem Plastikbecher.

»Interessante Sichtweise, junge Frau! Für mich passt das auch nicht ganz zusammen, obwohl ich mehr oder weniger pro forma ermittle und nicht vom Fach bin. Aber mein Menschenverstand gibt Ihnen recht. Sehen wir es mal so: Wenn Zeller tatsächlich alle seine Transaktionen minutiös aufgeschrieben hat, dann wäre auch der Mord an Billstedt notiert. Ist er aber nicht! Demzufolge muss es einen zweiten Mörder oder sogar Mörderin geben. Denken wir doch mal in diese Richtung.«

»Genau, und das bereitet mir seit einiger Zeit Kopfzerbrechen. Irgendetwas haben wir übersehen. Bloß, was?«

Hufnagel blieb ihr eine Antwort schuldig und ging mit Nadine zurück ins Büro.

Victor Zeller stand etwas abseits in einer Ecke und flüsterte mit seinem Anwalt, unterdessen Stuz eine Nachricht in sein Handy tippte.

»Gut«, sagte der leitende Ermittler der Zürcher Kantonspolizei und bat alle wieder an den Tisch. »Ich hätte da noch ein paar Fragen.«

Nach einer halben Stunde wurde die Vernehmung beendet.

Jedoch als man Zeller aus dem Büro führen wollte, drehte er sich noch einmal zu Nadine um: »Ich habe Billstedt nicht ermordet! Glauben Sie mir! Er war ohnehin ein gebrochener Mann.«

Nadine war überrascht. Zeller wirkte menschlich. Kam dieser Verbrecher am Ende doch noch zur Besinnung? Gab es Recht und Unrecht für ihn also doch?

»Ich verstehe Sie nicht ganz, Herr Zeller«, bohrte Nadine nach.

Zeller ging zwei Schritte dem Ausgang entgegen und drehte sich erneut Frau Andres zu. Fast predigend setzte er fort: »Wie würden Sie sich fühlen, wenn Sie Ihre große

Liebe sterben sehen?« Mit einem stechenden Blick verlieh er seiner Frage Ausdruck.

Nadine stockte der Atem. Sie schluckte und fühlte sich derart hilflos wie schon lange nicht mehr.

Hufnagel und Stuz verließen mit Zeller und seinem Rechtsbeistand den Raum, derweil Nadine für eine kurze Weile darin verharrte, den anderen nachsah und zu grübeln begann. *Große Liebe? Seine Exfrau? Aber sie lebt! Und Liebe war* das *nicht. Wer ist es dann?*

Christoph Zeller saß bei einem der Beamten und gab seine Daten preis. Man hatte ihm erlaubt, eine Zigarette zu rauchen, deren Qualm er lautstark im Gespräch durch Nase und Mund pustete. Die Zigarettenasche klopfte er zittrig gegen den Glasaschenbecher und blickte immerzu Richtung Fenster. Er wirkte fahrig und nestelte ständig an seinem Kinn herum.

Etwa eine Stunde später wurde auch er verhört und für den Rest der Nacht, wie auch sein Vater, in Gewahrsam genommen.

Am anderen Morgen gegen zehn fuhr Frau Lundin die Damen Andres und Kaufmann sowie Herrn Hufnagel zurück nach Konstanz.

»Na, das war ja ein kurzer Arbeitseinsatz«, sprach sie während der einstündigen Autofahrt.

Ein Großteil der Fahrt herrschte verhaltenes Schweigen.

Nadine blickte aus dem Fenster und dachte nach.

»Na, was bedrückt Sie denn, Nadine? Oh, entschuldigen Sie bitte, Frau Andres«, sagte Frau Kaufmann mütterlich und legte ihre Hand auf Nadines Schenkel.

»Passt schon, Frau Kaufmann, Sie können ruhig Nadine zur mir sagen. Sie haben mir das Leben gerettet und sind jetzt so etwas wie eine Verwandte für mich.«

»Ach, das ehrt mich aber. Diese Auszeichnung nehme ich gerne an. Dann sagen Sie aber – o Pardon! – *du* – Charlotte zu mir oder besser noch Charly.«

»Irgendwie passt nichts richtig zusammen«, murmelte Nadine kopfschüttelnd.

»Wieso nicht? Ihr habt doch den Mörder von Wollschmidt, oder nicht?«

»Den schon, aber den von Billstedt nicht.«

»Nicht? Ich dachte, der Fall wäre gelöst.«

»Nö, Victor Zeller hat beteuert, dass er den Billstedt hätte niemals umbringen können. Er war wohl wie ein Vater für ihn.«

»Aha! Interessant! Und jetzt?« Charlotte wendete ihren Blick Richtung Fenster.

»Jetzt … fange ich wieder von vorne an. Wir haben irgendetwas übersehen, Charly! Aber was?«

»Erzähl mir von Zellers Aussage!«, forderte Frau Kaufmann. »Übrigens stand von einem *V. Zeller* etwas in der Akte. Er habe wohl seinerzeit das Kartell angezeigt und kam mit einem blauen Auge davon.«

»Ja, ich weiß. Außerdem hat er Firmengelder unterschlagen.« Nadine sah die ältere Dame entgeistert an. »Mensch, Charlotte, mehr darf ich dir aber nicht erzählen, das sind interne Ermittlungen.« Nadines Stimme klang leise.

Frau Kaufmann gab sich ein wenig beleidigt und sagte dann: »Hast ja recht, hat Rudis Vater auch immer gesagt. Gut, dann sieh einfach aus dem Fenster und führe ein Selbstgespräch! Und ich … ich höre nur zu.«

Hufnagel blickte über die Schulter nach hinten zu seiner Mutter und zwinkerte ihr zu, während sie mit den Achseln zuckte und so tat, als würde sie ihn nicht verstehen.

Inzwischen begann Nadine tatsächlich laut zu überlegen.

»Zeller sprach von Billstedts großer Liebe und fragte,

wie ich mich fühlen würde, wenn meine große Liebe sterben würde.«

»Gibt es in der Akte denn keinen Hinweis auf eine Geliebte Billstedts?«, erkundigte sich Frau Kaufmann leise bei Nadine.

»Mir ist nichts aufgefallen«, gab sie kleinlaut zurück.

Charlotte Kaufmann drückte sich tiefer ins Polster und schlug nachdenklich die Arme übereinander.

»Also, als ich mir die Akte angesehen habe, fiel mir etwas auf. Zumindest stimmte es mich nachdenklich. Billstedts Sohn wurde 1967 geboren und erst drei Jahre später hat Billstedt geheiratet.«

»Na und?«

»*Na und!* Für jene Zeit war das absolut ungewöhnlich! Damals gab es keine oder fast keine unehelichen Kinder. Zu meiner Zeit wurde geheiratet! Du hättest ja nicht mal eine Wohnung bekommen ohne Trauschein. Und in Billstedts Kreisen ging das schon gar nicht.«

»Du meinst …?«

»Ich weiß nicht, was ich meine, Nadine, aber vielleicht gibt es hier …«

Die Frauen waren dermaßen in ihr Gespräch vertieft, dass sie nicht bemerkten, wie das Auto von Frau Lundin leise auf den asphaltierten Weg der Seniorenresidenz fuhr.

Rudolf Hufnagel öffnete seiner Mutter die Wagentür, reichte ihr die Hand zum Aussteigen und begleitete sie ein paar Meter zur Residenz. Mit einem Rechts-links-Kuss verabschiedete er sich von ihr, derweil Nadine der Seniorin mit einem Lächeln zuwinkte.

Erschöpft ging die alte Dame ins Foyer, wo Frau Schulz sie begrüßte.

»Na endlich, war dit langweilig ohne Sie! Mit den alten Zauseln hier kann man ja nicht reden. Nun erzählen Sie schon! Ick muss allet wissen, allet!«

Frau Kaufmann blickte Frau Schulz aus müden Augen an.

»Ich freue mich auch, Sie wiederzusehen, Frau Schulz«, erwiderte sie gereizt. Sie mochte Überfälle dieser Art ganz und gar nicht. »Geben Sie mir bitte noch etwas Zeit. Ich bin völlig fertig von der Fahrt. Lassen Sie uns nachher beim Tee plaudern. Bis dahin bin ich wieder fit.«

Beleidigt ließ Frau Schulz Frau Kaufmann stehen und entgegnete mürrisch: »Jut, wie Sie wünschen! Dann bis später!« Sie verschwand um die nächste Ecke, wobei ihr rundliches Hinterteil keck hin und her wackelte.

***

Frau Andres und Herr Hufnagel betraten ihr Konstanzer Büro.

»Mann, bin ich erledigt, Chef, 'ne Mütze Schlaf würd mir guttun.«

»Dann machen Sie das, legen Sie sich hin und kommen Sie am Nachmittag wieder.«

»Schöne Vorstellung, aber ich habe noch zu arbeiten. Ich muss mir Wollschmidts gesammelte Werke noch einmal zu Gemüte führen. Wir haben darin etwas übersehen.«

»Übersehen?«, wiederholte Hufnagel fragend.

Nadine nickte nachdenklich.

»Charly, Ihre verehrte Frau Mutter, hat mir erzählt, dass man in den Sechzigern geheiratet hat, bevor ein Kind kam.«

»So, hat sie das? Dann wird's wohl stimmen. Zumindest kamen die wenigsten Kinder unehelich zur Welt. Aber was hat das mit dem Tod vom Billstedt zu tun?«

»Nun, seine Ehe wurde erst ein paar Jahre später, nach der Geburt von Michael, geschlossen. Und irgendwie wirkten die Geschwister doch sehr, sagen wir mal, anders.«

»Anders? Meine Schwester ist auch anders als ich. Lebhafter und richtig ehrgeizig. Trotzdem sind wir Geschwister.«

Nadine starrte Hufnagel mit einem durchdringenden Blick an. *Na, da haben Sie aber recht, mit Ihrer ruhigen Komm-ich-heut-nicht-komm-ich-morgen-Mentalität.*

»Sind Sie sicher, dass Sie Geschwister sind? Und wenn nicht?«, konterte Nadine provokant.

»Worauf wollen Sie hinaus? Wenn nicht, dann haben unsere Eltern uns ganz schön an der Nase herumgeführt.«

»Kuckuckskinder.« Nadine sah Hufnagel schmunzelnd an. »Also, ich nehme mir noch mal den Wollschmidt vor.«

Nadine schloss ihre Schreibtischschublade auf und entnahm ihr die zerschlissene Ledermappe, die noch immer unangenehm nach Maschinenöl roch. Wie eine Katze, die gegorene Milch schnupperte, rümpfte sie die Nase.

Sie öffnete den Klickverschluss und entnahm die lose A4-Blattsammlung. Der Großteil der Seiten war bereits vergilbt und abgegriffen. Mit zwei Fingern durchblätterte sie das Papier.

»Langweilig! Nichts! Hier steht nichts, was ich nicht schon wüsste«, murrte sie laut vor sich hin, derweil ihr Kollege die Ereignisse vom Zürichberg ins Protokoll schrieb.

Hufnagel blickte erschrocken hoch.

»Gibt es eine Geburtsurkunde von den Kindern?«, fragte er nachdenklich. Er erhob sich vom Stuhl und sah aus dem Fenster, hinab zum Parkplatz voller Dienstfahrzeuge. »Dieser Papierkram geht mir ganz schön auf die Nerven. Da lob ich mir doch meine alte Arbeit.«

Nadine drehte ihren Stuhl zu Hufnagel und starrte auf seinen Rücken.

»Keine schlechte Idee, Chef«, antwortete sie, wandte sich wieder ihrem Schreibtisch zu, um wenig später zögerlich von sich zu geben: »Ich, ich glaub, hier ist so etwas wie eine Kopie. Zumindest wird der Name Michael von Billstedts erwähnt. Also, wenn ich das richtig entziffere, wurde er am 28. Februar 1967 geboren. Feiner Schnösel, sogar in einer Privatklinik. Vater ist Max von Billstedt … und die Mutter? … Komisch … der Name der Mutter wird nicht erwähnt … Ah, doch hier! Hab's übersehen. Ein paar Zeilen unter dem Namen des Vaters. Mutter, Erika Westhagen.« Nadine nahm das Papier und hielt es gegen das Licht.

Hufnagel wandte seinen Kopf zu Nadine und sah sie entgeistert an.

»Was machen Sie denn da?«, hinterfragte er, entfernte sich vom Fenster und ging zur Kaffeemaschine, um sich eine Tasse Kaffee einzuschenken.

»Ach, nur so ein Gefühl. Der Name der Mutter wirkt ein wenig wie radiert, als hätte ihn jemand im Nachhinein geändert«, grübelte Nadine und starrte auf das vergilbte Papier.« Nachdenklich fuhr sie mit der Zunge über ihre Lippen. »Auch die Zahl 67 scheint radiert«, stellte sie überrascht fest. »Moment mal, da stand vorher eine … *eine 66.* Ich glaub's nicht! Die Geburtsurkunde wurde im Nachhinein geändert. Das würde bedeuten, dass …« Nadine schoss wie ein Pfeil hoch und lief ein paar Schritte im Büro auf und ab. »Ich nehme mir jetzt diese Dr.-Endress-Privatklinik vor und sehe mich gleich mal in deren Archiv um.«

Nach einem längeren Telefonat und ein paar lauten Gesprächen räumte man Nadine den direkten Internetzugang zu den internen Akten der Privatklinik ein. Im Laufe der letzten Jahre hatte man dort sämtliche Geburtsurkunden akribisch genau gespeichert, sodass sie nach einigem Hin- und Herscrollen fündig wurde.

»Als hätte ich's geahnt! … Die haben eine Leiche im

Keller! Hier steht's: Die Mutter von Michael heißt Lisa Oleski und ist kurz nach der Geburt verstorben.«

»Tot?«, kam es achselzuckend von Hufnagel, der sich inzwischen wieder an seinen Schreibtisch gesetzt hatte.

»Sieht so aus. Schlimme Sache, na ja, früher kam das wohl häufiger vor. Mann, bin ich froh, dass ich in der heutigen Zeit lebe!« Nadine fuhr mit der PC-Maus weiter durchs Dokument. Plötzlich wurde das Scrollen hektischer und das kleine Rädchen der Maus lauter. »Hier steht was, ganz oben in der Ecke. Kann es kaum entziffern. Irgendeine Zahlenfolge … H. L. Nervenk...«

»Wiederholen Sie das noch mal, aber bitte langsam!« Hufnagel schien etwas in seinen Computer zu tippen. »Zu H. L. Nervenk… bekomme ich einen Eintrag zu einer Hans-Läufer-Nervenklinik … Ja, das muss es sein! Sie ist beziehungsweise war in Berlin und wurde Ende der Sechziger geschlossen. Weiterhin steht hier etwas von Quälereien an Patienten und widerrechtlichem Einsperren. Sehen Sie mal, Frau Andres … es gibt sogar Fotos. Heute ist die Nervenklinik eine verlassene Ruine.«

Nadine erhob sich vom Stuhl, ging um ihren Schreibtisch herum und blickte über Hufnagels Schulter hinweg auf den Bildschirm seines PCs.

»Chef, macht irgendwie keinen Sinn. Die Frau ist tot. Vielleicht war sie zuvor in der Hans-Läufer-Klinik. Nervengeschichte oder so was. Soll's ja geben.« Nadine stockte. »Hoffentlich existiert noch eine Krankenakte.«

Hufnagel wurde still und tippte den Wortlaut *Archiv für Krankenakten um 1970 Berlin* in das kleine längliche Feld der Suchmaschine. Von 37.200 Ergebnissen interessierte ihn das vierte von oben: *medizingeschichte.charite.de/bibliothek/.* Etwa in der Mitte der geöffneten Webseite stieß er auf den folgenden Text:

Historisches Krankenblattarchiv

Das Krankenblatt- bzw. Psychiatriearchiv enthält Krankenakten aus der Psychiatrischen und Nervenklinik der Charité. Der umfangreiche Bestand umfasst den Zeitraum von 1880 bis 1976. Das Archiv ist Teil des Forschungsprojektes *Welten des Irrsinns* und wird von einer Gruppe von Wissenschaftler/innen des Instituts betreut.

»Ich glaube, hier ruf ich mal an«, sagte Hufnagel nach einer Weile des Lesens und ging auf den hinterlegten Link. »Vielleicht gehörte die Nervenklinik früher zur Charité.«

Er wählte die Nummer aus dem Impressum, einen Professor namens Doktor Heiko Lauter. Doch sein Anruf blieb erfolglos.

»Keiner da«, sagte Hufnagel nachdenklich zu Nadine und hielt noch immer den Hörer in der Hand, derweil sie wieder an ihren Schreibtisch ging.

»Steht dort keine Handynummer oder eine E-Mail-Adresse?«

»Doch, eine Mailadresse. Schreiben dauert mir zu lange. Wir brauchen *jetzt* eine Info.« Dennoch tippte er etwas auf seiner Tastatur. Doch kaum dass er die Mail verschickt hatte, klingelte auch schon sein Telefon.

Hufnagel nahm ab.

»Hufnagel«, knurrte er in den Hörer.

»Sagen Sie mal, wollen Sie mich veräppeln?«, hörte er eine erzürnte Männerstimme am anderen Ende der Leitung.

»Mit wem spreche ich denn?«, erwiderte Hufnagel gereizt und sah Nadine mit fragendem Blick an. Seine Lippen formten ein *Keine-Ahnung-wer-das-ist.*

»Professor Lauter, Charité Berlin.«

»Ah, das ging aber schnell. Danke für Ihren Rückruf. Ich bräuchte dringend eine Auskunft. Ich habe die Mail an Sie leider zu schnell verschickt. Deshalb fehlte die Anrede. Entschuldigen Sie bitte!« *Ich nehme an, das meinte er wohl mit veräppeln.*

Hufnagel schien erleichtert.

Nachdem er den Mann auf der anderen Leitung beruhigen konnte und ihm kurz erläutert hatte, was sein Anliegen war, kamen die Männer ins Gespräch. Während der Unterhaltung erfuhr Hufnagel, dass man die Hans-Läufer-Nervenklinik wegen groben Amtsmissbrauchs, etlicher Verfahrensfehler und unrechtmäßigen Gefangenhaltens von gesunden Menschen 1969 geschlossen hatte. Ebenso hörte er von ihrer grausamen Vergangenheit während der Nazizeit, als man die geistig Zurückgebliebenen als *lebensunwert* eingestuft und an ihnen medizinische Versuche vollzogen hatte, die die meisten nicht überleben konnten. Da die Klinik in einem maroden Zustand war, wurde sie verkauft, und der Eigentümer entschied, sie als bleibendes Mahnmal gegen Unrecht und Menschlichkeit verfallen zu lassen. Die Krankenakten jedoch wurden der Charité übergeben und dort archiviert.

Im Laufe der Unterhaltung versprach Professor Lauter, sämtliche Krankenakten der Frauen um die dreißig, die von Februar 1966 bis zur Schließung der Hans-Läufer-Klinik 1969 dort Patientinnen waren, per Eilkurier nach Konstanz zu schicken.

18. Freitag, 24. Oktober

Die ganze Nacht bis zum späten Morgen hatte es unentwegt geregnet. Auf den Straßen waren riesige Pfützen und der anbrechende Tag schien nicht hell werden zu wollen. Außerdem setzten die ersten Herbststürme ein.

Als Nadine völlig durchnässt an diesem Morgen ihren Arbeitsplatz betreten wollte, wäre sie beinahe über drei große Kisten gestolpert, die direkt vor der Tür abgestellt worden waren. Vorsichtig schob sie die Kartons beiseite. Im Büro entledigte sie sich ihrer nassen Kleidung und stellte die Heizung auf die höchste Stufe. Sie hasste es, zu frieren. Danach setzte sie Teewasser auf.

Kurz nach ihr kam auch schon Hufnagel mit Schirm und Regenmantel hereingeschossen und rief laut: »Mann, könnt ihr das Büromaterial nicht vor einer anderen Tür abstellen? Warum immer bei mir?« Ohne Nadine zu bemerken, öffnete er seinen Schirm und spritzte eine Ladung Regentropfen in den Raum.

»He!«, maulte Nadine hinter ihm und goss heißes Wasser in eine Tasse. »Auch einen Tee, Chef?«

»Guten Morgen! Oh, ich hatte Sie gar nicht bemerkt. Ja, gerne.«

Nadine reichte ihm eine Tasse.

»Bei dem Wetter wäre ich am liebsten im Bett geblieben. Ekelhaft. Ich mag den Herbst nicht. Zumindest nicht so«, knurrte Hufnagel und hängte seinen nassen Mantel über einen Bügel.

Nadine lächelte ihm von der Seite zu.

»Och, ich schon, bei uns auf Fehmarn hat es ständig gewindet, und ich liebe dieses raue Wetter. Erinnert mich irgendwie an meine Kindheit. Einfach nur richtig anziehen, dann geht's schon! Sind das die versprochenen Akten da draußen?«

Hufnagel sah sie irritiert an. »Sind die schon da?«

Nadine war neugierig und prüfte den Absender. Tatsächlich, man hatte ihnen die Kisten per Eilkurier zukommen lassen.

»Mann, das heißt viel Arbeit. Aber dann sitzen wir wenigstens im Trockenen«, sagte Nadine und sah Hufnagel abwartend an.

Ohne ein Wort trug Hufnagel die Kisten ins Büro und stellte sie auf den Boden.

Voller Tatendrang öffnete Nadine eine der Kisten, entnahm ihr einen Berg Akten und legte sie auf ihren Schreibtisch. Wahllos nahm sie eine der blassrosafarbenen Pappen und schlug sie auf. Augenblicklich wurde es still.

Auch Hufnagel vergrub sich in die Arbeit. Doch er mochte das Wälzen von Akten nicht und bevorzugte stattdessen die Arbeit mit Menschen. Ein Schwätzchen hier und eines da, gut über den Tag verteilt, entsprachen eher seiner Auffassung von Arbeit.

Nach etwa einer guten Stunde hatte er keine Lust mehr und rief eine junge Praktikantin zu sich.

»Sie wollen doch was lernen, oder? Sehen Sie sich bitte die Dokumente an. Wir suchen nach einer jüngeren Frau namens Lisa Oleski. Sie muss meines Wissens im Frühjahr 1966 in der Hans-Läufer-Nervenklinik, aus der diese Akten stammen, behandelt worden sein.«

Er reichte der schüchtern wirkenden, schlanken Brünetten einen Stapel und öffnete ihr dann die Tür.

Nadine blickte ihn nur kopfschüttelnd an und sagte: »Auch nicht gerade die feine englische Art, Chef.«

»Ja, ja, aber jetzt habe ich Zeit für andere Dinge. Das werden Sie auch noch lernen, Frau Andres.«

»Was werde ich lernen?«, entgegnete sie schnoddrig.

»Zu delegieren!«

»Aha, Sie meinen wohl Teamarbeit, was nichts anderes bedeutet als *Toll, ein anderer macht die Arbeit*.« Mit lautem Gelächter vergrub sich Nadine wieder in ihre Akten, während Hufnagel das Büro verließ. Angeblich hatte er einen Termin beim Leiter der Mordkommission, Herrn Amans.

Doch Nadine störte das nicht. Jetzt hatte sie Zeit für die Recherche.

Nach einer weiteren Stunde kam die Praktikantin zurück und legte die von ihr durchgearbeiteten Akten auf Hufnagels Tisch.

»Und, sind Sie fündig geworden?«, erkundigte sich Nadine freundlich.

»Nicht wirklich«, antwortete sie. »Also, eine Frau mit dem Namen Oleski habe ich nicht gefunden. Aber eine Frau Anita Schwarz. In der Akte heißt es, sie habe ihr Kind ermordet und sei daraufhin in die Geschlossene gekommen. Zeitlich würde es sogar passen.«

Nadine sah die junge Frau überrascht an und war sichtlich ergriffen von ihrer klugen und umsichtigen Art.

»Respekt, Frau Jäger, Respekt!« Nadine nahm die Dokumente an sich. »Ich werde sie mir noch einmal ansehen. Ganz von der Hand zu weisen, ist Ihre Theorie nicht. Wir müssen in jede Richtung denken, sei sie auch noch so abwegig. Im Moment tappen wir nämlich ganz schön im Dunkeln und jeder Querdenker ist willkommen.«

»Was meinen Sie mit *Querdenker*?«, erkundigte sich die junge Frau überrascht und schien beleidigt.

»Nun – kennen Sie das, wenn man sich in einer Sache derart verrannt hat und nicht mehr weiß, wo rechts und links ist, ungefähr so, als säßen sie morgens immer am gleichen Platz in Ihrer Küche, statt ihn einmal zu wechseln und somit die Blickrichtung?«

»Ja, das kenne ich«, entgegnete die Praktikantin sichtlich entspannter und spielte an ihren langen Haaren. »Freut mich, wenn ich helfen konnte. Bin für jede interessante Arbeit dankbar. Nur Kaffeekochen ist auf Dauer langweilig.«

Kurz darauf verließ sie das Büro.

Nadine schlug die Patientenakte der Anita Schwarz auf und blätterte durch die Protokolle. Links oben war ein kleines Schwarz-Weiß-Foto mit einer Öse angeheftet, darauf eine müde wirkende Frau. Sie hatte ein blasses Gesicht, dunkle Augenränder und schien jünger als auf dem Bild. Ihr bräunliches Haar war zerzaust und zu einem Zopf gebändigt.

Eine Kindsmörderin! Wieso finde ich dann hier nichts zu einer Verurteilung? Kein einziger Hinweis. Nur ein paar Notizen zu Verhaltensauffälligkeiten, Ungehorsam und angeratener Einzelhaft ... Ah, zumindest gibt es mal einen Namen eines behandelnden Arztes. Doktor Harald Buchmann, Arzt für Frauenheilkunde, Dr.-Endress-Privatklinik ... Wieso war sie in einer Privatklinik untergebracht? Zur damaligen Zeit? Demnach stammte sie aus guten Verhältnissen ...?

Nadine kam ins Grübeln und starrte zur Wand.

»Ist doch merkwürdig, schon wieder diese Dr.-Endress-Privatklinik. So ein Zufall!«, dachte Nadine laut. Gleichzeitig griff sie zum Telefonhörer, wählte die Nummer der Staatsanwaltschaft in Berlin und bat um Einsicht in die Strafakte zum Mordfall Anita Schwarz. *Hoffentlich gibt es überhaupt noch eine Akte und wurde nicht wegen Verjährung gelöscht.*

Jedoch die Nachricht, dass es nie einen derartigen Mordfall gegeben hätte, ließ sie hellhörig werden.

Nachdenklich ging sie zur Glaswand und prüfte den Stand der Ermittlungen. Unter dem kleinen Kreuz für den

Mord an Karsten Wollschmidt hatte Hufnagel ein AUFGEKLÄRT: TÄTER VICTOR ZELLER notiert.

Nadine nahm sich einen Filzstift und malte rechts neben dem Kreuz von Billstedt einen Kreis mit einem nach unten hängenden Kreuz, das Venussymbol für Frau. Dahinter notierte sie die Nachnamen *Oleski* und *Schwarz*.

Und wenn wir in eine völlig falsche Richtung ermittelt haben, der Mörder von Max von Billstedt eine Frau ist? Zumindest würde es zum Täterprofil eines Giftmordes passen. Wir suchen also nach einer Frau, oder doch einem Mann, der sich bestens mit Gift auskennt. Vielleicht einem Arzt, Krankenschwester oder Pfleger!

»Was ist eigentlich aus dieser Schwarz geworden?«, fragte sie sich laut.

Erneut kam Nadine ins Nachdenken, als sie vom plötzlichen Verschwinden von Anita Schwarz im Sommer 1970 las. Die Suche nach der Vermissten blieb erfolglos. Mit dem handschriftlichen Vermerk *Besonders gefährlich* schloss die Patientenakte ab.

Nadine griff erneut zum Telefon und bat die junge Praktikantin zu sich.

»Sehen Sie, so schnell geht das. Jetzt gibt's Arbeit für Sie. Finden Sie mal heraus, wohin diese Anita Schwarz verschwunden ist. Davon haben Sie doch sicherlich gelesen?«

Die Praktikantin sah Nadine mit aufgeweckten Augen an und lächelte, als wartete sie nur darauf, zu antworten.

»Schon erledigt!«, sagte die jüngere Frau wie aus der Pistole geschossen. »Also, von dieser Schwarz gibt es keinerlei Einträge im zentralen Melderegister für Deutschland. Die Frau ist wie vom Erdboden verschluckt, ein Geist, den es nie gab. Wenn Sie mich fragen, hat sie ihre Identität gewechselt oder lebt im Ausland. Die Frage ist nur, warum.«

»Weil sie um ihr Leben bangen musste«, führte Nadine, mit dem Kugelschreiber spielend, fort. »Wenn sie noch lebt, wäre sie heute um die siebzig.«

Unvermutet kam Hufnagel ins Büro geschossen. Er schien wütend zu sein und setzte sich mit Wucht auf seinen Stuhl.

»Immer noch nicht fertig?«, schimpfte er die Praktikantin und starrte sie grimmig an.

Irritiert sah die junge Frau erst auf Frau Andres dann auf Herrn Hufnagel.

»Doch, doch, Frau Jäger hat mir super geholfen, Chef«, verteidigte Nadine ihre Kollegin. »Wir sind durch sie einen großen Schritt weitergekommen. Was ist Ihnen denn über die Leber gelaufen?«, fragte sie.

Frau Jäger verließ unterdessen leise das Büro.

Hufnagel zog die Schuhe unter seinem Schreibtisch aus und genoss die Beinfreiheit.

»Mist! Kaltbrunn bleibt noch im Krankenhaus und wird vorerst nicht zurückkommen. Ich hatte gedacht, dass ich endlich wieder an meine alte Arbeit gehen kann. Auf Dauer ist das für mich nichts. Meine Gesundheit und meine Ehe leiden darunter. Ich habe dem Alten gesagt, dass ich nach dem Fall nicht mehr mitmache. Sollen die sich doch einen anderen Dummen suchen. Außerdem fehlt mir die Erfahrung. Wären Sie nicht, Frau Andres … ach, ich will gar nicht erst daran denken. Und das vor meiner Pensionierung!«

»Nun mal langsam, Chef. Bis zu Ihrer Rente dauert es ja noch etliche Jahre. Wir sind doch inzwischen ein ganz gutes Team geworden.«

»Finden Sie?«

Nadine nickte heftig.

»Also gut, Sie haben ja recht. Dann erzählen Sie mal, was unser Küken herausgefunden hat.«

Nadine machte sich sofort an die Arbeit, stand auf, ging

zur Glaswand und präsentierte heftig gestikulierend Hufnagel ihre gesamten Erkenntnisse.

»Interessanter Ansatz!« Er drehte sich mitsamt seinem Bürostuhl nach rechts, um Nadine besser zu sehen. »Dann fasse ich mal kurz für mein Verständnis zusammen:

Erstens!

Der Mord an Karsten Wollschmidt ist geklärt!

Täter: Victor Zeller in Verbindung mit Christoph Zeller!

Zweitens!

Der Mord an Max von Billstedt ist ungeklärt!

Verdächtige: Seine Kinder, Michael und Katharina von Billstedt scheiden als Täter aus. Waren zur Tatzeit im Hotel eingesperrt. Na, wenn das kein Alibi ist!« Er lächelte verschmitzt in sich hinein und setzte seine Überlegungen fort: »Die Exehefrau Erika von Billstedt war zur Tatzeit auf den Philippinen. Und Victor Zeller konnte inzwischen nachweisen, dass er außer Landes war. Bleibt also nur im Moment Ihre ominöse Frau Oleski und Frau Schwarz … Tja, von Anita Schwarz fehlt jede Spur. Dann sollten wir uns nochmals mit der Oleski beschäftigen, der Mutter von Michael?«

»Aber sie ist tot, Chef! Zumindest steht das so in ihrer Krankenakte.«

»Steht dort auch, wo sie beerdigt wurde?«

»Nein, aber das finde ich heraus«, meinte Nadine. »Mir knurrt der Magen. Ich hole mir schnell einen Döner. Wollen Sie auch was?«

Aber wenn's ums Essen ging, brauchte man Hufnagel nicht erst lange zu bitten. Als Genussmensch, der er nun einmal war, schätzte er eine gute Küche, auch abends noch. Er lebte nach der Devise *Lieber durchs Leben gerollt, als durchs Leben geklappert.* Und damit lebte er gut. Alles in allem war er mit sich und seiner Welt zufrieden, wenn nur nicht sein unliebsamer Mordfall gewesen wäre, den er liebend gerne mit sofortiger Wirkung abgegeben hätte. Bloß, an wen?

Nachdem sie den Döner gegessen hatte, recherchierte Nadine im Internet den möglichen Friedhof, auf dem man seinerzeit Lisa Oleski begraben hatte. Da die Familie von Billstedt eine prächtige Villa im Grunewald ihr Eigen nannte, lag die Vermutung nahe, dass man Lisa vielleicht auf dem Friedhof Grunewald bestattet hatte. Tatsächlich, es gab eine Grabstätte auf den Namen Lisa Oleski.

»Bingo! Lisa Oleski ist am 28.2.1966 gestorben, genau am Geburtstag von ihrem Sohn Michael. Wissen Sie, was ich mich die ganze Zeit frage?«

»Was?«, kam es kurz von Hufnagel.

»Wieso das Ganze, wenn sie doch gestorben ist? Warum hat man die Geburtsurkunde von Michael gefälscht? Ergibt irgendwie keinen Sinn.«

Hufnagel, der seinen Döner längst gegessen hatte, wischte sich mit einer Serviette den Mund ab.

»Vielleicht«, erklärte Hufnagel gähnend, »wollte man dem Kind einfach unangenehme Frage ersparen. Oder aber in den Kreisen, wo die Billstedts verkehrten, das Bild einer heilen Familie aufrechterhalten. Wer weiß?«

Nadine sah Hufnagel beklommen an, denn mit dem Tod von Frau Oleski und dem Nichtauffinden von Frau Schwarz war sie wieder am Anfang. Langsam begann sie, diesen Mordfall zu hassen. Ständig sah sie ein Licht aufflackern und ständig wurde es wieder gelöscht. Aber sie hatte Biss und Aufgeben gehörte nicht zu ihrer Auffassung von Polizeiarbeit, denn genau das reizte Nadine an ihrem Beruf. Nicht wissen, was kommt, und nicht wissen, wie es weitergeht. Aber sie wollte die Welt ein wenig besser machen und Recht sollte Recht bleiben. Entgegen ihrer momentanen Laune fasste sie sich ein Herz und posaunte, sodass Hufnagel sie nicht überhören konnte: »*Da stimmt was nicht!* Ich gehe nochmals die Krankenakte der Oleski durch und wenn ich die ganze Nacht arbeiten muss!«

Hufnagel schlüpfte wieder in seine Schuhe, bückte sich und band die Schnürsenkel zu.

»Tun Sie das, tun Sie das«, antwortete er, noch unter dem Tisch kauernd, und kam hoch. »Aber ich kann heute nicht länger bleiben, leider. Habe Trompetenprobe bei den Blätzlebuebe – wie jeden Mittwoch – Vorbereitung auf die Fastnacht.«

»Ah, dann viel Spaß. Bis morgen!«

Hufnagel zog seinen Regenmantel an, nahm den Schirm und eilte mit einem »Auf Wiedersehen!« aus dem Büro.

Vielleicht sollte ich mir auch einen Verein suchen, dort gibt es ganz sicher bodenständige Männer und wer weiß ... Doch Nadine hatte zu tun und für ungelegte Eier keine Zeit.

Nachdem sie eilig zur Toilette gegangen war, holte sie sich im Etagenflur eine Cola aus dem Getränkeautomaten und nahm sich im Anschluss erneut die Krankenakte von Lisa Oleski vor. *Wieso finde ich nirgends ein Foto von dieser Oleski? Merkwürdig! Ich suche ein Phantom. Nein, zwei Phantome namens Schwarz und Oleski. Und wenn, wenn die beiden ein- und dieselbe sind? Ergibt keinen Sinn, Nadine! Die eine ist tot, die andere verschwunden.*

Gewissenhaft scrollte Nadine noch einmal das Protokoll der Privatklinik auf deren Webseite durch und wurde stutzig.

Moment mal! Dieser Doktor Buchmann wurde doch auch in der Akte der Nervenklinik erwähnt. Komischer Zufall! Wieso derselbe Arzt? Aber weiter im Text! Den Typen sehe ich mir mal näher an.

Nadine kritzelte den Namen Harald Buchmann auf einen Notizblock und las weiter.

Ah! Hier steht auch noch der Name der Hebamme, wohl die, die Michael damals entbunden hat. Ingrid Jennicke.

Hinter dem Namen Jennicke entzifferte Nadine eine kurze handschriftliche Bemerkung mit dem Verweis *Fristlos entlassen wegen falscher Medikamentengabe.*

Hat Sie *etwa Frau Oleski auf dem Gewissen und wurde von ihrem Arzt gedeckt? Würde Sinn machen.*

Auch den Namen der Hebamme notierte sie auf ihrem Block.

Flott gab sie den Namen *Doktor Harald Buchmann* mit dem Vermerk *Frauenarzt* in die Suchmaschine ihres PCs ein. Bereits auf der ersten Seite erschien seine Todesanzeige mit dem Sterbedatum *01.11.2000* sowie eine lange Trauerrede hochbetagter Professoren, Doktoren und sogar Ministern. Buchmann war bis zuletzt im Vorstand der Dr.-Endress-Privatklinik sowie deren Chefarzt.

Wow! Na, der war ganz schön angesehen. Scheidet also als Täter aus. Aber überprüfen werde ich ihn trotzdem.

Sie notierte auf ihrem Notizblock hinter dem Namen *Buchmann* das Wort *TOT* sowie ein Fragezeichen und gab danach *Ingrid Jennicke* und *Hebamme* als Suchbegriffe ein. Eigentlich hatte Nadine mit einer Berliner Adresse gerechnet, wenn es überhaupt noch eine gab, stattdessen fand sie einen Link zu einer Hebammenpraxis in Freiburg.

Ohne Zögern wählte Nadine die angegebene Telefonnummer und wartete geduldig, bis sich jemand auf der anderen Leitung meldete.

»Jennicke!«, kam es resolut an ihr Ohr.

Nadine tat überrascht.

»Frau Jennicke? Spreche ich mit Frau Ingrid Jennicke?«, fragte sie beinahe ungläubig.

»Ja, wer will das wissen?«

»Entschuldigen Sie bitte die späte Störung. Meine Name ist Nadine Andres, Mordkommission Konstanz.«

»*Mordkommission?*«, wiederholte Frau Jennicke. »Wat hab ick denn mit der Mordkommission zu schaffen?«

In diesem Moment wusste Nadine, dass sie es mit der *richtigen* Jennicke zu tun hatte. Ihr Berliner Dialekt war unüberhörbar.

»Ist Ihnen eine Lisa Oleski bekannt?«

»Oleski? Nö, nie gehört«, kam es schroff retour.

»Frau Oleski hat bei Ihnen im Februar '66 entbunden.«

»*Februar '66* sagten Sie? Diese Zeit habe ich längst aus meinem Gedächtnis gestrichen. Schlimme Erinnerung.«

»Wieso, was ist damals passiert?«

»Jute Frau, darüber will ick nicht mehr sprechen. Ick war lange in Therapie, um den ganzen Mist zu vergessen. So, nun machen Sie es jut. Ick muss in meinen Geburtsvorbereitungskurs.«

Ohne auf eine Antwort von Nadine zu warten, legte sie auf und ließ sie verwundert zurück. Mit dieser Art von Abfuhr hatte Nadine nicht gerechnet. Ein derartiges Verhalten kannte sie nur von ihrem Exfreund Marcel, der bei Diskussionen oft das Gespräch beendet hatte, obwohl Nadine noch nicht fertig war. Und sie hasste es!

Na, dann eben nicht! Werde ich der Dame halt einen Besuch abstatten, und zwar gleich morgen. Ich fahre nach Freiburg.

Da Nadine ihren Chef nicht bei seiner abendlichen Musikprobe stören wollte, schrieb sie ihm einen kleinen Zettel: *Hallo Chef, habe heute keine Lust, zu kommen, schlafe mich mal aus (kleiner Scherz). Ne, im Ernst, ich fahre nach Freiburg. Habe eine interessante Spur. Melde mich von unterwegs. Tschüss! N. A.*

Nadine schnappte sich ihre Jacke und war im Begriff, sie anzuziehen.

***

Fast am anderen Ende von Deutschland war Michael von Billstedt mit dem Aussortieren von Wichtigem und Unwichtigem beschäftigt. Er hatte sich in der Zwischenzeit nach ein paar hochpreisigen Immobilienobjekten in Berlins besten Gegenden umgesehen. Sein zu erwartendes Erbe ließ ihm dafür genügend Spielraum, und die Zweizimmerwohnung, in der er zur Miete wohnte, war ihm längst verhasst. Zu viele kleine Störenfriede umgaben ihn hier und der Geräuschpegel im Haus ließ zuweilen doch zu wünschen übrig. Aber die Wohnung war billig.

Da er noch genügend Zeit für den Umzug hatte, machte er sich als Erstes an das Sichten alter Familienfotos. Diese hatte er vor einiger Zeit lose in einen Karton gelegt. Von Fotos überlagert, entdeckte er darin ein kleines, unscheinbares Schächtelchen. Voller Neugier öffnete er die Schachtel und blickte auf ein Spielzeugauto. Kindheitserinnerungen wurden in ihm wach.

»Das Geschenk der Tante«, sprach er leise zu sich und erinnerte sich vage an die Begebenheit mit der fremden Frau zu seinem vierten Geburtstag. Nur eines wusste er noch ganz genau: dass ihm damals sein Vater einen Fußball geschenkt hatte.

Wie ein kleiner Junge begutachtete er den winzigen silberfarbenen Mercedes älteren Datums und ließ seinen Blick über die Fotos im Karton schweifen. Neugierig blätterte er einige der vergilbten Bilder durch und entdeckte auf einem haargenau das Auto, welches er gerade in den Händen hielt.

Michael zog das Bild hervor und blickte auf seinen Vater in jüngeren Jahren, der, seitlich stehend, mit einer Frau darauf abgebildet war. Die beiden küssten sich, während die junge Frau ihr rechtes Bein angewinkelt nach oben hielt.

Bestimmt eine Jugendfreundin meines Vaters. Den Mercedes hat er sehr geliebt. Aber wieso hat mir die Fremde genau das gleiche Auto geschenkt? Merkwürdiger Zufall. Sollte ich dieser Andres davon erzählen? Nein, ist meine Sache. Aber… ach, egal! Ich ruf sie an.

***

Gerade als Nadine in ihren linken Jackenärmel schlüpfen wollte, klingelte ihr Telefon.

Sie nahm den Hörer ab, ohne auf das Display zu sehen.

»Ah, Sie wollten mir also doch noch etwas sagen«, kam es ahnend zurück, während sie die Jacke wieder auszog und über ihre Stuhllehne legte.

Der Sprecher am Ende der Leitung stockte kurz und antwortete mit einem kehligen Räuspern: »Entschuldigen Sie bitte, wie darf ich das verstehen, Frau Andres? Ich bin's, Michael Billstedt.«

Nadine blickte überrascht zum Fenster.

»Oh, sorry, Herr von Billstedt, mit Ihnen habe ich jetzt nicht gerechnet. Was kann ich für Sie tun?«

»Bitte *nur* Billstedt, das *von* können Sie weglassen! Mir ist etwas Merkwürdiges aufgefallen.«

»Erzählen Sie.«

»Nun, ich bin gerade dabei, ein paar Sachen zu sortieren, und da fiel mir ein kleines Spielzeugauto in die Hand, ein silberfarbener Mercedes. Ein Geschenk zum vierten Geburtstag. Es ist eine Miniaturversion vom Auto meines Vaters.«

»Ja, und?«, entgegnete Nadine. Inzwischen hatte die Müdigkeit von ihr Besitz ergriffen und sie wollte nur noch nach Hause.

»Der Mercedes 300 SL Roadster war in den Sechzigerjahren ein Kultauto. Konnten sich nur wenige leisten. Außerdem hat mein Vater das Auto, obwohl er es sehr liebte, kurz nach meiner Geburt verkauft. Erstens, jetzt frage ich mich, warum. Und zweitens, weshalb schenkt mir ausgerechnet eine Fremde denselben Wagentyp zu meinem Geburtstag? Ist doch komisch, finden Sie nicht?«

»Wieeee meinen Sie das: *von einer Fremden*?«, hinterfragte Nadine.

»Ich schätze, dass die Frau meinen Vater gut gekannt haben muss. Woher wusste sie denn sonst von seinem Autogeschmack?«

Nadine gab ihm, ohne zu antworten, recht und nickte mit aufeinandergepressten Lippen.

»Ganz abwegig ist es nicht, stimmt. Könnten Sie mir bitte das Spielzeugauto fotografieren und es mit dem anderen Foto an meine E-Mail-Adresse senden? Die Mailadresse finden Sie auf meiner Visitenkarte. Ich muss jetzt los!« Sie wollte gerade auflegen, als ihr noch etwas einfiel: »Haben Sie eine Ahnung, wer die Frau war? Können Sie sich noch an ihr Aussehen erinnern? Haarfarbe, Statur, Alter?«

»Frau Andres, ich war vier! … Aber sie war noch jung und hatte sehr kurze Haare, ähnlich einem Jungen. Daran erinnere ich mich noch gut.«

Die beiden legten auf.

Nadine zog ihre Jacke über und verließ mit hungrigem Magen das Büro. Wenig später piepste auch schon ihr Handy und signalisierte eine angekommene Mail mit Absender *Michael Billstedt*. Sie öffnete den Anhang der Mail und betrachtete aufmerksam die beiden Bilder. *Tatsächlich, die gleichen Autos, sogar die Farbe stimmt.*

19. Am nächsten Morgen

Nadine hatte eine unruhige Nacht. Ständig wälzte sie sich im Bett hin und her und ständig gingen ihr die Fotos des toten Billstedt durch den Kopf. Nachdem sie es nicht mehr ausgehalten hatte, beschloss sie aufzustehen, sich einen beruhigenden Kräutertee zu machen und es erneut mit dem Schlafen zu versuchen. Irgendwann in den frühen Morgenstunden gelang es ihr tatsächlich, aber sie erwachte schweißgebadet und völlig gerädert, und zwar bereits gegen sechs. Hungrig war sie nicht, daher machte sie sich einen Kaffee, ging ins Bad und erledigte ihr tägliches Morgenritual.

Eine Stunde später stand sie auf dem Konstanzer Bahnhof, kaufte sich eine Tageszeitung und wartete auf den Regionalzug in Richtung Freiburg.

Gegen zehn kam sie am Hauptbahnhof der wunderschönen Stadt im Breisgau an. Von dort nahm sie die Straßenbahn bis zur Innenstadt und beschloss, den Rest der Strecke bis zur Hebammenpraxis zu laufen. Auf diese Weise konnte sie ihren Gedanken freien Lauf lassen und genoss den unbekümmerten Morgen. Frau Jennickes Praxis lag im beliebten Stadtteil Wiehre mit vielen Altbauten, Villen, ruhigen Straßen und ganz in der Nähe des Flüsschens Dreisam.

Unterwegs gönnte sich Nadine eine Butterbrezel und schlenderte gemütlich durch die schmalen Gassen der Stadt.

»Dreikönigstraße fünfundvierzig«, brabbelte sie vor sich hin. »Hier muss es sein.« Sie blickte auf ein gelbstichiges Eckhaus, das der Jahrhundertwende entstammte.

Nadine sah auf die dunkle Tafel mit den Klingelschildern und entdeckte ganz unten rechts einen Hinweis auf die Praxis. Da die Eingangstür nicht verschlossen war, ging sie ins Haus. Im Hausflur, der ein bisschen heruntergekommen wirkte, roch es angenehm süßlich.

Sie folgte dem Geruch.

Weiter hinten, in einer Ecke, stand eine burschikos wirkende, schwarz gekleidete Frau. In ihrer Hand hielt sie eine silberfarbene Elektropfeife und zog den Rauch in ihren Mund. Nadine schätzte sie nicht älter als sich selbst. Das kleine Nasenpiercing passte zu ihrem Typ genau wie der Flesh Tunnel in den Ohrläppchen.

Für mich wäre das nichts. Wenn sie diese runden Dinger nicht mehr tragen möchte, hängen die Ohrläppchen wie nasse Lappen herab, überlegte Nadine.

»Na, willst du auch zum Geburtsvorbereitungskurs?«, fragte die junge Frau Nadine und pustete Rauch in die Luft. »Eine richtige Zigarette wäre mir lieber.«

»Wie, du rauchst und bist schwanger?«

»Quatsch, ich doch nicht! Meine Freundin ist schwanger. Ich begleite sie nur. Ist doch unser Baby.«

»Ah«, gab Nadine sich wissend. »Ne, ne, ich wollte mich nur mal informieren.«

Während die beiden plauderten, liefen immerzu hochschwangere Frauen, teils alleine und teils in Begleitung, an ihnen vorbei.

»Also, dann viel Spaß!«, rief Nadine der Frau mit dem Nasenpiercing zu und ging über einen liebevoll angelegten Hinterhof mit Eisenskulpturen, kleinen Beeten und Sträuchern zu einem großen Schild, angebracht an einer bunt bemalten Tür, und öffnete diese.

Im Flur dahinter herrschte betriebsame Hektik.

»Na, kommen Sie rein! Zimmer sieben, janz hinten. Wir fangen gleich an«, ertönte powervoll eine weibliche Stimme.

Eine dickliche Frau in weißem Polo-T-Shirt und bequemer Hose kam aus einem der Nebenzimmer. Ihr Outfit wirkte eine Kleidergröße zu klein und ihr rundlicher Bauch presste sich wie Schwimmringe darin hervor.

Nadine sah sie entgeistert an und fragte schließlich: »Frau Jennicke?«

»Ja. Wollten Sie zum Kurs?«

»Nein«, antwortete Nadine tonlos, zückte ihren Ausweis und hielt ihn der Frau vor die Nase.

»*Sie schon wieder!* Ick habe Ihnen doch gestern alles gesagt. Jetzt lassen Sie mich meine Arbeit machen, die Frauen warten!«

»Entschuldigen Sie bitte die Störung, aber ich muss Sie dringend sprechen«, gab Nadine höflich zur Antwort.

»Junge Frau, ick habe keine Zeit. Sie sehen doch, wat hier los ist.«

Die junge Polizistin sah die hektisch wirkende Frau zornig an, versuchte jedoch, die Fassung zu behalten. *Schön ruhig bleiben, Nadine!*

»Frau Jennicke, ich kann Sie auch gerne vorladen. Nehmen Sie sich jetzt einfach zehn Minuten Zeit für mich, ansonsten …!«, antwortete Nadine erbost und fühlte, wie ihr Kopf rot wurde.

Frau Jennicke sah sie wütend an, ging über den Flur ins Zimmer sieben und kam kurz darauf im Eilschritt zurück.

»Also gut, kommen Sie! Wir gehen hier rein!«, forderte Frau Jennicke und tippte Nadine auf den Oberarm.

Nadine folgte ihr in eines der Zimmer, das mit türkisfarbenen Gymnastikmatten und Bällen ausgestattet war.

»Also, was kann ick für Sie tun?«

»Erzählen Sie mir etwas über die Ereignisse von damals.«

»Oh, ick hatte das alles so wunderbar vergessen, verdrängt aus meinem Kopf. Also …«, begann die ältere Hebamme nervös zu erzählen. »Frau Oleski kam wie jede andere ganz normal zur Entbindung. Eigentlich war alles, wie es sein sollte, keine Auffälligkeiten oder Ähnliches. Bis zu dem Zeitpunkt, als ick ihr ein Narkotikum spritzen sollte, wofür ick aber keine Notwendigkeit sah, und dem Arzt widersprach. Woraufhin er mir sofort mit Konsequenzen drohte. Glauben Sie mir, normal war dit nicht. Aber wat sollte ick machen? Also, habe ick ihr die Spritze gesetzt.«

»Wozu war sie nötig?«

»Nun, damit es die Patientin in der Eröffnungsphase der Geburt leichter hat, sprich, der Kopf besser durch die Scheide kommt.«

»Okay! Und was passierte dann?«

»Dann … ging es geradeso merkwürdig weiter. Normalerweise legen wir die Neugeborenen nach der Geburt den Müttern unverzüglich auf die Brust. Aber ick musste mit dem Kleinen das Zimmer verlassen«, sagte sie sichtlich angestrengt und schwitzend. »Als ick dann zurückkam, war Frau Oleski noch immer nicht erwacht. Ick fühlte keinen Puls, aber Doktor Buchmann, jetzt erinnere ick mich auch wieder an seinen Namen, sagte, es sei alles normal. *War es aber nicht!* Er bat mich ins Nebenzimmer und wurde dort ziemlich laut, gleichzeitig kündigte er mir die Stellung mit der Begründung, dass ick Frau Oleski eine lebensbedrohliche Dosis an Barbituraten verabreicht hätte. *Aber, Frau Andres, auch das traf nicht zu!*« Ihre Stimme bebte, man spürte, dass sie die Vergangenheit noch immer nicht in Ruhe lassen wollte. »Und den Rest habe ick verdrängt, aber ick weiß noch, dass mir jemand einen Sack über den Kopf gestülpt hat und mich dann in den

Lieferanteneingang vom Krankenhaus legte. Und noch etwas kam mir komisch vor: Man übergab mir noch am selben Tag mein Arbeitszeugnis. Was bedeutete, dass es schon geschrieben war.«

»Klingt nach einer abgekarteten Sache.«

»Sie sagen es!«

»Und was ist dann passiert?«

»Ick, ick bin noch mal zurückgegangen. Hatte Todesangst. Aber ick musste wissen, ob die junge Frau noch lebt. *Und sie lebte!* Man schickte mir sogar einen Drohbrief und bot mir eine Stelle als Hebamme in Freiburg an, nur damit ich über den Vorfall schwieg ... *ansonsten* ... Wer wees, wat allet hätte passieren können.«

»Warum sind Sie nicht zur Polizei gegangen?«

»War ick doch! Aber die Idioten glaubten mir kein Wort. Für die war ick nur eine eifersüchtige Krankenschwester, die mal wat mit ihrem Chef hatte und der sie später nicht mehr wollte. So ein Blödsinn! Aber ick bin dann von Berlin weg.«

»Haben Sie dann noch mal etwas von Frau Oleski gehört?«

»Ja, hab ick!«

»*Haben Sie???*«, wiederholte Nadine ungläubig.

»Ja! Ick habe etwas später im Krankenhaus angerufen und mit meiner Freundin Heidi gesprochen. Sie war dort zur gleichen Zeit Hebamme wie ick. Und wieder war wat merkwürdig. Heidi hat mir nämlich erzählt, dass Frau Oleski inzwischen gestorben sei, aber es ihrem Sohn gut ginge ... Aber wenn Sie mich fragen, war die junge Frau kerngesund, und es gab keinerlei Anzeichen für einen zu erwartenden Tod. Heidi konnte mir nicht sagen, wo die Arme beerdigt wurde, und auch sonst gab es in ihrer Krankenakte keinen einzigen Vermerk über die Todesursache. Sehr dubios das Ganze, finden Sie nicht?«

»Ja, komisch …« Nadine wirkte nachdenklich. *Also war sie doch bei der Geburt verstorben. Aber das passt nicht! Mein Bauch sagt mir, irgendwo stinkt's zum Himmel.* Plötzlich kam Nadine eine Idee. Sie holte ihr Handy aus der Jackentasche und öffnete die Mail vom Vortag. »Erkennen Sie hier jemanden auf dem Foto?«

Frau Jennicke sah erst auf das eine und dann auf das andere Foto.

»Vielleicht die Frau?«, fragte Nadine.

Frau Jennicke schüttelte traurig den Kopf.

»Und der Mann?«

Erneutes Kopfschütteln.

»Ne, aber das Auto, dit erkenne ick!«, sagte sie überzeugt. »Damit hatte er seine junge Frau ins Krankenhaus gebracht. Ein Mercedes 300 SL Roadster, ein Traumauto, sage ick Ihnen.«

»Sind Sie sicher?«

»Ganz sicher! Und warten Sie mal, wenn ick mir das Foto der beiden so betrachte. Doch, doch! Das ist der junge Billstedt und die Oleski. Jetzt erinnere ick mich. Sie hatte so ein hübsches Gesicht, ganz natürlich.«

»Dann ist Michael der Sohn von Lisa Oleski?! Und dann, ich wage erst gar nicht laut zu denken …«, entschlüsselte Nadine.

»Sie glauben, Lisa Oleski lebt! Habe ick recht?«

»Wäre das möglich?«, entgegnete Nadine mit einer Gegenfrage.

»Ja, das ist auch meine Vermutung. Wissen Sie, wenn jemand im Krankenhaus stirbt, gibt es Einträge darüber. In all den Jahren meiner Tätigkeit habe ick nie, aber auch nie einen solchen Verstoß bemerkt. Und das passt alles nicht zusammen, und auch, dass der Buchmann später Chef der Endress-Klinik wurde. Das war nämlich ein Arsch, wie er im Buche steht«, bemerkte Frau Jennicke zornig. »So, meine

Liebe, ick hoffe, ick konnte Ihnen jetzt helfen. Mir jedenfalls hat es gutgetan, endlich darüber zu sprechen.« Ein sanftes und versöhnliches Lächeln legte sich über das faltige Gesicht von Frau Jennicke.

Sie reichte Nadine zum Abschied die Hand.

Die beiden verließen das Zimmer und betraten den lang gestreckten Flur.

»Gestatten Sie mir eine letzte Frage, wieso arbeiten Sie immer noch?«, fragte Nadine auf dem Weg zum Praxisausgang.

»Wieso? Ick liebe meine Arbeit, und solange ick noch kann, mache ick sie. Alte Leute langweilen sich doch nur«, scherzte Frau Jennicke mit einem breiten Lächeln und zeigte ihre dezent vom Alter verfärbten Zähne.

Mit einem riesigen inneren Fragenkatalog verließ Nadine die Praxis.

Oleski! Schwarz? Oleski! Schwarz? Und wenn man die Oleski in die Nervenklinik verlegte, ihr den Namen Schwarz gab, um ihre Identität zu verbergen? Aber warum? Vielleicht steckte der eigene Liebhaber Max von Billstedt dahinter. Und wenn er nur das Kind wollte? Aber das passt nicht zusammen. Michael hat gesagt, sein Vater habe das Auto kurz nach der Geburt verkauft, obwohl er es so liebte. Vielleicht liebte er nicht das Auto, sondern vielmehr die Frau! Denk nach, Nadine! Denk nach! In welcher Zeit ereignete sich das Ganze? Zu einer Zeit, als es noch Standesdünkel gab. Eine Zeit, in der man noch unter seinesgleichen geheiratet hat. Und wenn Lisa den Billstedts nicht gut genug war? Sie war keine Adelige, und dazu erwartete sie ein Kind von Max von Billstedt, ohne mit ihm verheiratet zu sein. Das passte nicht in diese Zeit und auch nicht zu diesen Leuten. Was ist, wenn Max von alledem nichts wusste? Wer aber dann? Sein Vater oder seine Mutter?

Auf dem Weg in Richtung Bahnhof begann Nadine zu frieren. Sie wusste nicht, war es nur das Wetter oder der seelische kalte Schauer in ihr. Sie lief und lief. Entlang durch Gassen, vorbei an kleinen Geschäften, bimmelnden Straßenbahnen, schreienden Kindern und redenden Menschen. Für sie fühlte sich all das weit weg an, ähnlich wie unter einer Glasglocke. Dumpf, weit und leer.

Sie schluckte. Sah sich um und hatte ein beklemmendes Gefühl.

Ihr Entschluss stand fest. Sie brauchte, nein, sie musste Gewissheit haben. *Was ist damals mit dieser Lisa Oleski passiert? Was hat man ihr angetan?*

Kurz darauf klingelte ihr Handy.

»Ah, gut, dass Sie anrufen, Chef! Ich brauche Ihre Hilfe. Wir müssen bei der Staatsanwaltschaft eine Exhumierung beantragen.«

»Eine *was*?«, fragte er barsch ins Telefon. »Frau Andres, was um Himmels willen ist nun schon wieder? Erst komme ich ins Büro, lese Ihren Zettel, dann melden Sie sich nicht. Keiner weiß, wo Sie stecken, und dann bitten Sie mich um eine Exhumierung, und das am Samstag!« Etwas einfühlsamer sagte er: »*Wer* soll ausgebuddelt werden?«

»Lisa Oleski.«

»So, so! Wann sind Sie zurück?«

»Am Nachmittag.«

»Gut, dann reden wir noch mal über alles!«

Als Nadine das Büro gegen 16.00 Uhr betrat, schwante ihr Schlimmes. Doch stattdessen saß Hufnagel bequem in seinem Bürostuhl und wirkte erleichtert.

Nadine zog ihre Jacke aus, hängte sie, anders als ihr Chef nicht bloß über einen Bügel, sondern in den Kleiderschrank neben der Tür und setzte sich erschöpft an ihren Schreibtisch.

»Schön, dass Sie da sind«, begann Hufnagel. »Habe inzwischen alle Formalitäten erledigt, und das sogar am Samstag. Ist ja nicht gerade mein täglich Brot, eine Exhumierung zu veranlassen. Aber die zuständige Staatsanwältin in Berlin hatte Verständnis und erklärte mir alle Einzelheiten in Ruhe. Sie liebt den Bodensee und kennt die Gegend noch aus ihrer Kindheit. Ihre Großmutter hatte wohl in Konstanz einen kleinen Gemischtwarenladen, in dem *ich* sogar schon eingekauft habe. Tja, und so kamen wir ins Plaudern …«

Nadine wirkte ungeduldig und hatte keine Lust auf alte Kamellen.

»Chef, bis wann können wir mit einem Resultat rechnen?«, unterbrach sie ihn.

Hufnagel fühlte sich in seinem Redefluss gestört und antwortete: »Anfang nächster Woche«, und setzte seine Ausführungen fort: »Wir haben Glück, normalerweise beträgt die Ruhefrist in Berlin zwanzig Jahre. Nach dieser Zeit wird das Grab erneut belegt. Aber im Fall von Frau Oleski wurde diese Frist auf unbestimmte Zeit verlängert, weil das Grab regelmäßig von der Friedhofsverwaltung gepflegt wird.«

Nadine kam ins Grübeln. »Das kostet aber Geld und irgendjemand zahlt hier fleißig weiter.«

»Stimmt! Habe ich auch schon überprüft. Es ist Max von Billstedt.«

»Der Vater von Michael, ihrem Sohn! Dann hat er all die Jahre ihr Grab in Ehren gehalten. Ganz sicher aus Liebe!« Nadine legte zwei Finger auf ihren Mund, blickte erschrocken auf und presste dann ihr Kinn auf die gefalteten Hände. Schweigend saß sie für ein paar Sekunden einfach nur da und sinnierte vor sich hin. Danach schritt sie zur Glaswand und inspizierte sorgfältig das Foto mit dem Sessel, auf dem der Tote gesessen hatte. Unmittelbar neben dem Foto klemmte der zerrissene Zettel seines Sohnes.

»*Der Abschiedsbrief!*«, bemerkte Nadine mit einem seltsamen Unterton und las die Zeilen auf dem Stück Papier laut vor:

»Im Herbst des Jahres 2014
Sehr geehrter Vater,
jetzt, nach so vielen Jahren, musste ich erfahren, dass mein Leben eine Lüge war. Wieso hast du mir nie etwas von meiner ...«

Nadine hielt inne und fantasierte den Satz zu Ende: *»... leiblichen Mutter erzählt.* Ich schätze, so endete wohl der Satz. Na klar, Michael von Billstedt wusste, dass Erika von Billstedt nicht seine leibliche Mutter war!«

Die Polizistin war außer sich. Hatte sie diesen Mann falsch eingeschätzt? Wieso dann sein Anruf wegen der Fotos? Wusste er, dass seine Mutter noch am Leben war?

Raschen Schrittes ging sie zu ihrem Schreibtisch und griff zum Hörer.

Sie kochte vor Wut.

Als sich schließlich am anderen Ende der Leitung eine Männerstimme meldete, rief sie, ohne ihren Namen zu nennen, in die Hörmuschel: »Wieso haben Sie mir nicht gesagt, dass Ihre Mutter noch lebt? Wieso nicht? Das hätte uns einiges erspart!« Sie trat von einem Fuß auf den anderen.

»Frau Andres!? Tut mir leid, ich weiß das auch erst seit Kurzem. Genau genommen ein paar Tage nach Vaters Tod. Das Einzige, was ich mit Bestimmtheit sagen kann, ist, dass meine Mutter nicht bei meiner Geburt verstorben ist. Aber ob sie noch lebt, entzieht sich meiner Kenntnis, glauben Sie mir!«

»Das werden wir nächste Woche in Erfahrung bringen. Wir haben die Exhumierung von Lisa Oleski bei der Berliner Staatsanwaltschaft veranlasst. Möchten Sie dabei sein?«

Stille. Sekunden verstrichen. Und wieder Stille.

Dem folgte ein dezentes Pusten, gefolgt von einem Hüsteln und schlussendlich die Antwort: »Ja!«

»Danke. Ich muss Sie bitten, Berlin nicht zu verlassen. Ich melde mich, sobald ich den genauen Termin kenne!«, verabschiedete sich Nadine sichtlich gereizt.

Hufnagel erhob sich.

»Na ja, wenn es dann heute nichts mehr zu tun gibt, mache ich mich in mein wohlverdientes Wochenende auf«, erklärte er Nadine und blickte in ihre kastanienbraunen Augen.

Die junge Frau schielte strafend zum Display ihres Telefons. Es zeigte auf kurz nach fünf. Ganz ungelegenen kam ihr der Entschluss von Hufnagel nicht. *In letzter Zeit kam ich zu kurz, hatte kaum noch Privatleben, ganz zu schweigen von meinen Freundinnen, mit denen ich mal wieder um die Häuser ziehen möchte. Also gut. Feierabend! Endlich Wochenende und ausspannen.*

»Werden wir bei der Exhumierung dabei sein?«, fragte Nadine.

Hufnagel grinste.

»Wir?« Er griff nach seinem Mantel und zog ihn über.

»*Ich!*«

»So ist es. Sie wissen ja, Fliegen ist nicht so mein Ding.«

»Dachte ich mir schon«, sagte sie trocken. »Gut. Bei dieser Gelegenheit knöpfe ich mir noch mal Billstedts Sohn, Michael, vor. Für mich steht er inzwischen ganz oben auf der Liste der Verdächtigen.« *Na ja, wenn ich ehrlich bin, gibt es nur diesen einen,* grübelte Nadine. *Aber er hat ein Alibi.*

Hufnagel nickte und verließ mit einem »Dann, bis morgen!« das Büro.

Doch gerade als er die riesige Milchglastür des Polizeipräsidiums passiert hatte, rief eine ihm bekannte Stimme hinterher: »Rudi, Rudi, warte doch mal! Ich bin's, Mutter. Nun warte mal! Eine alte Frau ist doch kein D-Zug!«

Ignorieren ging nicht. Also drehte sich Hufnagel um und tat völlig überrascht, als er sie auf sich zustürmen sah.

»Mutter, was machst *du* denn hier?«

Echauffiert starrte Frau Kaufmann ihren Sohn an.

»Ich dachte, du meldest dich mal! Kein Anruf, keine SMS! Immer muss ich mich bei dir melden. Kannst doch auch mal zum Hörer greifen und an deine alte Mutter denken!«

Das waren genau die Worte, die Hufnagel jetzt noch gebrauchen konnte. Seine Laune rutschte in Sekundenschnelle in den Keller.

»Mutter«, begann er gereizt und sah sie zornig an. »Wir stecken in einem sehr verworrenen Fall. Du weißt, dass ich hier nur durch einen blöden Zufall reingerutscht bin. Wenn Frau Andres nicht wäre, würde das ganze Präsidium über mich lachen.«

»Na ja, jetzt stell dein Licht mal nicht so unter den Scheffel! Du machst deine Sache doch ganz gut«, versuchte seine Mutter, ihn zu besänftigen.

»Ganz gut? Ich weiß nicht. Wir wissen immer noch nicht, wer den alten Billstedt auf dem Gewissen hat.«

»Nicht? Wie weit seid ihr denn? Gibt's was Neues?«

Hufnagel wusste: Würde er ihr jetzt nicht einen kleinen Happen zuwerfen, würde sie ihn weiterhin nerven, und sein Abend wäre mit schlechter Laune beendet, und das bei seiner derzeit schwierigen Ehe!

Er rückte näher an seine Mutter heran und berichtete vom letzten Stand der Ermittlungen.

»Was? Exhumierung? Mensch, Junge! Man soll die Toten ruhen lassen. Du versündigst dich.«

»Lass uns das mal machen!« Er hakte seine Mutter bei sich ein und zog sie ein paar Schritte mit sich. Beim Fahrradständer stoppte er, holte seinen Schlüssel heraus, öffnete das Schloss und zog das Rad aus dem Metallständer.

»So, Mutter«, seine Stimme klang bedrückt, »ich muss jetzt los! Christine wartet mit dem Essen auf mich. Wir sehen dich morgen zum Mittagessen. Im Moment läuft es zwischen uns nicht so gut.«

Frau Kaufmann legte ihre faltige Hand auf die rechte ihres Sohnes und spielte mit seinem Ehering.

»Ach, Junge, das wird schon wieder! Dein Vater und ich hatten auch Krisen. Die viele Arbeit fraß ihn manchmal auf. So, nun fahr zu, mein Großer!«

»Lieb von dir, Mutter. Bin froh, dass es dich gibt«, gab er fürsorglich zum Besten und radelte davon.

Mit einem Lächeln sah Frau Kaufmann ihrem Sohn noch eine Weile nach, bis dieser zwischen den Häuserfluchten verschwand.

20. Dienstag, 28. Oktober

Berlin, Dienstagmorgen gegen 10.00 Uhr, Friedhof Grunewald

Nachdem Nadine alle rechtlichen Formalitäten mit der Friedhofsverwaltung und dem Gesundheitsamt in Berlin geklärt hatte, stand der Wiederausgrabung von Lisa Oleski nichts mehr im Wege.

Da der Polizistin auch nach ausführlicher Recherche keine Anverwandten der vermeintlich Toten bekannt waren, beschränkte sich die Benachrichtigung der Verwandten, die im Falle einer Exhumierung zu erfolgen hatte, nur auf den Sohn Michael (von) Billstedt.

Dieser Morgen war gespenstisch. Nasskalt mit einem Geruch nach modriger Erde. Ein dichter Nebel lag über dem Friedhof, der ein Meer aus Finsternis und Verwesung suggerierte. Die ideale Kulisse für einen Horrorfilm.

Nadine war müde. Sie hatte noch einen Flug in der Abendmaschine nach Berlin ergattern können und bis in die späte Nacht mit ihrer Mutter über deren Probleme mit ihrem neuen Freund geplaudert.

Sie zog ihre Jacke fest um ihre Hüften, stellte den Kragen aufrecht und betrachtete die kleine Gruppe aus der Nähe, welche sich um das Grab versammelt hatte.

Zu ihrer Rechten stand der Rechtsmediziner Dr. Matthias Feigwald, die Staatsanwältin Karla Kern sowie links von ihr der Sohn der Verstorbenen Michael Billstedt und zwei Männer der Friedhofsverwaltung mit grüner Gummihose sowie Gummistiefeln.

Die Männer von der Friedhofsverwaltung machten sich an die Arbeit und schaufelten die Erde Spaten um Spaten an die Oberfläche.

Für Nadine war es die erste Exhumierung. Neugierig sah sie den Arbeitern zu, während Michael Billstedt unmerklich an die junge Frau herangerückt war.

»Keine schöne Sache, Frau Andres«, flüsterte er ihr seitlich zu und starrte weiter nach vorne. Seine Hände hatte er in seiner Jackentasche verschanzt und er schien zu frieren. Warme Luft kam aus seinem Mund.

Billstedts Aftershave kroch in Nadines Nase und sie war froh über diesen sanften Duft von Leben, in dieser für sie eiskalten Situation.

»Stimmt, keine schöne Sache!«

»Was glauben Sie? Was werden wir vorfinden? Ein leeres Grab oder ein Skelett?«, fragte Billstedt.

Nadine sah ihn bestürzt an. Aber ganz abwegig war seine Einschätzung wohl nicht. Auch sie zweifelte an der Echtheit der Grabstätte, denn zu viele Ungereimtheiten rankten sich um die Frau in diesem Grab.

Plötzlich wurde das Graben von einem Gegenstand gebremst. Die Männer hatten inzwischen die Reste des Sarges erreicht, die sich langsam unter der modrigen Erde herausschälten.

Ein zerfallener weißer Sarg, dachte Nadine.

Auch der junge Billstedt grübelte darüber nach.

Und einer der Männer sprach es schließlich aus: »Das war einmal ein weißer Sarg!« Vorsichtig lockerten die beiden Friedhofsangestellten die Erde und hievten die Reste hoch. Darüber hinaus fand man im Erdreich keine Knochen.

Ein Aufschrei ging durch die Menge.

»*Leer. LEER!*«

Niemand hatte je darin gelegen. Niemand. Keinerlei Rückstände, die vermuten ließen, dass hier ein Verwesungsprozess stattgefunden hatte.

Nadine offenbarte ihr erschrockenes Gesicht, das dem der anderen glich. Schockiert legte sie die flache Hand auf ihren geöffneten Mund.

»Das dachte ich mir, Frau Andres. Meine Mutter lebt wahrscheinlich noch. Hätten Sie nach *dem* hier vielleicht Zeit für einen Kaffee?«, fragte Billstedt ruhig und schien nicht sonderlich überrascht.

Nadine nickte wortlos. *Lisa Oleski lebt vermutlich noch. Aber warum diese Lüge? Jemand hat diese Frau begraben, zumindest sollte man es glauben. Nur warum? WARUM? Was hat sich damals tatsächlich ereignet?* Nadine zermarterte sich das Hirn.

Nachdem sich der Rechtsmediziner ein eindeutiges Bild verschafft hatte, bat er die Männer, die Überreste des leeren Sarges zu sammeln.

Bereits eine gute Stunde später saßen Nadine Andres und Michael Billstedt in einem gemütlichen Restaurant ganz in der Nähe des Friedhofs. Es war Mittagszeit und das Lokal war gut besucht.

Noch fröstelnd rieb Nadine sich die Hände und pustete ihnen warme Luft zu.

Eine junge Kellnerin überreichte den beiden eine Speisekarte und erkundigte sich nach deren Getränkewünschen.

»Ich trinke nur eine Latte macchiato, danke«, bestellte Nadine.

»Dem schließe ich mich an«, kam es von Billstedt.

Im Hintergrund spielte leise Musik und man vernahm das Gemurmel der anderen Gäste.

Die Kellnerin brachte die Bestellung.

»Was wollten Sie mir denn so Wichtiges sagen, Herr Billstedt?«, fragte Nadine und musterte ihn aufmerksam, während sie den Schaum aus ihrem Glas löffelte und genüsslich abschleckte. »Hatten Sie eine Ahnung, dass das Grab leer sein würde? Und wenn ja, warum?«

»Ich hatte es gehofft«, antwortete Billstedt, »aber nicht gewusst. Deshalb habe ich auch meinem Vater einen Brief geschrieben und hoffte auf eine Erklärung. Ich wollte ihn endlich zwingen, mir die Wahrheit zu sagen, denn ich ahnte schon lange, dass irgendetwas mit mir nicht stimmte. Doch dann starb er. Inzwischen hat sich aber etwas sehr Aufschlussreiches ereignet«, er wartete kurz, nahm einen Schluck aus seinem Kaffeeglas und fuhr dann fort: »Letzten Freitag bekam ich einen Anruf von einem Anwalt, wie sich später herausstellte, der Nachlassverwalter meiner Großmutter Anne-Marie von Billstedt. Er bat mich noch am gleichen Tag zu sich und überreichte mir einen Brief meiner Großmutter. Gleichzeitig übergab er mir eine mit bordeauxfarbenem Samt bezogene Schatulle und erzählte mir von ihrem letzten Willen, der erst mit dem Ableben meines Vaters wirksam werden durfte. Ich fragte mich, wieso ausgerechnet ich und nicht meine Schwester? Zu Hause wusste ich dann, warum.«

»Klingt ein bisschen nach einer Verschwörungstheorie.«

»Warten Sie es ab«, sagte er schnell. »Zu Hause öffnete ich dann mit zittrigen Händen den Brief und las ihn mir gleich durch. Ich setzte mich nicht einmal hin, sondern lehnte mich nur gegen den Küchentresen.« Man spürte sein Entsetzen.

Billstedt drehte sich nach hinten zu seinem Mantel, den er über die Stuhllehne gelegt hatte, und griff in dessen Innentasche. Kurz darauf legte er einen grau melierten Briefumschlag direkt vor Nadines Glas.

»Lesen Sie das bitte! Ich kann das nicht noch einmal«, sprach er mit bohrendem Blick, dem Nadine standhielt.

Sie nahm den Umschlag und zog den Brief darin hervor. Sorgfältig öffnete sie die Seite und las.

Berlin, 28.02.1991

Michael, mein Enkel,

ich schreibe Dir diese Zeilen heute an Deinem fünfundzwanzigsten Geburtstag und gratuliere Dir, obwohl Du diesen Brief erst sehr viel später in den Händen halten wirst.

Wenn Dich diese Zeilen erreichen, ist mein Sohn Max von uns gegangen, und es wird Zeit, Dir alles zu erklären. Ich habe viel falsch gemacht in meinem Leben, habe Menschen enttäuscht und hintergangen, nur aus Pflichtgefühl unserem guten Namen gegenüber.

Das größte Unrecht aber habe ich Deiner leiblichen Mutter Lisa Oleski zugefügt. An dieser Stelle war die Tinte verwischt. *Lisa starb nicht bei Deiner Geburt! Sie brachte dich am 28.02.1966 gesund zur Welt. Ich hasste sie dafür und belog sie wegen der Hochzeit.*

Sie war die große Liebe Deines Vaters, jedoch nur eine Krankenschwester. Aber ein uneheliches Kind kam für unsere Familie nicht infrage und eine Heirat war schier ausgeschlossen. Daher beschloss ich, Lisa von Deinem Vater zu entfernen.

Doktor Buchmann, Frauenarzt und Emporkömmling meiner Privatklinik (niemand wusste, dass mir die Klinik gehört), war mir dabei behilflich und ließ Lisa für unzurechnungsfähig erklären. Er sorgte dafür, dass sie in eine geschlossene Anstalt kam. Später wurde er für seine Hilfe in den Vorstand der Klinik berufen.

In der Nervenheilanstalt erzählte man Deiner Mutter dann, dass Du verstorben seist, und Deinem Vater, dass Deine Mutter verstorben sei. Wir engagierten eine Schauspielerin, die Lisas einzige Verwandte spielte. Durch sie konnten wir ihren Tod glaubhaft machen.

Dein Vater beerdigte schließlich einen leeren Sarg und heiratete Erika Westhagen, die Frau, die ich für ihn auserkoren hatte. Sie entsprach vortrefflich meinen Erwartungen. Erika gab Dich später als ihren leiblichen Sohn aus. Deine Geburtsurkunde ließ ich ändern, sodass Du offiziell 1967 geboren wurdest.

Dein Vater wusste das, allerdings von der Sache mit Deiner Mutter wusste er nichts!

Irgendwann gelang Deiner Mutter die Flucht aus der Anstalt und wir verloren sie aus den Augen. Vermutlich lebt sie heute unter einem anderen Namen im Ausland.

Mein lieber Michael, heute schäme ich mich unsäglich dafür. Ich habe Euer Leben zerstört. Ein Unrecht, das ich mit ins Grab nehmen werde. Aber ich musste es Dir endlich sagen. Du hast ein Recht auf die Wahrheit.

Verzeih mir!

Deine Großmutter

Anne-Marie von Billstedt

Nadine war außer sich. Sie hatte schon einiges in ihrer kurzen Laufbahn erlebt, aber das, was sie soeben gelesen hatte, stellte alles bisher Dagewesene in den Schatten.

Sie wusste nicht, was sie Herrn Billstedt daraufhin antworten sollte oder gar konnte. War es Mitleid, war es Bitterkeit oder war es einfach nur Hass? Wie gerne hätte sie ihm ein paar fürsorgliche Worte übermittelt, aber sie fühlte sich nicht dazu imstande. Sie war wie gelähmt, als hätte man ihr eine Spritze verpasst, die ihr das Sprechen und jede Form von Gestik unterband.

Sie schluckte. Einmal. Zweimal. Dann ein Hüsteln.

Irritiert nahm sie einen großen Schluck aus ihrer Tasse, um dem Unwohlsein entgegenzuwirken.

Kurzerhand bestellte ihr Billstedt ein Glas Wasser.

Nadine leerte es in einem Zug und fühlte sich danach gleich besser.

»Entschuldigen Sie bitte, aber ich bin, gelinde gesagt, zutiefst erschüttert.«

Michael antwortete nicht, nahm Nadine den Brief aus den Händen und faltete ihn. Obwohl er die Zeilen kannte, verstummte auch er.

Für Sekunden herrschte zwischen den beiden Stille, taktvolle Stille, fast wie eine Schweigeminute am Grab eines Toten. Doch so ganz abwegig war das nicht. Es war jemand gestorben, auch wenn er nicht zu Grabe getragen worden war. Ein Menschenleben wurde jäh ausgelöscht, ohne es getötet zu haben. Aber, bedurfte es dafür dieser Brutalität, reichte nicht schon die Grausamkeit, das eigene Kind entrissen zu bekommen? Unsagbarer Schmerz. Fassungsloses Grauen. Düsternis, die einen ein Leben lang begleitete. Leere im Herzen.

Nadine nahm all ihren Mut zusammen, sie musste sich äußern. »Eigentlich, gibt es keine Worte, aber dennoch muss ich sie finden, um mit Ihnen darüber zu sprechen. Nein, nicht weil ich muss. Nein, weil ich will! Ganz sicher stehen Sie mit Ihrem Schmerz nun alleine da. Keiner kann Ihnen wirklich helfen. Sie wurden Ihrer Kindheit beraubt. Aber, und das ist ein großes ABER, Sie kennen jetzt Ihre *wahre* Geschichte und können sie aufarbeiten. Das Gefühl, ein Leben lang gespürt zu haben, dass irgendetwas mit Ihnen nicht stimmt, kann sich nun Puzzleteil um Puzzleteil zu einem Ganzen zusammenfügen.«

Michael sah Nadine erstaunt an.

»Schön haben Sie das gesagt, genauso empfinde ich das auch. Ich werde meine Mutter suchen und ihr die ganze Geschichte erzählen. Hoffentlich lebt sie noch.«

Nadine kam ins Nachdenken. *Und wenn sie noch lebt? Vielleicht war sie die ganze Zeit in der Nähe und wir wissen es nicht. Und wenn sie die Mörderin von Max von Billstedt ist? Immerhin hätte sie als Krankenschwester die nötigen Erfahrungen, um Gift zu injizieren. Und das Motiv? Liebe oder Hass? Also fangen wir von vorne an, und zwar genau dort, wo Max von Billstedt ermordet wurde, im Altenstift. Nadine, überleg mal! Frau Oleski wäre jetzt Rentnerin und warum sollte sie nicht genau im selben Seniorenheim leben wie der alte Billstedt? Und wenn sich die beiden dort erst wiederbegegnet sind? Quasi Frau Oleski wie eine* SCHLÄFERIN *erwacht ist und die Tat im Affekt begangen hat? Quatsch, Nadine! Affekt? Das war ein kaltblütig geplanter Mord.*

»Und die Schatulle? Was war darin?«, fragte Nadine nachdenklich und strich mit der linken Hand über ihren Mund.

»Liebesbriefe meines Großvaters Heinrich an seine Geliebte, Christl. Sie war wohl Haushälterin in seinem Haus. Auch so eine unglückliche Liebe«, stellte Billstedt, sich den Vollbart kratzend, fest.

»Ja, ich kenne die Geschichte. Der Sohn aus dieser Liaison, Rolf Schmitz, gehörte zum Kreis der Verdächtigen. Inzwischen konnten wir aber sein Alibi bestätigen. Im Übrigen hatte auch hier Ihre Großmutter die Hand mit im Spiel. Als Christl Schmitz schwanger wurde, wurde sie entlassen und nach Ostberlin abgeschoben. Jahre später nahm sie sich das Leben und Ihr Großvater sah sie nie wieder. Vielleicht wollte Ihre Großmutter, dass Sie auch davon erfahren.«

»Sie überraschen mich immer wieder, Frau Andres«, gab er neidvoll zu.

Nadine fühlte sich geschmeichelt und strich verlegen ein Haar hinter ihr Ohr.

»Und das war's?«, fragte sie.

»Nicht ganz, außerdem befanden sich noch kleine, sorgfältig gefaltete Zettel darin. Meine Großmutter hatte sich wohl zu allem Notizen gemacht. Sie lagen lose in der Schatulle. Bislang habe ich mir noch nicht alles angesehen. Manches war sehr krakelig geschrieben, fast so, als wusste sie nicht, was sie schrieb.«

»Gut, heben Sie es einfach auf und vielleicht besuchen Sie Ihren Onkel Rolf mal. Er lebt übrigens in Berlin und könnte eine hilfreiche Hand gut gebrauchen.«

Nadine verabschiedete sich von Michael und versprach, ihn auf dem Laufenden zu halten.

Als sie das Lokal verlassen hatte, klemmte sie sich sofort an ihr Handy und berichtete ihrem Chef alles, was sie soeben erfahren hatte.

***

Hufnagel war von alledem hörbar entsetzt und Nadine spürte die Angst in seiner Stimme. Ganz sicher sorgte er sich um das Wohlergehen seiner Mutter und konnte nicht einschätzen, ob die vermeintliche Täterin noch immer ihr Unwesen im Seniorenstift trieb. Aber noch viel schlimmer war die Tatsache, dass sie einem Phantom hinterherjagten. Keiner kannte die Oleski. Das einzige Foto, das es von ihr gab, stammte aus den Sechzigerjahren und zeigte eine junge schlanke Frau. Zwischen damals und heute lagen über fünfzig Jahre, in denen sich ein Mensch komplett ändern konnte. Mit großer Wahrscheinlichkeit hatte sie auch ihren Namen längst abgelegt. Ungeduldig beendete Rudolf

Hufnagel das Gespräch und wählte sofort die Handynummer seiner Mutter.

Vergeblich.

Kurz entschlossen nahm Hufnagel ein Dienstfahrzeug und fuhr hinaus ins Seniorenheim.

Die alten Herrschaften waren gerade mit dem Mittagessen fertig geworden und begaben sich gemächlich in ihre Apartments. Hufnagel ging an ihnen vorüber und sah sich beängstigt nach seiner Mutter um. Sie war nicht unter den Vorbeilaufenden.

Allmählich kehrte im Hause Wolkenlos Ruhe ein. Mittagsruhe.

Kurzerhand suchte er seine Mutter in ihrem Zimmer auf, die sich in ihren Sessel gesetzt hatte und klassischer Musik lauschte. Eigens dafür hatte der Sohn große Kopfhörer gekauft, sodass sie die Musik besser genießen konnte und ihre Nachbarn nicht weiter störte.

Frau Kaufmann wippte gerade den Takt mit ihrem Kopf mit und bemerkte ihren Sohn beim Eintreten nicht.

Erschrocken blickte sie auf und starrte ihn entsetzt an.

»Junge, ich bekomme noch einmal einen Herzinfarkt, wenn du dich immer so anschleichst!«, schimpfte sie mit erhobener Stimme und nahm den Kopfhörer ab. »Was ist denn los? Wir haben Mittagsruhe!«

Hufnagel erzählte ihr, was er soeben von Nadine Andres erfahren hatte.

»Das ist ja furchtbar. Eine Mörderin, hier im Haus? Das muss ich gleich Mary erzählen. Die nervt mich ständig und möchte wissen, wie weit ihr mit euren Ermittlungen seid.«

Rudi sah seine Mutter entgeistert an und schüttelte den Kopf.

»Ja, ja ich weiß schon, was du mir gleich sagen wirst«, antwortete sie, »laufende Ermittlungen und kein Wort zu niemandem. Also, ich halte Augen und Ohren offen und vielleicht finde ich diese Dame ja auch. Kann doch nicht so schwer sein, bei hundert Seniorinnen.« Sie klang zynisch, bevor sie sich ihre Kopfhörer wieder aufsetzte.

»Mutter, *du* machst gar nichts!« Doch seine Worte verpufften im Nichts. Obwohl seine Mutter ihn nicht mehr hören konnte, setzte er noch einmal nach: »Ich verbiete dir, etwas in eigener Sache zu unternehmen! Diese Frau ist gefährlich!«

Doch seine Mutter lächelte ihn nur an und summte sanft die Melodie aus dem Kopfhörer mit.

Spätestens jetzt wusste Hufnagel, dass sie ihre Ruhe haben wollte, und verließ leise mit einem Winken das Apartment.

21. Zeit geht und Zeit kommt

Kaum dass ihr Sohn gegangen war, nahm seine Mutter den Kopfhörer wieder ab und legte ihn vorsichtig über die Sessellehne.

»Also doch! Dacht ich's mir, dass der oder die Mörderin in unserem Hause zu suchen ist. Als Fremder hier ungesehen rein- und rauszukommen, grenzt schon an ein Wunder. Die Heimbewohner bekommen doch alles mit und würden darüber reden. Und bislang habe ich nichts gehört, dass Unbekannte hier gewesen sind«, brabbelte sie leise vor sich hin. *Wir haben es also mit einer Giftmörderin zu tun, einer Krankenschwester? Nun, das Wissen um Gift liegt bei dieser Berufsgruppe doch recht nahe.*

Unerwartet klopfte es leise an der Tür.

Frau Kaufmann zuckte zusammen und sah auf ihre kleine goldene Armbanduhr.

»Kurz nach eins? Wer kann das jetzt sein?«, murmelte sie leise. Sie erhob sich langsam aus ihrem Sessel, ging zur Tür und öffnete mit zittriger Hand. »Ach, Sie sind es!«, sagte sie erleichtert.

Frau Schulz stand im Türrahmen.

»Störe ick? Wollte nur mal fragen, ob's wat Neues gibt. Habe Ihren Sohn gerade wegfahren sehen.«

Charlotte Kaufmann sah zum Flur hinaus, vergewisserte sich mit einem Rundumblick, dass niemand in der Nähe war, und bat Maria Schulz herein.

»Eierlikörchen gefällig?«

»Jute Idee!«

Maria schlurfte mit ihren pinkfarbenen Schlappen ins Zimmer und setzte sich auf das bequeme Sofa von Charlotte, während diese gerade zwei Kristallgläser aus ihrer Anrichte holte. Sie goss Likör ein und reichte Frau Schulz das gefüllte Glas. Behäbig setzte sie sich sodann zu ihr. In letzter Zeit machte ihr die Hüfte wieder zu schaffen.

»Hahhhh!«, schnaufte sie. »Ich befürchte, dass wir eine …« Urplötzlich verstummte Frau Kaufmann und musterte argwöhnisch Frau Schulz. *Und wenn SIE die Mörderin ist? Sie kommt doch aus Berlin, ist ungefähr im Alter der Oleski und, na ja, Schulz ist ein Allerweltsname wie Meier, Müller und …*

»Habe ick irgendetwas auf der Nase? Einen Pickel oder so? Oder warum kieken Sie mich so komisch an?«, schimpfte Frau Schulz und schaute böse.

Die beiden Frauen sahen aneinander stumm an.

»Nein, bitte entschuldigen Sie! Darf ich Ihnen mal eine ganz persönliche Frage stellen, Mary?«, fragte Charlotte mit ruhiger Stimme und taxierte ihr Gegenüber.

Frau Schulz konnte mit dieser Art von Frage überhaupt nichts anfangen und sah Frau Kaufmann provozierend an.

»Persönlich? Wat? Jede Frage ist doch persönlich. Also, machen Sie nicht so einen Firlefanz und fragen Sie einfach los!«, antwortete sie gereizt.

»Sagen Sie, Verehrteste …«, begann Frau Kaufmann ihre Frage und wurde jäh von Frau Schulz unterbrochen. »Kommse zum Punkt! Ick krieg sonst einen Lachkrampf bei der schwulstigen Frage.«

Charlotte nahm einen Schluck Eierlikör und leckte dezent über ihre Lippen.

»Sie haben ja recht. Kannten Sie eigentlich den Max von Billstedt näher? Immerhin waren Sie im gleichen Alter!«

Maria sah Charlotte entgeistert an und setzte sich aufrecht, so als wollte sie eine Rede halten.

»Ach, wissen Sie, nun …«, druckste sie herum. »Ja, also ick, ick kannte ihn tatsächlich. Aber eher flüchtig. Als wir noch Teenager waren, ich schätze so um die siebzehn oder achtzehn, kam der Schnösel mal in mein Stammtanzlokal. Ick erinnere mich noch jut. Dit war dit Jahr, als Elvis Presley in die Bundesrepublik kam. Und überall spielten sie seine Lieder. War 'ne schöne Zeit. Ick tanzte mit dem Billstedt mal Rock 'n' Roll, dit konnte der wirklich jut. Na ja, aber der Kerl konnte von keinem Petticoat lassen. Sie verstehen, wat ick meine? Er hatte immer irgendeine hübsche Blondine an seiner Seite. Aber dit war es dann auch schon mit dem Kennenlernen.«

Frau Kaufmann hörte Frau Schulz aufmerksam zu und dachte darüber nach, wie sie damals jene Jahre verbracht hatte. *Ah, und ich habe meinen Klaus damals kennengelernt. Was hatten wir für eine schöne Zeit.* Und ein leises Aufstöhnen entglitt ihr.

Unerwartet rüttelte es an ihrem Arm.

Charlotte schreckte zusammen und kehrte mit ihren Gedanken in das Heute zurück.

»Entschuldigen Sie bitte, ich war mit meinen Gedanken ganz woanders. Was sagten Sie doch gleich?«

Maria Schulz wiederholte noch einmal ihren letzten Satz und fragte dann: »Jetzt sind Sie mir aber eine Erklärung schuldig. Warum wollten Sie dit wissen?«

Und wenn sie doch etwas mit dem Mord am Billstedt zu tun hat? Andererseits konnte sie damals in Berlin, als der Wollschmidt so brutal überfahren wurde, kein Blut sehen. So viel Kaltblütigkeit traue ich ihr dann doch nicht zu. Gut, sie hat zwar eine große Klappe, aber man sagt doch über Berliner auch: »Schnauze mit Herz«, und Mary ist eine ehrliche Seele, das spürt man. Also beschloss Charlotte, Maria einzuweihen, und erzählte ihr brühwarm die ganze Story.

Maria war schockiert und nahm auf den Schreck ein weiteres Glas Eierlikör.

»Was schlagen Sie vor?«, erkundigte sich Frau Schulz.

»Wir müssen irgendwie an die Personalien der Seniorinnen kommen. Soviel ich weiß, hat die Heimleitung diese in einem Hängeregister verwahrt.«

»Und wonach suchen wir dann?«

»Wir suchen nach einer kinderlosen Krankenschwester, etwa um die siebzig. Vielleicht aus dem Ausland kommend oder mit Auslandserfahrungen.«

Frau Schulz machte große Augen über die Einschätzung ihrer Bekannten.

»Nach dem, was Sie mir erzählt haben, weiß die Gute sich zu verstecken. Ick kann mir nicht vorstellen, dass sie ihren richtigen Lebenslauf hier abgegeben hat.«

»Ich weiß, Mary, ich weiß. Aber wir müssen irgendwo anfangen.«

»Wir sind um die hundert alte Weiber, wie sollen wir da die Nadel im Heuhaufen finden?«

Frau Kaufmann hasste es, wenn jemand ständig am Zweifeln war, und entgegnete zornig: »Mary, kommen Sie mit!«

Zwei Minuten später verschwand Frau Kaufmann in der Küche und kam mit einem etwas merkwürdig riechenden Päckchen wieder zurück.

Weitere fünf Minuten später lief Charlotte mit Maria ins Untergeschoss, während diese vor der Tür verharren musste, damit Charlotte ungestört in die Damentoilette gehen konnte.

»Ich erkläre Ihnen später alles!«, rief Charlotte Kaufmann beim Herauskommen aus der Toilette und lief hastig voran. »Kommen Sie!«

Die beiden Damen huschten über den Treppenflur und liefen zum Obergeschoss. Wenig später klopfte Frau Kaufmann hektisch gegen die Tür der Heimleitung.

»Mary, egal, was ich jetzt sage, spielen Sie mit!«

Frau Schulz nickte skeptisch.

»Ja bitte!«, kam es von innen.

Die Damen betraten das Büro, derweil die Heimleiterin an ihrem Schreibtisch die monatlichen Zahlungseingänge ihrer Heimbewohnerinnen kontrollierte und eigens dafür ein paar Personalakten zum Abgleich auf ihren Schreibtisch gelegt hatte.

»Was kann ich denn für Sie tun?«, fragte die Heimleiterin Frau Kraft sichtlich genervt und sah die beiden wartend an.

Charlotte Kaufmann durchkämmte mit einem raschen Blick das Büro, erkannte den hellgrauen Registerschrank und stellte erleichtert fest, dass er geöffnet war. Gleichzeitig faltete sie ihre Hände und meinte überspitzt vornehm: »Die Damentoilette im Untergeschoss stinkt penetrant nach Fisch. Ich wollte Ihnen das nur gleich sagen, weil doch der Ruf unseres Hauses in letzter Zeit so gelitten hat.«

Damit hatte sie genau Frau Krafts Nerv getroffen. Ein weiterer Skandal hätte mit größter Wahrscheinlichkeit das Ende des Luxusstiftes bedeutet.

Ohne mit der Wimper zu zucken, sprang die Heimleiterin auf, preschte nach vorne und rief aufgeregt: »*Was?* Bitte zeigen Sie mir, wo der Geruch herkommt.«

Frau Kaufmann stellte sich Frau Kraft entgegen und signalisierte Frau Schulz mit einem dezenten Kopfschütteln, dass sie mit ihr gehen solle.

»Jaaa, jjja … ick zeig Ihnen, wo's stinkt«, stotterte Maria Schulz und lächelte Frau Kaufmann einwilligend an.

Die Heimleiterin ging gemeinsam mit Frau Schulz zur Bürotür, derweil diese mit einem kessen Augenzwinkern zu Frau Kaufmann sah und die Tür rasch hinter sich schloss.

Charlotte Kaufmann machte sich an die Arbeit und suchte, so gut es ihr die wenige Zeit erlaubte, die Akten durch. Ständig ging ihr Blick zur Tür. Das Alter der Heiminsassinnen hatte sie schnell herausgefunden. Alles war nach Alphabet sortiert. Frau Kaufmann konzentrierte sich auf die Jahrgänge 1942 bis 1946 und hatte somit fünfundzwanzig Akten vor sich. Sie hatte nicht allzu viel Zeit und ihren kleinen Scherz in der Damentoilette würde man sicherlich schnell bemerken.

Die Seniorin schwitzte. Ihre Anspannung stieg. Und ihr Atem wurde hektisch.

Hastig nahm sie Akte für Akte aus dem Register und überflog die wichtigsten Daten. Doch keine der Information stellte sie zufrieden. Es gab weder eine Krankenschwester, noch hatte eine der Damen im Ausland gelebt. Und alle hatten ein bis zwei Kinder, manche sogar drei.

»Schade, ich hätte schwören können, dass ich mit meiner Vermutung richtigliege«, schimpfte sie leise vor sich hin.

***

Gemeinsam auf Spurensuche schnüffelten sich Frau Kraft und Frau Schulz durch die Damentoilette des Untergeschosses.

»Pfui, hier stinkt's ja fürchterlich!«, stellte die Heimleiterin aufgeregt fest. »Fisch oder Schimmel? Bloß nicht! Ich rufe gleich mal den Hausmeister an.« Und schon griff sie zu ihrem Handy und wählte seine hausinterne Nummer.

Frau Schulz sah sich genauer um und wusste, dass ihre Freundin etwas im Schilde geführt hatte. *Fisch, es riecht wirklich nach Fisch. Bloß, woher kommt der Geruch?*

Ohne dass Frau Kraft von ihr Kenntnis nahm, suchte Frau Schulz die Toilette ab und fand schließlich fünf kleine Makrelen auf dem graugrünen Fliesenboden liegen. Rasch hob sie diese auf und spülte sie im Toilettenbecken herunter.

Sich dumm stellend, ging sie wieder zu Frau Kraft und äußerte kleinlaut: »Dann gehe ick mal wieder. Kann Ihnen eh nicht helfen.«

Frau Kraft telefonierte noch immer und bedankte sich bei Frau Schulz, indem sie mit den Lippen stumm ein »Danke« formte.

***

Frau Kaufmann hatte sich in die Personalien derart vertieft, dass sie trotz ständigen Lauschens ihre Bekannte vollends überhörte, als diese leisen Schrittes das Büro betrat.

Erschrocken ließ Charlotte Kaufmann die Papiere fallen.

»Mary, Sie, Sie …«, bellte sie, besann sich sofort wieder und fragte leise: »Hat Frau Kraft uns das mit dem Geruch abgenommen?«

»Keine Sorge, ick habe die fünf kleenen Scheißerle ins Klo gespült. Janz schön raffiniert, muss ick sagen. Und haben Sie wat gefunden? Ist die große Unbekannte unter uns?«

Charlotte Kaufmann schüttelte traurig den Kopf.

»Mensch, jetzt kann ick aber kein Auge mehr zumachen. Nix jefunden?«, fragte Frau Schulz entsetzt. »Lassen Sie uns das Weite suchen. Wenn *die* dit hier mitbekommen, können wir uns gleich ’ne neue Bleibe suchen.«

Die beiden sortierten die losen, auf dem Boden liegenden Blätter in die dazugehörige Akte ein, vergewisserten sich, dass alles an Ort und Stelle war, und verließen eine nach der anderen das Büro.

Im Hausgang kassierten sie ein paar abschätzige Blicke zweier Herren mit Gehstock sowie einer Dame mit Rollator, die sich lautstark über das unschickliche Verhalten der beiden Seniorinnen unterhielten.

»Hast du das gesehen, Eduard? Wollten sich wohl mal wieder bei unserer Heimleitung einschleimen, Fräulein Icke und Madame Trüffel«, keifte die Frau unüberhörbar.

Frau Kaufmann und Frau Schulz ignorierten jedoch das Getratsche und liefen kopfschüttelnd weiter.

»Wissen Sie wat, jetzt haben wir uns eine Runde Entspannung verdient. Gehen wir in die Sauna! Dit Wetter ist eh zum Davonlaufen«, meinte Maria Schulz.

Nach einer kurzen Abkühlung unter der Dusche schwangen die beiden Damen ihre weißen Frotteebadetücher um ihre weiblichen Rundungen und schlurften in Badelatschen in die Farblichtsauna, wo sie sechzig Grad Hitze und sanfte Musik erwarteten. Sie breiteten ihre Tücher auf dem warmen Holz aus und legten sich der Länge nach darauf.

Für wenige Minuten waren sie ganz alleine und genossen die wohlige Ruhe, bis Lady Montgomery und ihre Busenfreundin Sophia Leibholz, eine ehemalige Theaterschauspielerin, die Stille jäh unterbrachen. Die beiden waren die größten Tratschweiber im Haus.

»So, wo war ich vorhin stehen geblieben?«, grübelte die Lady arrogant. »Ach, ich erzählte von meinem Mann, dem verstorbenen Grafen. Schlimm genug, dass eine aus dem Balkan neben ihm liegt, aber jetzt haben sie auch noch ihr Grab geöffnet«, erzürnte sich die Adlige mit spitzen Lippen und gut hörbarem englischem Akzent. »Wieso hat *die* überhaupt so ein luxuriöses Plätzchen abbekommen? War bestimmt die heimliche Geliebte eines wohlhabenden Mannes. Immer wenn ich am Grab meines Gatten weilte, lag doch auf dem anderen eine rote Rose. Woche für Woche, Jahr für Jahr.«

Charlotte wurde stutzig. *Graböffnung? Na, wenn das kein Zufall ist!* Sie setzte sich gerade, legte ihre Hände über die angewinkelten Beine und blickte hinüber zu Lady Montgomery.

»Darüber würde ich mich auch ärgern, Verehrteste. Dürfte ich Ihnen irgendwie behilflich sein? Ich kenne mich ganz gut mit Onomastik aus«, erkundigte sich Charlotte Kaufmann übertrieben interessiert.

Die Lady sah Frau Kaufmann überrascht an.

»Ono… was?«, zischte die feine englische Dame.

»Onomastik heißt so viel wie Namenkunde«, erklärte Charlotte.

»So, so … Oleski ist ein richtiger Zungenbrecher, finden Sie nicht? Peinlich, einfach nur peinlich, wie kann man nur so heißen?«

»Oleski klingt irgendwie polnisch«, sagte Frau Kaufmann, »aber ich würde Ihnen das gerne noch genauer sagen wollen … Sagen Sie mal, Sie haben doch bestimmt auch anderen aus dem Haus davon erzählt? Ich jedenfalls würde es tun. Man darf aus seinem Herzen keine Mördergrube machen«, log sie und schmierte der Lady gehörig Honig ums Maul.

Lady Montgomery sah von der unteren Holzbank aus, auf die sie sich gesetzt hatte, mit strengem Blick zu ihr hoch.

Mist, habe ich sie verärgert? Vielleicht war ich doch zu neugierig. Diese Engländer sind doch eher für Diskretion, dachte Charlotte Kaufmann.

Doch kaum dass Frau Kaufmann darüber gesprochen hatte, funkte auch schon Frau Leibholz dazwischen.

»Meine Damen«, mischte sie sich ein, warf ihr langes graues Haar über die Schulter und blickte böse in die Seniorinnenrunde. »Wenn es nach mir gegangen wäre, hätten wir unseren Zweiertisch gerne behalten. Jedoch, als die neuen Heimbewohnerinnen in unsere Residenz kamen, mussten wir notgedrungen für eine *geschlagene Woche* zusammenrücken. Hach, war das lästig! Drei Fremde an unserem Tisch!«, brillierte sie mit Händen und Füßen und schien die Holzpritsche, auf der sie saß, für eine Theaterbühne zu halten. »Stellen Sie sich vor, wenn Sie immer darüber nachdenken müssen, was Sie denen erzählen und was nicht! Zum Glück hat man sie dann weggesetzt.«

»Na, dit kann ick mir denken«, gab Maria Schulz ihren Senf dazu und wurde auch gleich mit einem abschätzigen Blick von den Damen bestraft.

»Tatsächlich? Na ja, an Frau Woll kann ich mich noch erinnern und an die van den Bern auch, aber …«, schwindelte Frau Kaufmann geschickt.

»No! No!«, widersprach Lady Montgomery energisch. »Die Woll und die van den Bern sind seit Anfang 2014 hier, wissen Sie das nicht??? No, ich meinte die Damen Kaiser, Ohligschläger und Gelo. Die kamen erst zum Schuljahresbeginn in unser Haus.«

»*Schuljahresbeginn?*«, wiederholte Frau Schulz ungläubig.

»Yes! Mein Enkel kam an diesem Tag ins Gymnasium, daher weiß ich das so genau. Wir sind sehr stolz auf unseren Alexander«, gab sie eingebildet von sich.

Nach einer Weile fächelte sich Frau Kaufmann mit der Hand etwas Luft zu. Sie hatte erfahren, was sie hatte erfahren wollen, und verabschiedete sich: »Es war schön, mit Ihnen zu plaudern, doch mir wird's zu heiß, und ich brauche schleunigst eine Abkühlung.« Gleichermaßen wandte sie sich Frau Schulz zu. »Und, wie steht's mit Ihnen, Verehrteste?«

»Wie? Wat soll bei mir stehen? Ach so, ja klar! Für mich gilt dit auch.«

Charlotte rollte mit den Augen und fand Maria blamabel. Die zwei nahmen ihre Badetücher, legten sie über den Arm und verließen die Sauna.

Frau Kaufmann stupste Frau Schulz auf dem kurzen Weg zur Dusche in die Seite.

»Wat is?«, knurrte Maria und schlurfte mit ihren Badelatschen voran.

»Klasse! Jetzt kennen wir die Namen und müssen nur noch herausfinden, wer von ihnen die Mörderin ist.«

»Aber keine von denen heißt Oleski!«, widersprach ihr Maria.

»Bestimmt trägt sie einen anderen Namen. Wir stellen einfach allen drei Damen eine Falle«, murmelte Frau Kaufmann. »Wobei … wenn ich es mir genau überlege, scheidet Frau Kaiser aus. Sehen Sie sich die doch mal an! Ich schätze sie locker hoch in die achtzig, und ohne Begleitung einer Pflegekraft kann sie sich kaum noch vorwärtsbewegen, geschweige denn einen Mord planen und ausführen. Konzentrieren wir uns lieber auf die anderen zwei. Andererseits … die Personalakte der Gelo war nicht im Hängeschrank.«

»Na ja, das muss ja nichts heißen!«, konterte Frau Schulz richtig. »Und wann soll die Bombe platzen?«

»Ich denke, heute Abend. Frau Ohligschläger und Frau Gelo sind doch in unserer Gymnastikgruppe?«

»Dit stimmt! Und, Madame Trüffel, wie sollen wir vorgehen?«, scherzte Frau Schulz und brachte sich und Frau Kaufmann zum Lachen.

»Waren Sie schon mal ohnmächtig?«

»Nö, nicht dass ick wüsste!«

»Gut, dann werden Sie es heute Abend zum ersten Mal sein! Üben Sie ein bisschen dafür! Sich schlafend stellen, das können Sie doch, oder?«

»Dit ist alles? Schaff ick! Geben Sie mir ein Zeichen und ick spiele Ihnen den sterbenden Schwan!«

***

Pünktlich halb acht fanden sich die zehn Seniorinnen der Gymnastikgruppe – *Bauch, Beine, Po* – in der Turnhalle ein. Die meisten trugen dunkle Leggins, ein bequemes T-Shirt sowie dicke Socken.

Jede der Damen nahm sich eine Gymnastikmatte und legte sie im Halbkreis vor die Matte ihrer Trainerin Frau Haberlein. Die junge Frau war erst seit Kurzem im Hause angestellt und nahm sich für die Erklärung der Turnübungen noch viel Zeit. Sie ging zu jeder Seniorin und zeigte ihr, wenn nötig, die Übung. Die alten Damen schätzten ihre Geduld und mochten ihre Sportstunde.

»So, meine Lieben«, sprach sie sie an, »heute beginnen wir mit ein paar Dehnübungen. Bitte stellen Sie sich mit ausgebreiteten Beinen auf Ihre Matte und beugen Sie sich etwas nach vorne. Langsam und so, wie es jede von Ihnen kann. Ich mache es mal vor.«

Sie grätschte etwas ihre Beine und ging mit vollem Einsatz ihrer Rückenmuskulatur nach vorne in die Beuge. Ohne große Anstrengung berührte sie ihre Füße und drückte dabei die Knie durch.

Ein Raunen ging durch die Reihen. Entsetzte Blicke trafen die Sportlehrerin.

Frau Kaufmann zwinkerte unterdessen ihrer Bekannten zu, die wiederum wusste, was zu tun war.

Dem einherging ein Gemurmel durch die Sportgruppe.

»Das kann ich nicht mehr!«, rief eine Dame aus der hinteren Reihe, während eine andere maulte: »Ne, dafür bin ich zu alt.« Und noch eine sagte laut: »Mann o Mann!«

Schließlich versuchte Frau Schulz ihr Glück, stöhnte und begann auffallend laut nach Luft zu schnappen. Kurz darauf fiel sie wie ein nasser Sack auf ihre Matte.

Frau Kaufmann bemerkte das natürlich sofort und bückte sich mit einem aufgeregten »Frau Schulz? Geht es Ihnen nicht gut? Frau Schulz! Frau Schulz!«.

Die Sportlehrerin unterbrach sofort ihren Unterricht und eilte Frau Schulz zu Hilfe. Sie redete auf sie ein. Vergeblich. Die alte Dame reagierte nicht.

Ängstlich blickte Frau Haberlein in die Gesichter der Damen, die inzwischen herbeigeeilt waren und sich um Maria Schulz gestellt hatten.

»Sie reagiert nicht. Bitte rufen Sie den Arzt!«, rief Frau Haberlein aufgeregt mit einem verzweifelten Blick in die Damenrunde.

Doch kaum dass sie ihren Satz beendet hatte, trat Frau Gelo heran und sprach laut und deutlich auf die Ohnmächtige ein. Danach packte sie ihre Schultern, schüttelte sie leicht und hielt ihr Ohr über deren Mund. Der Brustkorb hob und senkte sich.

»Sie atmet«, stellte Frau Gelo leise fest und legte Maria Schulz gekonnt und ohne ein Zögern in die stabile Seitenlage.

Da müsste ich erst einmal überlegen, welcher Arm wohin kommt, hinterfragte sich Charlotte.

Wenig später vernahm man ein Hüsteln. Maria tat erwacht und flunkerte dazu: »Huch, was ist denn hier los?« Ihre weit geöffneten Augen wanderten kreisend umher.

»Bleiben Sie liegen, bleiben Sie liegen! Gleich kommt der Arzt!«, bemerkten die Frauen um sie herum.

Unruhe machte sich breit.

Alle redeten durcheinander.

Aber keiner bemerkte, wie Frau Gelo sich still und heimlich von der Gruppe entfernt hatte und in die Umkleide ging.

Nur Frau Kaufmann entging dies nicht und sie folgte ihr sang- und klanglos.

»Respekt! Ich hätte das nicht gekonnt«, lobte Frau Kaufmann die ruhige und unauffällige Rentnerin, die gerade im Begriff war, sich den Schweiß von der Stirn zu wischen. »Gelernt ist gelernt! Wenn Sie nicht gewesen wären, kaum auszumalen, was da hätte passieren können.« Sie runzelte nachdenklich die Stirn und beobachtete Frau Gelo genauer. Hoffte sie doch auf irgendeine Geste, die vermuten ließ, dass ihre Einschätzung richtig war.

Jedoch Frau Gelo reagierte nicht. Stattdessen legte sie ihr Handtuch zusammen und versorgte es in ihrer Sporttasche. Doch unvermutet unterbrach sie ihr Tun, hielt inne und sagte mit zartem, fast zerbrechlichem Tonfall: »Erste Hilfe kann doch wohl jeder leisten.«

Frau Kaufmann sah sie entgeistert an.

»Erste Hilfe! Das letzte Mal, als ich einen Erste-Hilfe-Kurs ablegen musste, war bei meiner Fahrprüfung. Und das ist lange her.«

Frau Gelo setzte sich auf die Holzbank vor den Umkleideschränken und schien über die Worte von Frau Kaufmann nachzudenken. Ihre anfängliche Zurückhaltung löste sich durch das Übereinanderschlagen ihrer Beine, das sie mit einem sanften Lächeln krönte.

Charlotte, dranbleiben, dranbleiben! Verwickle sie in ein Gespräch! Frau Kaufmann setzte sich zu Frau Gelo auf die Bank.

»Wir waren heute Nachmittag in der Sauna, wahrscheinlich bekam ihr die Hitze nicht«, sagte die Frau Kaufmann mit hastigem Augenaufschlag.

»Ja, sie muss aufpassen. In die Sauna sollte man nur gehen mit einem stabilen Kreislauf«, erklärte die andere Frau fachmännisch.

»Das Gleiche meinte auch Lady Montgomery«, sagte Frau Kaufmann und machte eine kleine Pause, um auf Frau Gelos Reaktion zu warten.

»Lady Montgomery? Da waren Sie wohl zusammen saunieren?«

»Ja, und Sie glauben gar nicht, was die mir heute für eine haarsträubende Geschichte erzählt hat. Wirklich haarsträubend, sage ich Ihnen.«

Charlotte setzte sich aufrecht, schnaufte kurz durch und hoffte die Neugierde der anderen geweckt zu haben. Kurz darauf begann sie die Geschichte von Lady Montgomery und dem seltsamen Grab neben deren verstorbenem Gatten nachzuerzählen, derweil Frau Gelo ihr mit größter Aufmerksamkeit lauschte.

»Dieses arme Geschöpf! Stellen Sie sich mal vor, Frau Gelo, da lag doch tatsächlich immer eine rote Rose auf ihrem Grab. Jahr ein, Jahr aus. Ihr Mann muss sie sehr geliebt haben.« Sie hielt inne und fügte einfühlsam hinzu: »Dieser Max von Billstedt hat SIE, FRAU OLESKI, sein ganzes Leben lang geliebt.« Dabei blickte Charlotte Kaufmann in Frau Gelos bereits verwässerte Augen.

»Geliebt? Mich? Wie? Iiich verstehe Sie nicht!«, begann sie zu stottern.

»Ihr richtiger Name ist doch Lisa Oleski, habe ich recht?«

Die Gelo nickte bedächtig und starrte vor sich hin.

»Ja, ich bin Lisa! Aber die ist schon lange gestorben … Hören Sie …«, fing Frau Gelo plötzlich zu schreien an: »...

Lisa ist tot! Ich habe mit alledem nichts mehr zu tun! Lassen Sie mich in Ruhe!«

Wutentbrannt stand sie auf und wollte gerade die Umkleide verlassen, als Frau Kaufmann sie zurückrief: »Nichts zu tun? Doch, das haben Sie! Sie waren es doch, die Herrn von Billstedt vergiftet hat, oder etwa nicht? Als Krankenschwester wären Sie dazu in der Lage gewesen, und Sie wussten auch, wie man eine Spritze richtig setzt. Jedoch, was Sie nicht wissen konnten, Frau Gelo, war die Tatsache, dass das Schlangengift, welches Sie hinter sein linkes Ohr injizierten, den Armen nicht getötet hat. Er trug nämlich ein implantiertes Hörgerät, das das Gift sprichwörtlich auffing. Aber Ihr Hass muss immens gewesen sein, weil Sie zudem auch noch seinen Wein vergiftet haben, und der brachte Herrn von Billstedt schließlich den Tod.«

»Ist das so?«, fragte Frau Gelo nachdenklich und nahm wieder neben Frau Kaufmann Platz. »Wissen Sie, ich habe meine Vergangenheit aus dem Gedächtnis gestrichen. Habe alles vergessen … wenn das eine Mutter überhaupt kann. Mein Sohn starb bei der Geburt, obwohl ich mir bis zum heutigen Tage sicher bin, ihn gesund zur Welt gebracht zu haben. Mich machte das schier wahnsinnig, und ich habe nie verstanden, was sich damals überhaupt ereignet hat. War deswegen sogar in der Psychiatrie, bin geflohen und lebte jahrelang in Südamerika. Später habe ich geheiratet, leider blieb die Ehe kinderlos. Mein Mann verstarb im letzten Jahr und ich, ich wollte wieder zurück nach Deutschland. Da ich niemanden mehr hatte, beschloss ich, in ein Seniorenheim zu gehen.« Die Stimme der Gelo klang unfassbar traurig.

Frau Kaufmann nahm Frau Gelos Hand und drückte sie ganz fest. Ihr tat die Frau unsagbar leid. Es gab keine Worte für ihr Schicksal. Und so saßen die beiden für wenige Sekunden nebeneinander und schwiegen.

»Ich weiß, ich weiß«, sagte Charlotte Kaufmann. »Aber, ich weiß noch viel mehr. Sie haben sich nicht getäuscht. *Ihr Sohn lebt!* Das Kind wurde Ihnen nach der Geburt weggenommen. Sie hingegen steckte man in eine Nervenheilanstalt und erklärte Ihnen dann, dass Sie Ihr Kind ermordet hätten. Aber Ihrem Freund Max tischte man eine andere Geschichte auf. Man sagte ihm, dass Sie verstorben seien. Er beerdigte einen leeren Sarg auf dem Friedhof Grunewald und lebte ein Jahr mit Ihrem Sohn alleine, beendete sein Studium und heiratete später eine Industriellentochter. Die Sache war von Anfang an abgekartet. Sie waren der Mutter ihres Freundes, Anne-Maire von Billstedt, durch das uneheliche Kind ein Dorn im Auge und einer Heirat hätte sie nie zugestimmt. Also sorgte sie dafür, dass Sie verschwanden. Max wusste von alledem nichts. Sie haben ihn zu Unrecht getötet. Vielleicht hätten Sie mit ihm reden sollen. Schade, wirklich schade.«

»Zu Unrecht? *Gott, wie furchtbar!* Und ich dachte, er wäre an allem schuld.« Die Gelo schwieg und fragte dann mit zittriger Stimme: »Mein Junge lebt???«

Frau Kaufmann drückte erneut die faltige Hand und begann, diese sanft zu streicheln.

»Ja, meine Liebe! Er lebt. Es geht ihm gut, und er weiß jetzt auch, dass Sie vermutlich noch am Leben sind.«

»Durch die Graböffnung?«

»Nein. Seine Großmutter hat ihm 1991 einen Abschiedsbrief hinterlassen und darin alles erklärt. Sie wollte wohl ihrer Seele Luft verschaffen.«

»Wird er mich überhaupt noch sehen wollen, nach alledem? Ich komme doch ins Gefängnis für den Rest meines Lebens«, sagte Frau Gelo laut seufzend und begann am ganzen Körper zu zittern.

»Nun, wir sind ein Rechtsstaat! Und das Gefängnis ist Ihnen wohl sicher, vielleicht bekommen Sie mildernde

Umstände. Aber …«, stoppte Charlotte Kaufmann abrupt, »… ich bin eine alte Frau und schon sehr vergesslich. Manchmal weiß ich einfach nicht mehr, was ich sage. Alzheimer lässt grüßen … worüber hatten wir doch gleich gesprochen, Frau Gelo?« Frau Kaufmann zwinkerte ihr zu. »Es war schön, mit Ihnen zu plaudern. Ach, und grüßen Sie mir bitte Ihren Sohn. Zeit geht und Zeit kommt.« *Tja, und ich werde mir dann wohl noch eine Geschichte für Rudi einfallen lassen müssen.*

Nachwort

Es war jemand gestorben, auch wenn er nicht zu Grabe getragen wurde. Ein Menschenleben wurde jäh ausgelöscht, ohne es getötet zu haben. Aber bedurfte es dafür dieser Brutalität, reichte nicht schon die Grausamkeit, das eigene Kind entrissen zu bekommen? Unsagbarer Schmerz. Fassungsloses Grauen. Düsternis, die einen ein Leben lang begleitet. Leere im Herzen.

Ich widme dieses Buch all jenen, denen Unrecht zuteilwurde, sei es aus Hass, Gier oder aber aufgrund ihrer persönlichen Lebensauffassung.

Was würdest **DU** tun,
wenn man **DIR** sagt, dein Kind sei nach der Geburt verstorben,
aber **IHM** sagt, du wärst nach der Geburt verstorben,
und man der **WELT** sagt, du hättest dein Kind ermordet?
Würdest **DU** kämpfen?

JA, DU würdest es tun! Immer und immer wieder …

Liebe Leserin,
lieber Leser,

herzlichen Dank, dass Sie dieses Buch gekauft haben. Ich hoffe, dass Sie beim Lesen genauso viel Spaß hatten wie ich beim Schreiben. Zu jeder Jahreszeit hat ein Urlaub am Bodensee seinen eigenen Charme – erleben Sie es selbst!

Wenn Ihnen der Thriller gefallen hat, freue ich mich jederzeit über eine Rezension.

Wünschen Sie weitere Informationen über mich und meine Bücher? Besuchen Sie mich doch einmal unter:

Kontakt
janette.john@web.de

Facebook
www.facebook.com/Janette-John-KrimiAutorin-

Twitter
www.twitter.com/Janette_John

Homepage
www.janettejohn.de

In jedem Fall freue ich mich und wünsche Ihnen alles Gute
Ihre Janette John

Per Deadline Mord: Bodenseethriller

Per Deadline Mord ist der zweite Bodenseethriller von Janette John aus der Serie *Kripo Bodensee*. Lassen Sie sich mit Spannung und Humor an den Bodensee verführen. Viel Spaß beim Lesen wünscht Ihnen Janette John!

Das Leben ist wie die Tastatur eines Klaviers. Entweder
spielt es in leisen oder auch in lauten Tönen. Mal in Weiß,
mal in Schwarz und mal irgendwo dazwischen.
Janette John

Stell **DIR** vor, ein geliebter Mensch ist krank
und nur **EIN** Spenderorgan rettet jetzt noch sein Leben!
Doch **DIE** Warteliste ist zu lang.
Was würdest **DU** tun?

Heidelberg 2001. Im Universitätsklinikum Heidelberg stirbt die Mutter zweier Kinder aufgrund eines angeborenen Herzfehlers. Das zu erwartende Spenderherz blieb aus.

Konstanz heute. Mitten am helllichten Tag fällt eine junge Studentin vom Konstanzer Münster. Alles deutet auf Selbstmord, wenn es nicht eine Reihe ähnlicher Fälle in den letzten Jahren deutschlandweit gegeben hätte. Die Frauen waren jung, rothaarig, feengleich und schön. Warum traf es gerade sie?

Deutschland heute. Zum Teil arme und mittellose Menschen sterben eines natürlichen Todes. Merkwürdig sind nur das Alter sowie die Todesursache. Waren sie womöglich Ersatzteillager für bessergestellte Todkranke?

Die junge Polizistin Nadine Andres und ihr Team geraten in die mafiösen Strukturen einer in Europa agierenden Vereinigung von Organhändlern. Mit solch einem Ausmaß an krimineller Energie hatten selbst sie nicht gerechnet. Besteht etwa eine Verbindung zwischen diesen scheinbar unterschiedlichen Ereignissen? Und wenn ja, worin?

Printed in Poland
by Amazon Fulfillment
Poland Sp. z o.o., Wrocław

66444868R00174